십자성-칠왕의 땅 15

허담 新무협 판타지 소설

초판 1쇄 찍은 날 § 2017년 1월 19일
초판 1쇄 펴낸 날 § 2017년 1월 26일

지은이 § 허담
펴낸이 § 서경석

편집 § 조현우
디자인 § 신현아

펴낸곳 § 도서출판 청어람
등록번호 § 제387-1999-000006호
등록일자 § 1999. 5. 31
어람번호 § 제2-2697호

주소 § 경기도 부천시 부일로 483번길 40 서경B/D 3F (우) 14640
전화 § 032-656-4452 팩스 § 032-656-4453
http://www.chungeoram.com
E-mail § chungeorambook@daum.net

15

야만의 역습

十字星

십자성

칠왕의 땅

허담 新무협 판타지 소설

FANTASTIC ORIENTAL HEROES

目次

제1장
안내자

헤루안은 봄이었다.

그러나 또한 겨울도 존재했다. 그 이유는 헤루안을 떠받치고 있는 고산 준봉들의 머리에는 백년설이 존재하기 때문이다.

그런데도 그 만년설 아래 땅은 사시사철 온화한 봄의 기운이 머문다고 한다. 그래서 헤루안은 칠왕의 땅에서 가장 살기 좋은 기후라고 알려졌지만, 정작 이 거대한 땅에 살고 있는 사람은 겨우 천 명 내외에 지나지 않았다.

그럼에도 불구하고 칠왕의 땅에서 살아가는 사람들 중 그 누구도 온화하고 아름다운 봄의 땅, 헤루안으로 이주하거나, 이 땅을 차지할 생각을 하지 않았다. 신검의 주인들인 칠왕 조차도.

그 이유는 누구나 알고 있었다. 바로 이 땅의 주인들, 정령의 화신이라 불리는 사람들 때문이었다.

이 세계에서 그들은 아예 이 땅의 이름 헤루안과 동일시된다. 그래서 정령신검주를 따르는 이 땅의 주인들을 다른 왕국 사람들은 헤루안족이라고 부르기도 했다.

헤루안족이 소수의 숫자로도 이 온화하고 아름다운 땅을 지배할 수 있는 이유는 그들의 신비스러운 힘 때문이었다.

그들은 헤루안 안에서만큼은 무적의 술사이며 전사였다. 그들은 헤루안 안에 존재하는 모든 것들로부터 힘을 빌어 쓸 수 있었다.

살아 있는 모든 것과 나무와 물, 바위와 흙까지. 심지어는 허공을 스쳐 가는 바람에서까지 그 힘을 빌어 쓸 수 있었다.

아쉬운 것은 그들의 이런 신비스러운 능력이 헤루안 땅을 벗어나면 급격하게 줄어든다는 것이었다.

그들 중 아주 소수만 헤루안 땅을 벗어나서도 정령의 술을 쓸 수 있었다. 하지만 어쨌든 헤루안 땅에서만큼은 그들을 대적할 수 있는 적수가 없었다.

그 이유로, 단 일천 전후의 숫자가 칠왕의 땅에서 가장 아름답다는 헤루안을 차지했던 것이다.

"마치 하나의 생명줄로 연결된 거대한 생물체 같은 것이지요. 헤루안이라는 땅과 그곳에 사는 사람, 그리고 존재하는 모든 것들이 말입니다. 정령일족은 이 거대한 생명체의 머리고 말입니다."

여전히 길의 안내는 노인 타르두가 맡고 있었다. 십자성 내에서 타르두의 존재감은 커지고 있었다.

그는 딸 타린이 돌아온 이후에는 적극적으로 적풍의 행보를 돕고, 십자성의 일에 관여하는 것에 주저함이 없었다.

십자성 사람들은 그의 이런 변화의 이유를 알고 있었다. 그 역시 스스로 그 이유를 숨기지 않았다.

타르두는 길 잃은 샤들이 그들이 숨겨 지키던 자신들 일족 수백을 옥서스 무극산 십자성 영역으로 데려와 정착시키는 것을 보고 그와 그의 종족인 흑수족도 십자성에 기대어 자립을 할 수 있을 거란 기대를 하고 있었다.

흑수족은 천하에 퍼져 있고, 각자 자신이 따르는 주군이 달라 한곳에 모여 자립하기가 거의 불가능하지만, 개중에는 누군가의 보호를 필요로 하는 사람들도 많았다.

타르두는 그런 갈 곳 없는 흑수족들을 십자성의 그늘 아래 규합하려는 계획을 가지고 있었다. 그래서 그는 타린이 돌아온 이후에 오히려 더 적풍과 십자성의 일에 적극적으로 나서고 있었던 것이다.

"신비한 땅이군요."

설명은 적풍에게 하고 있었지만, 그 설명을 귀담아 듣는 사람은 오히려 설루였다.

설루는 혜루안에 대해 처음 들었을 때부터 줄곧 이 땅에 관심을 보이고 있었다.

칠왕의 땅에서 거래되는 약초의 칠 할이 혜루안에서 생산된다는 것 자체가 의원인 설루에게 큰 관심을 끌 수밖에 없었다.

"예전에 혜루안의 전사가 이곳에 침입한 야수족과 싸우는 것을 볼 기회가 있었습니다. 아! 물론 제가 그들을 데리고 온 것은 아닙니다. 그저 우연히……."

"설마 우연이겠어요?"

옆에서 이위령이 싱글거리며 되물었다.

"아닐세. 정말 우연히 들어왔었네. 아바르로 가던 중에……."

"하하, 알겠습니다. 그래서 어떻게 되었습니까?"

이위령이 뒷이야기가 궁금해서 더 이상 타르두를 놀리지 않고 물었다.

"음, 그때 이 땅에 들어왔던 자들은 구트족의 전사들이었네. 구트족은 사실 헤루안족과는 상극인 족속이지. 지난번 만났던 구트족의 카르 모독을 보아서 알겠지만 선천적으로 독을 잘 다루는 자들이네. 독이란 것은 약과 상통하는 면이 있어서 헤루안에서 나는 약초들은 독을 다루는 자들에게도 욕심이 나는 물건이지."

"그래서 헤루안의 약초를 노리고 왔다는 거군요."

이위령이 고개를 끄덕였다.

"그렇다네. 그런데 마침 헤루안의 전사와 마주친 거지. 헤루안의 전사는 두 사람이었고, 구트족의 침입자들은 일곱이나 되었네. 그런데 싸움은 싸움이랄 수도 없이 끝났지. 헤루안에 들어올 정도면 구트족의 전사들도 보통 인물들이 아니었을 텐데……."

"그렇게 강했나요?"

"글쎄, 강하다라는 표현은 어울리지 않네. 당시 헤루안의 전사들이 물과 나무의 기운을 통제해 그물을 만들어 버리자 구트족의 침입자들은 마치 거미줄에 걸린 나방처럼 전혀 힘을 쓰지 못했네. 그런 자들을 향해 헤루안의 전사들은 오직 한 발씩의 화살을 쏴서 그들을 죽였지. 신기한 것은 화살에 맞은 구트족 침입자들이 피를 한 방울도 땅에 흘리지 않았다는 것이네."

"독특한 궁술이군요."

이위령이 심각한 표정이 되어 말했다.

"헤루안의 전사들은 검도 잘 쓰지만 특히 궁술에 능하네. 그들이 자신들 손에 직접 피를 묻히는 것을 극히 싫어해서 궁술에 능하다는 말도 있네."

"아무튼… 한번 보고 싶네요. 사물의 정기를 뽑아 쓰는 모습을……."

"쉽게 볼 수는 없지. 헤루안은 칠왕의 땅에서도 가장 싸움이 적은 곳이니까. 누구도 함부로 헤루안에 들어오지 않고, 그들도 자신들의 힘을 극대화할 수 있는 이곳을 떠나지 않으니 싸움이 벌어질 일도 거의 없지."

타르두가 말했다.

그런데 그때 갑자기 타르두의 말을 듣고 있던 이위령이 급히 고개를 돌렸다. 늦봄 막 꽃 봉우리를 피우려는 듯 연한 초록 잎을 뽑내고 있는 숲 뒤쪽을 보며 말했다.

"누군가 오고 있습니다."

순간 타르두도 고개를 끄덕였다.

"그렇군. 아무래도 그들인 것 같습니다."

타르두가 적풍을 돌아보며 말했다.

"헤루안 일족이 맡는다고 했던가? 벽루까지의 안내는……."

적풍이 중얼거렸다.

"그렇습니다. 이 땅에선 오직 그들만이 할 수 있는 일입니다."

타르두가 대답했다.

그러자 소두괴가 옆에서 물었다.

"하지만 이미 벽루에 이르는 길이 그려진 지도를 받지 않았습니까? 그런데도 굳이 안내자가 필요할까요?"

소두괴의 물음에 타르두가 고개를 저었다.

"헤루안 땅은 지도만으로 갈 수 있는 땅이 아니네. 지도는 그저… 벽루의 회합에 참가할 수 있는 증표 같은 것이라고 하는 것이 좋을 것이네. 특히 바로 벽루로 향하는 것이 아니라 우리처럼 헤루안 땅을 거쳐 벽루로 가려면 더욱더 그들의 안내가 필요하네. 이 땅은… 모두가 알다시피 그들의 땅이니까."

"좋아. 어쨌든 드디어 볼 수 있겠군. 그 대단한 정령의 술사들을!"

이위령이 한껏 기대한 표정으로 말했다.

이위령뿐만 아니라 일행 모두가 호기심을 담은 눈으로 숲을 바라봤다.

잠시 후 가볍게 나뭇잎들이 흔들리더니 무성한 나뭇가지 사이에서 세 사람이 바람을 타고 내려오듯 천천히 적풍 앞으로 날아 내렸다.

푸른 옷에 푸른 눈을 가진 여인과 역시 푸른 옷에 푸른 눈을 가진 사내 둘이었다.

그중 여인이 가장 앞에 나와 있는 것으로 보아 그녀가 이들의 인솔자인 듯했는데, 이상하게도 여인의 나이를 짐작할 수 없었다.

얼굴에 주름이 없는 것으로 보아서는 앳된 나이인 듯하면서도 푸른 눈동자를 통해 드러나는 안광은 오랜 세월 세상을 경험한 노회한 여행자의 눈빛 같았다.

하지만 나이가 어떻든 여인은 아름다웠다. 특히 그녀가 가진 푸른 눈은 세상의 모든 사람들의 영혼을 빨아들일 것 같은 힘을 가진 듯 느껴졌다.

"어느 분이 십자성의 성주신가요?"

여인이 물었다.

그 질문에 적풍 일행이 당황했다. 여인의 신비스럽고 아름다운 외모에 비해 그녀의 목소리가 지나치게 남성적이기 때문이었다.

그렇다고 완전한 남자의 목소리는 아니었다. 여인과 남성 그 중간 지점에 있는 목소리라는 것이 가장 정확한 표현이었다.

'이들이 중성적인 성향을 가지고 있다고 하더니 정말인가 보군.'

적풍이 대답을 잠시 미루고 생각했다. 그러자 여인이 이번에는 적풍 한 명을 응시하며 다시 물었다.

"십자성주신가요?"

"그렇소."

이번에는 적풍도 기다리지 않고 대답했다.

그러자 여인이 가볍게 고개를 숙여 보이며 말했다.

"헤루안의 일락이라고 합니다. 성주를 벽루까지 안내하는 일을 맡게 되었습니다."

그러자 타르두가 재빨리 적풍에게 다가와 귓속말을 속삭였다.

"헤루안 구천령사 중 한 명입니다."

헤루안은 정령의 왕으로 불리는 공령 이외에 아홉 명의 구천령사가 일족을 이끈다.

그들 아홉 명의 구천령사는 헤루안을 벗어나서도 일정 부분 자신들의 능력을 유지할 수 있는 사람들로 알려져 있었고, 그래서 그들이야말로 헤루안을 지탱하는 기둥 같은 존재들이었다.

적풍 역시 이미 헤루안으로 들어오기 전 구천령사에 대해 들어 알고 있었다.

"의외구려. 길을 안내하는데 구천령사께서 오시다니……."

적풍은 기껏 벽루까지의 길 안내를 위해 구천령사가 나왔다는 것에 조금은 놀란 듯 보였다.

"두 개의 신검을 지닌 분이라면 당연히 구천령사가 나와야겠지요."

일락이라 이름을 밝힌 여인이 무표정한 얼굴로 말했다. 도저히 속을 알 수 없는 표정이다.

"아무튼 고맙소. 그럼 부탁드리겠소."

적풍이 가볍게 고개를 까딱여 보였다.

"길은 삼 일 길입니다. 서두르자면 이틀 안에 도착할 수도 있는데… 어쩌시겠습니까?"

구천령사 일락이 물었다.

"서둘 필요는 없을 것 같소."

적풍이 대답했다.

"알겠습니다. 그럼 편한 길로 모시지요."

구천령사 일락이 대답을 하고는 숲 안쪽으로 이어진 길로 적풍 일행을 안내하기 시작했다.

적풍은 물론 십자성의 무사들은 시간이 지날수록 구천령사 일락에게 감탄했다.

그녀는 길이 없을 것 같은 무성한 숲에서도 길을 찾아냈다. 아니 정확하게는 길을 만든다는 것이 맞는 말이었다.

마치 길 앞을 막아선 수목들이 그녀가 다가서면 저절로 가지를 옮겨 길을 내어주는 것처럼 보였다.

그녀의 손이 닿으면 굵은 나뭇가지들이 방향을 튼 채 멈춰섰고, 그 공간으로는 사람이 지나갈 수 있는 길이 만들어졌다.

길을 막는 바위가 나타나도 마찬가지였다. 구천령사 일락의 손이 바위에 닿으면 바위가 저절로 굴러 옆으로 자리를 옮기는 것처럼 보였다.

그녀는 마치 이 땅의 모든 물체들을 자신의 의지로 움직이고 조종하는 능력을 지닌 것 같았다.

보통 이런 능력을 지닌 존재를 사람들은 신(神)이라고 부른다. 그러니 그녀는 적어도 이 헤루안에서만큼은 신적인 존재처럼 보이는 여인이었다.

"이젠 정말 무섭군요."

커다란 바위를 가볍게 미는 것으로 길을 만드는 일락을 보며 소두괴가 혀를 내둘렀다.

"여기선 정말 저 사람들과 싸울 엄두를 내지 못하겠어."

이위령도 고개를 저으며 중얼거렸다.

그사이 바위를 열어 길을 만든 일락이 고개를 돌려 적풍을 보며 말했다.

"오늘은 이곳에서 쉬어 가시지요?"

"그럽시다."

어차피 이 땅에서는 그녀의 말을 따를 수밖에 없다. 적풍이 순순히 일락의 제안에 승낙한 이유다.

"쉬기 편하실 겁니다."

일락의 말에 일행이 그녀가 거대한 바위를 옮겨 만든 길 안쪽으로 들어섰다.

"오!"

바위를 지나쳐 일락이 숙영지로 정한 곳에 들어선 십자성의 무사들이 저마다 탄성을 자아냈다.

그도 그럴 것이 일락이 지목한 장소는 하룻밤 노숙을 하고 지나가기에는 너무 아까운 장소였기 때문이었다.

작은 폭포에서 이어지는 맑은 개울, 그 옆으로 펼쳐진 비단처럼 부드러운 풀밭, 그리고 그 공간을 에워싸고 있는 적당한 높이의 바위와 나무들이 천막을 치지 않아도 될 정도로 편안한 잠자리를 제공하고 있었다.

"모두 노숙할 준비를 해."

일행의 실질적인 인솔자 역할을 하고 있는 이위령이 십자성의 무사들에게 명하자 십여 명의 십자성 고수들이 능숙하게 천막을 치고 하루 쉬어 갈 준비를 하기 시작했다.

"그럼 내일 아침에 뵙지요."

십자성 무사들이 노숙할 준비를 마치자 기다렸다는 듯이 일락이 다가와 적풍에게 말했다.

"함께 있는 것이 아니었소?"

"우린 다른 방식으로 쉽니다."

일락이 대답했다.

"좋을대로 하시오."

적풍이 고개를 끄덕였다.

"그럼……."

일락이 가볍게 고개를 숙여 보이고는 몸을 돌려 십여 걸음 걸어가다가 훌쩍 허공으로 떠올랐다.

그러자 마치 나뭇가지가 가지를 내려뜨려 그녀를 잡아 올리는 듯한 광경이 연출되더니, 한순간에 그녀와 다른 두 명의 헤루안족 전사들이 무성한 나뭇가지 사이로 사라졌다.

"모든 것이 다 신비로운 사람들이에요."

설루가 적풍 옆에서 중얼거렸다.

"그래봐야 사람이지."

적풍이 무심하게 대답했다.

"기회가 있으면 좋겠는데……."

설루는 적풍의 무심한 대답에도 불구하고 계속 일락에 대해 관심을 드러냈다.

"무슨 기회?"

"저들과 대화할 수 있는 기회요. 이 땅에 대해 알고 싶은 게 많아요."

말을 하며 설루가 손을 들어보였다. 그녀의 손에는 어느 새 약초로 보이는 것들이 한가득 들려 있었다.

"아는 약초야?"

"아는 것도 있고, 모르는 것도 있고."

"모르는 약초를 어떻게……?"

"정확한 성분은 모르지만 향과 생김새로 약초임은 확인할 수 있으니까. 그래서 그녀와 이야기를 하고 싶은 거예요. 그녀라면 분명히 이 약초들에 대해 설명해 줄 수 있을 텐데……."

"벽루에 가서는 그리 오래 머물지 못할 텐데……."

"그러게요. 가는 동안에는 길을 만들고 안내를 하느라 시간을 낼 수 없을 테고……."

설루가 아쉬운 표정으로 말했다.

"기회가 있겠지. 나중에라도……."

적풍이 시무룩한 표정으로 손에 든 약초들을 바라보는 설루를 위로하듯 말했다.

노숙지의 밤은 낮보다 몇 배 더 아름다웠다.

마치 하늘에 떠 있는 별들의 모든 빛을 한곳으로 내려 보내는 것처럼 분지 모양의 노숙지가 별빛으로 가득 찼다.

그래서 일행 중 일부는 잠을 설쳤다. 천으로 눈을 가리기 전에는 눈부신 별빛으로 인해 쉽게 잠들 수 없었기 때문이었다.

이상한 것은 그렇게 별빛에 취해 밤을 새운 사람들조차도 아침에는 잠을 자고 일어난 것처럼 맑은 정신과 개운한 몸 상태를 가지게 된 것이었다.

자지 않고도 숙면을 취한 것과 같은 효과를 만들어내는 이 땅의 신비로움이 놀라웠다.

"편히 쉬셨습니까?"

아침 일찍 나타난 일락의 인사조차 어제와 달리 싱그럽게 느껴졌다.

"좋은 잠자리였소."

적풍이 다른 때와 달리 밝은 표정으로 대답했다.

그러자 일락이 대답했다.

"편히 쉬셨다니 다행이군요. 이곳은 헤루안 내에서도 특별한 장소지요. 지친 사람들의 기운을 회복하는 데 알맞은 곳이라고나 할까요."

"그런 배려가 있으셨구려. 고맙소."

일락이 굳이 이 장소를 노숙 장소로 정한 것에는 십자성 무사들에게 대한 배려가 있었음을 알고 적풍은 진심으로 감사의 말을 전했다.

그러자 일락이 잠시 생각에 잠겼다가 입을 열었다.

"혹, 제가 무례한 부탁을 하나 드려도 될까요?"

워낙 신중하게 말을 꺼냈기에 적풍은 일락의 말이 전혀 무례하게 느껴지지 않았다.

"말씀해 보시오."

"…괜찮으시다면 벽루까지 가는 동안 제가 부인께 몇 가지 가르침을 받았으면 합니다만……."

일락의 말에 적풍이 설루를 돌아보며 말했다.

"이 사람 말이오?"

"그렇습니다."

"무슨 일에 대한 조언을 받고 싶으신 거요?"

적풍이 물었다.

"풍문으로 들었습니다만, 성주님의 부인께서는 의술에 정통하시다고 하더군요."

"음… 누구에게 들었소?"

적풍이 물었다. 그러자 일락이 잠시 망설이다가 말했다.

"그냥 소문으로 들었다고 말씀드리고 싶지만… 그건 부탁드리는 입장에서 무례한 대답이고, 솔직히 말씀드리자면 지난번 현월문의 문주께서 이곳에 오셨을 때 들었습니다."

"그가 우리 이야기를 했소?"

"성주께선 아주 특별한 운명을 가지고 태어나신 분 같다고 하더군요. 더불어 부인께서 저희 헤루안에 도움이 되실 수 있을 거라고……."

일락이 조심스럽게 말했다.

"생각보다 입이 가벼운 노인네였군."

적풍이 자신들의 이야기를 입에 올리고 다니는 현월문주 가륵의 행동에 혀를 차며 말했다.

"현월문주가 성주님에 대해 안 좋은 이야기를 한 것은 없습니다."

일락이 변명하듯 말했다.

"그래 그가 나에 대해 또 뭐라 했소?"

적풍이 물었다.

그러자 일락이 망설이지 않고 대답했다.

"향후 칠왕의 땅의 역사가 이번에 새로 쓰일 것이라 했습니다. 그 중심에 반드시 성주께서 계셔야 한다고 했지요. 그렇지 않다면… 이 땅은 인간의 역사가 아닌 원주족의 역사가 될 것이고, 빛이 아닌 어둠의 역사가 될 것이고, 그 어둠이 또 다른 인간의 세상까지 물들일 거라 했습니다. 그러니… 성주님을 칠왕의 일원으로 받아들이는데 힘을 보태달라고 했습니다."

"정령의 왕께 말이오?"

"그렇습니다."

"그가 날 귀찮게 할 거라는 건 처음부터 알고 있었지만 이렇게까지 적극적일 줄은 몰랐군. 그리고 또 무슨 이야기를 했소?"

"성주님에 대한 이야기는 그 정도가 다입니다."

일락이 대답을 하면서 설루에게 시선을 돌렸다. 이후의 이야기는 설루에 대한 이야기라는 뜻이다.

"헤루안에 위중한 병자가 있소?"

설루의 의술이 필요하다는 것은 곧 병자가 있다는 뜻이다.

"그런 것은 아닙니다. 다만… 우리 정령일족의 한계… 에 관한 부인의 조언을 구하고 싶습니다만……."

일락이 큰 비밀이라도 말하는 듯 목소리를 낮췄다. 물론 그렇다고 해도 십자성의 무사들에게 그녀의 말이 들리지 않는 것은 아니었다.

"정령일족의 한계라면……?"

"헤루안을 떠나서는 정령의 술을 이곳에서처럼 사용하지 못하는 이유 말이지요."

이미 입 밖으로 내놓은 이상 더 숨길 것이 없다는 듯 일락이
말했다.

"그게… 의술의 문제겠소?"

적풍이 되물었다.

"오랫동안 우리는 그 문제에 대해 여러 측면에서 살펴보고
있습니다. 물론 아직 결론은 내지 못했지요. 그중 의술의 측면
에서 살피는 것도 한 방편입니다. 그래서… 천의비문의 의술이
라면……."

"천의비문도 알고 있소?"

적풍이 놀란 표정으로 물었다.

"그렇습니다."

"가륵, 그자가 정말 많을 것을 말해줬구려."

적풍이 불쾌한 기색을 드러냈다. 현월문주 가륵의 이름을 입
에 올릴 정도로 화가 난 표정이다.

"천의비문의 존재는 이미 우리도 알고 있었습니다."

"하지만 루가 그곳의 의술을 알고 있다는 것은 그에게 들었
을 것 아니오?"

"그렇긴 합니다만……."

일락이 말꼬리를 흐렸다.

그녀도 현월문주 가륵의 행동이 십자성주에게 불쾌감을 줄
수 있다는 것을 알고 있었다.

그런데 자칫 경직될 것 같던 분위기가 설루의 개입으로 풀어
졌다.

"됐어요. 지난 일을 거론해서 무슨 소용이겠어요. 저도 마침

이 헤루안의 약초들에 대해 궁금한 것이 많았으니 남은 시간 동안 그 문제들에 대해 이야기해 보도록 하죠."

설루가 나서자 적풍은 못마땅한 듯하면서도 침묵으로 설루의 의견에 동의했다.

"부인의 배려에 감사드립니다."

일락이 적풍 일행을 만난 이후 처음으로 진심을 담은 정중함으로 설루에게 고개를 숙여 보였다.

"하지만 너무 기대하진 마세요. 수백 년 헤루안 일족의 문제가 하루 이틀의 대화로 풀릴 수는 없을 테니까요."

"알고 있습니다. 하지만 그래도 그동안 풀리지 않던 의학적 문제의 단초를 풀 수는 있을지도 모르지요."

"아무튼 가면서 이야기하죠."

설루가 손을 들어 하늘을 가리켰다. 이미 해가 중천에 떠 있었다.

"알겠습니다. 두 사람은 나 대신 길을 여세요."

일락이 자신과 함께 십자성 고수들의 안내를 맡은 다른 두 명의 중년 헤루안 전사들에게 말했다.

"알겠습니다, 령사님!"

두 명의 헤루안 전사가 대답을 하고는 일행의 앞으로 나가 노숙지의 서북쪽으로 길을 열기 시작했다.

여행은 삼 일 동안 이어졌다.

행로는 헤루안의 경계를 넘나들고 있었다. 어떤 때는 헤루안의 땅 깊숙이 들어가기도 했지만, 그럴 때마다 헤루안의 전사들은 마치 혜루안 내부의 모습을 일행에게 보여주고 싶지 않다는 듯 금세 방향을 틀어 혜루안 바깥쪽으로 이동했다.

그렇게 혜루안의 경계를 따라 이동하는 동안 설루와 일락은 어깨를 나란히 하고 말을 몰면서 끊임없이 이야기를 나눴다.

누가 보면 마치 중요한 밀담을 나누는 것 같이 둘 모두 무척 심각한 표정을 하고 있었다.

그러다 가끔 침묵이 시간이 찾아들 때도 있었다. 그때는 일락의 질문에 대한 답을 설루가 홀로 궁리하는 시간이었다.

적풍은 설루의 모습을 보며 정령일족의 문제가 결코 쉽게 해결될 수 없는 것임을 직감했다.

설루의 의술은 천의비문주도 인정한 바 있었다. 비록 천의비문의 직계는 아니지만 설루는 천의비문 의술의 정수를 꿰뚫고 있었고, 그로 인해 명계 십자성에서 살아갈 때는 가끔 천의비문의 후기지수들이 그녀의 가르침을 받기 위해 십자성으로 찾아올 정도였다.

사사로이 적풍의 외가이기 때문에 가능한 일이었지만, 어쨌든 설루의 의술이 뛰어나지 않으면 일어날 수 없는 일이었다.

그런 설루를 고민하게 만든다는 것은 정령일족의 한계가 얼마나 풀기 어려운 문제인지를 보여주는 것이었다.

설루는 가끔 일락을 진맥하기도 했다.

그럴 때면 일락은 혜루안의 구천령사가 아니라 한 명의 환자로서 설루 앞에 섰다.

두 사람은 무척 진진하게 정령일족의 문제에 대해 논의했고, 그로 인해 사람을 사귀기에는 극히 짧은 삼 일의 여행이었지만 어느새 두 사람은 수십 년 사귄 친구처럼 친밀해 보였다.

그러는 사이 일락을 대신해 일행의 안내를 주도하고 있는 두 명의 헤루안 전사들은 쉴 새 없이 길을 찾고 만들어 십자성 일행이 아무런 위험 없이 목적지에 도착할 수 있게 도왔다.

물론 두 사람의 능력은 일락에 비할 바는 아니었다. 그래서 가끔 두 사람은 검을 써서 나뭇가지를 잘라내기도 했다.

일락이 길을 만들 때는 절대 있을 수 없는 일이었다. 헤루안의 전사들은 기본적으로 그 땅의 존재하는 모든 것들을 자신들과 동일시하기에 도검으로 수목을 자르는 일은 엄격하게 통제되는 일이었다.

그럼에도 그들이 검을 들어 길을 만든다는 것은 그만큼 일락이 설루에게서 얻고자 하는 도움이 그들에게 중요한 문제라는 뜻이었다.

아무튼 그렇게 삼 일이 지날 무렵, 일행은 거대한 절벽들이 하늘을 가리고 있는 위태로운 지형 앞에 도착했다.

"령사, 도착했습니다."

위태로운 절벽을 앞에 두고 그동안 길을 열었던 헤루안의 두 전사가 여전히 설루와 심각하게 대화를 주고받고 있는 일락에게 말했다.

그러자 일락이 새삼스럽게 고개를 돌려 일행의 앞을 가로막고 있는 거대한 절벽과 그 사이의 위태로운 계곡들을 바라봤다.

"아, 벌써……."

일락의 얼굴에 아쉬움이 묻어났다.

그러자 설루가 말했다.

"벽루에서도 시간이 조금 있을 것이고, 혹 나중에 기회가 된다면 옥서스의 십자성으로 오세요. 이 문제에 대해선 좀 더 이야기를 나눠야 할 것 같군요. 저도 좀 더 고민을 해야 할 것 같고……."

"그래주시겠습니까?"

일락이 한결 조심스러운 표정으로 설루에게 물었다.

일락은 그간 헤루안족에게 형벌처럼 이어지는 금제에 대한 의술적인 조언도 조언이지만, 설루가 자연스럽게 만들어내는 이유를 알 수 없는 안온함에 자신도 모르게 깊게 빠져들어 있었다.

그래서 마치 그녀가 십자성의 무사라도 된 듯 설루를 존경의 마음으로 대하고 있었던 것이다.

"언제든 환영이에요."

설루가 가벼운 미소로 대답했다.

"고맙습니다. 기회가 된다면 저도 성주님 내외분을 정령의 성으로 초대하고 싶군요."

"그야말로 제가 기대하던 여행이지요."

설루가 담담한 미소로 대답했다.

적풍은 일락의 말을 못 들은 채 묵묵히 그의 앞에 펼쳐진 거대한 절벽과 바위산들을 응시하고 있었다.

"그럼 아쉽지만 이제부터는 제가 성주님 일행을 안내해야 할 것 같으니 우리의 이야기는 다음 기회를 기약하지요."

일락이 말했다.

"그렇게 하세요. 일행의 안전이 먼저죠. 그럼 부탁할게요."

설루가 고개를 끄덕였다.

그러자 일락이 가볍게 고개를 숙여 보인 후 적풍 옆으로 다가섰다.

"벽루는 이 계곡 안쪽에 있는 거대한 바위 절벽입니다. 절벽이라고는 해도 일반적인 산봉우리보다도 높지요. 이곳에서부터 벽루까지는 반나절 거립니다."

"어디까지 갈 수 있소? 우리 일행이."

적풍이 물었다.

"벽루 아래까지는 가능합니다. 그곳에서 벽루에 오르는 일은 오직 신검주들과 현월문주만이 가능하지요. 물론 이번만큼은 칠왕의 역사상 처음으로 신검주가 아닌 분이 오르시겠지만."

무황 적황을 두고 하는 말이다. 그에겐 신검이 없지만 이번 벽루의 회합에서 무황 적황은 그 어떤 신검주보다도 중요한 인물이었다.

이 시대에 무황 적황을 빼고는 칠왕의 땅에서 그 어떤 일도 결정될 수 없기 때문이었다.

"그럼 일단 벽루 아래까지 갑시다."

"알겠습니다. 모두 지금부터 조심해야 합니다. 계곡은 깊고 절벽 위의 길은 험합니다. 자칫 방심하면 크게 다칠 수도 있습니다."

일락이 고개를 돌려 십자성 무사들에게 주의를 줬다.

그러고는 스스로 앞장서서 절벽의 군락 속으로 들어갔다.

일락의 경고는 결코 허언이 아니었다.

길은 절벽과 절벽 사이, 혹은 절벽 중간을 가로지르며 나 있었다. 길 아래를 내려다보면 까마득한 깊이의 어두운 계곡이 보였다.

자칫 발을 잘못 디뎌 떨어지기라도 하면 그대로 즉사할 수 있는 그런 길이 이어졌다.

절벽에 난 길이 끝나면 깊은 계곡이 일행을 막아섰다. 일락은 계곡 옆, 위태로운 산길을 따라 일행을 계곡 상류로 인도했다.

그러다가 갑자기 길은 절벽 가장 위쪽으로 나오기도 했다. 계곡이 이어지다 불쑥 폭포가 되어 떨어지는 그런 지형이었다.

지상에서 가장 아래를 걷다가 한순간 세상에서 가장 높은 곳으로 나오게 되는 경험은 위험하지만 신비하기까지 했다.

그렇게 위태로우면서도 신비한 길을 일행은 반나절 정도 걸었다. 그리고 드디어 그들은 그 신성한 벽루에 도착했다.

"벽루입니다."

일락이 말했다.

"젠장……!"

이위령이 자신도 모르게 욕설을 내뱉었다. 그렇다고 다른 누군가에게 한 말은 아니었다.

불쑥 나타나 자신의 앞을 막아선 이 거대한 절벽을 마주하자 자신도 모르게 흘러나온 말이었다. 벽루를 마주한다는 것, 그건 마치 원초적인 절망감과 마주하는 것과 같았다.

끝이 보이지 않는 높이, 유리알 같은 표면. 그 어떤 인간도 흠집 하나 낼 수 없을 것 같은 강고함을 갖춘 절벽은 마치 사람들을 찍어 누르듯 위압적이었다.

그 절벽 아래에서 이위령을 포함한 십자성의 무사들은 자신들이 하나같이 벌레처럼 미미한 존재로 느껴졌다.

"어디로 올라야 하오?"

적풍이 사람이 깎아 놓은 것처럼 매끄러운 벽루를 올려다보며 일락에게 물었다.

"지금이야말로 현월문주가 드린 지도를 쓸 때입니다. 사실 저도 이 위로 올라가는 길을 모릅니다."

일락의 말에 적풍이 품속에서 현월문주가 아바르 강변에서 준 작은 양피지를 꺼냈다. 그러고는 한참 동안 양피지를 들여다보다가 문득 중얼거렸다.

"어느 쪽으로 갈까?"

혼잣말처럼 중얼거리는 적풍에게 설루가 물었다.

"길이 여러 개 있어요?"

"음… 일곱 개의 신검마다 길이 다르군."

"그럼 당신에겐 두 개의 길이 있겠군요. 그런데 그렇다면 무황께선 어떻게 벽루에 오르시죠?"

"그 양반은 현월문주와 함께 오기로 했으니까."

"아, 그렇군요. 현월문주에겐 따로 이용하는 길이 있겠군요."

설루가 고개를 끄덕였다.

"어디로 갈까?"

"그야 당연히 사자검의 길이죠."

"역시 그게 좋겠지?"

"누가 뭐래도 사자검이야말로 온전한 당신의 검이죠."

설루가 말했다.

"나도 그렇게 생각하고 있었어."

적풍이 고개를 끄덕이면서 벽루의 동쪽 측면을 바라봤다. 지도에 의하면 그곳에 사자검을 가지고 벽루에 오를 수 있는 길이 있었다.

"지금 갈 거예요?"

설루가 물었다. 그러자 적풍이 고개를 저었다.

"내일 새벽에. 약속이 그래."

"그럼 일찍 쉬어요."

"그러지."

적풍이 대답을 하고는 이위령에게 고개를 끄덕였다. 그러자 이위령이 십자성의 고수들을 독려했다.

"자자, 적당한 장소를 찾아 며칠 묵을 준비를 하자고. 어디보자. 그래 저기가 좋겠군."

이위령이 손을 들어 벽루 맞은편 움푹 들어간 절벽 사이의 작은 공터를 가리켰다. 바람을 피할 수 있고, 작은 샘도 있는 것 같았다.

"나쁘지 않군요."

소두괴도 동의했다.

"좋아 그럼 가자고."

이위령이 십자성의 고수들을 이끌고 며칠 묵어갈 장소로 말을 몰아갔다.

그러자 적풍이 일락에게 물었다.

"어쩌시겠소? 따로 묵을 곳이 있소?"

"괜찮다면 부인과 조금 더 이야기를 나누고 싶군요."

일락이 설루를 보며 말했다.

일락의 말에 적풍이 설루를 돌아봤다.

"난 좋아."

사람들이 없어선지 설루가 둘만 있을 때의 말투로 대답했다.

"그럼 그렇게 하시오."

설루의 동의가 있자 적풍이 일락의 동행을 허락했다.

적풍은 벽루를 앞에 두고 하룻밤을 지냈다.

생각지 못했던 깊은 잠이었다. 다른 사람들에게는 벽루가 두려움을 일으켰지만 적풍에게는 달랐다. 적풍은 마치 집에 돌아온 것처럼 벽루의 존재가 편안하게 느껴졌다.

그렇게 숙면을 취한 적풍이 이른 새벽잠에서 깼다. 그리고 두 개의 신검을 챙겨들고 조용히 자신의 막사를 벗어나려는데, 문득 등 뒤에서 설루의 목소리가 들렸다.

"가는 거야?"

"음."

적풍이 설루를 돌아보며 대답했다.

"조심해."

"걱정 마. 곧 돌아올 테니."

"걱정하지 않을게. 당신은 대십자성의 성주니까."

설루가 가볍게 미소를 지어보였다.

"다녀올게."

설루에게 손을 들어 보인 적풍이 천막을 벗어났다. 그리고 새벽빛 속에 신령스럽게 서 있는 벽루를 향해 걸음을 옮기기 시작했다.

제2장
신들의 집—벽루

새벽이슬이 옷깃을 적셨다.

적풍은 굳이 이슬을 피하려 하지 않았다. 맨살에 닿은 차가운 아침 이슬이 그의 정신을 맑게 해주는 것 같았다.

긴장 같은 것은 없었다. 신검주들이야 이미 얼굴을 본 자들이고, 현월문의 문주 가륵 역시 여러 번 말을 섞어 본 사람이다. 그래서 그들을 만나는 일이 이젠 그에게 특별하지 않았다.

그러나 호기심은 있었다.

벽루, 현계의 수백 년 역사를 써온 장소다. 무색의 술사 차요담으로부터 시작된 칠왕의 시대가 이 벽루와 함께했다.

그런 역사적인 장소를 볼 수 있다는 것은 적풍이 아니라 그 누구라도 마음 설레는 일이었다.

"여긴가?"

적풍이 매끄러운 절벽 앞에 선 채 중얼거렸다.

지도에 표시된 대로 찾아왔지만 신검의 존재와 벽루의 내막을 알지 못하는 사람이라면 절벽 앞에 가로막혀 막막한 상태가 되었을 것이다.

적풍이 눈을 가늘게 뜨고 그의 앞을 가로막은 매끄러운 절벽을 살폈다. 그러자 세월의 무게를 이기지 못하고 뭉툭하게 닳은 작은 홈이 보였다. 그리고 그 홈은 적풍이 아주 오래전 한 번 본 모양이었다.

"역시 그렇군."

적풍이 고개를 끄덕였다.

벽루의 표면에 새겨진 홈은 오래전 그가 명계의 월문 법황 의천노공 우서한을 꺾고 마주 섰던 밀교의 문에 새겨진 홈과 같은 모양이었다.

당시 그는 그 홈에 사자검을 꽂음으로서 밀교의 문이 가진 비밀을 알게 되었고, 잠시나마 현계의 모습을 본 적이 있었다.

적풍이 망설이지 않고 사자검을 뽑아 홈에 꽂아 넣었다. 그러자 마치 얼음 위에서 돌덩이가 미끄러지듯 부드럽게 사자검이 꽂힌 석벽이 안쪽으로 밀려 들어갔다.

그리고 놀랍게도 그 안쪽에 돌계단이 모습을 드러냈다.

"대단한 일이군. 인간이 절벽을 뚫어 그 안을 통과해 정상에 이르는 길을 만들다니."

벽루의 바깥쪽 모습을 고려하면 이 계단은 정상에 이를 때까지 오직 바위로만 이루어져 있을 것이다. 벽루의 높이는 눈대중으로 보아도 수백 척, 그 높이까지 절벽 안쪽으로 돌계단을 깎아 놓았다는 것은 인간이 한 일이라고는 믿기 힘은 놀라운 것이었다.

적풍이 손을 뻗어 돌계단 양쪽 옆 벽을 만졌다. 냉기가 흐르는 석벽이 대패질을 한 것처럼 매끄러웠다.

"고수의 손길이군."

단순히 석공의 힘만으로는 만들어 낼 수 없는 길이었다.

"대단한 고수였겠어. 차요담일까?"

벽루에서 일곱 개의 신검을 칠왕에게 나눠준 것은 무색의 술사 차요담이다. 그렇다면 이 장소를 만든 사람 역시 차요담일 가능성이 컸다.

"하긴 일곱 개의 신검을 만든 자니까."

생각해 보면 벽루에 만들어진 이 비밀스러운 돌계단보다 신검의 존재가 더 신비로운 것이었다.

적풍이 계단 안쪽으로 들어섰다. 그러고는 밀려 들어간 절벽에서 전왕의 검을 뽑았다.

스르르!

전왕의 검이 뽑히자마자 석문이 다시 밀려 나가 한 치의 틈도 없이 입구를 막았다.

한순간에 자연의 빛이 사라지고 오직 돌계단 벽에 박힌 야명주의 빛만이 희미하게 남았다. 그러자 한기가 더욱 깊어졌다. 적풍 같은 고수조차도 몸을 떨 정도였다.

"오래 있을 곳은 아니군."

적풍이 급히 발걸음을 옮겨 위쪽으로 이어진 돌계단을 오르기 시작했다.

무척 긴 시간처럼 느껴졌다.

자신의 인생을 모두 돌아봐도 충분한 시간처럼 생각될 정도였다. 그래서 혹시 돌계단에 환영의 진이 펼쳐진 것이 아닌가 의심이 들 정도였다. 그러나 진은 없었다. 그리고 결국 돌계단의 끝도 보였다.

적풍의 눈앞에 다시 거대한 석벽이 나타났다. 그리고 입구에서처럼 사자검이 들어갈 홈이 눈에 들어왔다.

적풍은 한시라도 빨리 이 돌계단의 석굴을 벗어나고 싶었다. 그래서 망설이지 않고 석벽에 있는 문에 전왕의 검을 꽂아 넣었다.

스르릉!

입구에서와 마찬가지로 석벽이 미끄러지듯 우측으로 이동했다. 그리고 적풍 앞에 우울한 하늘이 모습을 드러냈다.

"날이 흐렸었나?"

적풍이 벽루 정상 위로 드리워진 잿빛 하늘을 보며 중얼거렸다. 해가 뜨기 전 노숙지를 떠났으니 그사이 날이 흐렸을 수도 있었다.

적풍이 한 걸음 앞으로 나아갔다. 그러자 사자검이 뽑힌 석문이 조용하게 닫혔다.

벽루의 정상은 넓었다. 둥근 원형의 정상은 지름이 일백여 장에 이를 정도였다.

그러나 워낙 높은 곳에 위치해 있어서 백여 장에 이르는 정상의 공터가 실제보다는 작게 느껴졌다.

"내가 처음인가?"

적풍이 고개를 갸웃했다.

약속한 날은 오늘이 정확했다. 날짜를 잘못 기억할 리는 없었다. 그런데 벽루의 정상에서 그를 기다리는 사람이 없었다.

오직 여덟 개의 허리 잘린 돌기둥이 적풍을 맞이할 뿐이었다.

"앉아서 기다리라는 것인가?"

여덟 개 돌기둥의 높이는 적풍의 허리 정도였다. 사람의 손으로 다듬은 듯 매끄러워 그 위에 사람이 앉을 수 있는 의자로 보였다.

적풍이 천천히 걸음을 옮겨 돌기둥 앞으로 다가갔다. 그런데 돌기둥을 보는 순간 적풍의 눈빛이 반짝였다.

"아직 끝이 아니라는 것인가?"

적풍이 돌기둥의 표면을 보며 중얼거렸다.

돌기둥의 표면에는 그가 벽루의 정상에 오르기 위해 거쳤던 두 개의 석문에 난 홈과 동일한 홈이 파여 있었다. 그건 곧 그곳에서 다시 전왕의 검이 사용되어야 한다는 의미다.

적풍이 망설이지 않고 전왕의 검을 뽑아 돌기둥 위쪽의 홈에 꽂아 넣었다. 그러자 사자검이 이번에는 아주 깊숙이, 검신의 거의 전부가 돌기둥을 파고들었다.

그리고 그 순간 갑자기 돌기둥이 아래로 내려가는가 싶더니 그의 눈앞에 놀라운 광경이 펼쳐졌다.

"어서 오시오. 성주! 벽루에 오신 것을 환영하오."

적풍이 가륵의 목소리에 고개를 들었다. 그러자 아지랑이처럼 하늘거리는 가륵의 모습과 그의 곁에 있는 적황의 모습, 그리고 다른 신검의 주인들 모습이 눈에 들어왔다.

마치 투명한 유리로 그와 그들을 가로막은 듯한 상황이었지만, 적풍은 그와 그들 사이에 어떤 것도 존재하지 않는다는 것을 알고 있었다.

"진이오?"

적풍이 물었다.

"비슷하다고 해둡시다. 건너오시오."

가륵이 말했다. 그러자 적풍이 잠깐 한 호흡을 쉬고는 허공에 만들어진 투명한 막을 통과했다.

순간 적풍은 자신이 아주 먼 거리를 이동한 것 같은 느낌을 받았다. 겨우 두어 걸음 옮겼을 뿐인데 마치 수십 리 떨어진 곳으로 이동한 듯한 느낌이었다.

'이건… 교벽과 비슷하군.'

적풍은 금세 자신의 이 기이한 느낌이 교벽을 통과할 때 느꼈던 그것과 같음을 깨달았다.

적풍이 자신도 모르게 고개를 돌려 자신이 있던 곳을 바라봤다. 그곳에는 여전히 벽루의 정상이 있었고, 전왕의 검을 꽂은 돌기둥이 있었다.

하지만 고개를 돌리면 무황과 가륵 그리고 다른 신검의 주인들이 옥으로 만든 듯한 의자에 앉아 그를 바라보고 있었다. 그리고 그중 한 자리는 적풍을 위해 비어 있었다.

"와서 앉거라."

무황이 적풍에게 말했다.

무황 역시 벽루에 오른 것은 오늘이 처음이어서인지 조금은 상기된 표정이었다.

적풍이 무황의 말에 묵묵히 걸음을 옮겨 하나 남은 옥빛 의자에 앉았다. 그러자 가륵이 다시 입을 열었다.

"당황하셨을 것이오."

"당황할 것 까지는 없고, 특별하긴 하구려. 그런데 진이 아니라면… 혹, 작은 교벽 같은 것이오?"

적풍이 담담한 표정으로 되물었다.

"역시 알아보셨구려."

"인위적으로 교벽을 만들어낼 수 있다니 놀랍구려."

적풍의 말에 가륵이 고개를 저었다.

"우리 중 누구도 인위적으로 교벽을 만들 수는 없소. 이건 모두 그 옛날 칠왕의 시대를 열었던 무색의 술사 차요담의 유업이오."

"그의 이름이 수백 년이 지나도 여전히 칠왕의 땅을 지배하는구려."

"사실이오. 부인할 수 없는 일이고… 이 작은 교벽의 공간조차도 우린 그 비밀을 풀지 못하고 있다오."

가륵이 자괴감이 드는 표정으로 말했다.

"그분의 유업을 이은 후예만 있었어도 오늘날 이 땅이 이렇게 혼란스럽지는 않았을 것이오."

문득 적풍과 적황 그리고 가륵을 제외한 다섯 명의 신검주들 중 한 명이 입을 열었다.

그는 다른 신검주들과는 조금은 다른 사람이었다.

다른 신검주들은 경중의 차이는 있어도 모두 전갑을 갖춰 입은 모습이었지만 입을 연 자는 전갑을 갖추지 않고 있었다. 머리는 순백이었고, 눈은 옥빛을 담은 듯 푸른색이었다.

그의 외모를 보면 누가 말해주지 않아도 그가 정령의 신검을 지닌 헤루안의 왕임을 알 수 있었다.

"맞는 말이오. 지금도 이해할 수 없는 일이기도 하오. 왜 그분이 후예를 남기지 않으셨는지……."

석림의 제왕 고개를 저으며 중얼거렸다.

그러면서 그의 시선이 은연중에 가륵에게로 향했다. 마치 가륵이 그 이유를 알고 있을 것이라는 표정이었다.

그러자 가륵이 무겁게 입을 열었다.

"그의 법력은 범인이 가늠할 수 없을 정도로 높고 지난해서 보통의 사람이 이어받을 수 없는 것이었소."

"월문에도 그런 인재가 없었소?"

천인총의 제왕 사삼우가 물었다.

"있었다한들 월문의 법사들이 그의 법력을 이을 수는 없는 일이오. 그는… 신검의 주인들에게는 몰라도 우리 월문에겐 결국 배문의 인물일 뿐이오."

"대체 그분과 월문 사이에는 무슨 일이 있었던 것이오?"

오손의 왕 하막이 궁금함을 참을 수 없다는 표정으로 물었다.

"월문의 일이오."

가륵이 단호하게 하막의 질문을 막았다. 하지만 하막은 쉽게 물러나지 않았다.

"그분이 월문의 법사였던 것은 다른 사람에게는 몰라도 우리 칠왕들에게는 비밀이 아니오. 그분께서 일곱 개의 신검을 칠왕에게 전하면서 요구했던 것 중 하나가 신검주는 언제나 월문을 존중하고 그 요구에 따라야 한다는 것이었소. 그런 정도로 그분은 월문에 대한 정이 깊었소. 그런데 정작 월문은 어째서 그분이 월문의 사람이었다는 것조차도 인정하려하지 않으시는 거요?"

하막이 답답한 표정으로 물었다.

"그와 월문 사이의 일은 더 이상 거론하고 싶지 않소. 수신검주께서도 그 일이 월문에게는 불문의 일임을 아실 것이오. 그러니 그 이야기는 그만합시다. 그것보다는 앞으로의 일을 논의하는 것이 급하지 않겠소?"

가륵이 워낙 단호한 태도를 보이자 오손의 왕 하막도 더 이상 차요담과 월문의 일을 묻지 않았다.

그러자 무황이 입을 열었다.

"미래의 일을 논의하자면 가장 먼저 선행되어야 할 일이 있소."

"말씀해 보시구려."

석두인이 적황에게 말했다.

"가장 중요한 것은 신검주들께서 우리 신혈의 아바르와 십자성주를 칠왕의 일원으로 인정할 것이냐는 문제요. 그것만 해결된다면 앞으로의 일은 단지 방법론만 남을 것이오."

적황의 말에 신검주들이 묵묵히 침묵을 지켰다.

그러자 가륵이 나섰다.

"그 문제에 대해서라면 사실 더 거론할 것도 없는 것 아니오? 오늘 두 분을 벽루에 초대했소. 아바르 강변에서의 화의도 있었소. 그러니 이미 신혈의 아바르가 칠왕의 땅에 단단히 뿌리를 내렸는데 지금 와서 두 분을 다시 인정할 것도 없지 않겠소? 안 그렇소이까?"

가륵이 다섯 명의 신검주들에게 물었다.

그러나 신검주들은 여전히 말이 없었다.

상황이 이미 무황과 적풍을 칠왕의 일원으로 인정하지 않을 수 없는 지경에 이르렀다는 것은 알고 있지만, 누구라도 먼저 나서서 두 사람을 인정한다는 말을 하고 싶지는 않은 모양이었다.

하지만 결국 그들의 침묵이 영원할 수는 없었다.

그리고 두 사람을 인정한다는 말을 가장 편하게 할 수 있는 사람은 역시 아바르 강변의 싸움에 참여하지 않은 정령신검의 주인이자 혜루안의 주인이 공령이었다.

"현월문주께서 이미 말씀하셨듯이 두 분을 이곳으로 초대한 것으로 우리의 선택은 끝났소. 난 오늘부터 두 분을 칠왕의 일원으로 인정할 것이오. 다른 분들 역시 반대는 없을 것이오."

공령이 나머지 네 명의 신검주들을 돌아봤다. 그러자 신검주들이 입을 여는 대신 가볍게 고개를 끄덕여 공령의 말에 동의했다.

그러자 공령이 다시 말을 이었다.

"모두 동의한 것 같으니 이제 월문주께서 향후의 일에 대한 논의를 진행해 주시지요."

공령의 말에 가륵이 가볍게 기침을 한 후 입을 열었다.

"시간의 흐름은 인간들의 힘으로 어쩔 수 없는 것인 모양이오. 과거 무색의 술사 차요담의 주도로 이뤄진 벽루의 회합으로 우린 이 땅을 인간의 땅으로 만들었소. 그런데 이제 시간이 흘러 신검의 주인도 바뀌고 또 그때와 반대로 이번에는 야수족들의 공격을 받게 되었으니 말이오."

"그들에 대한 소식은 왔소이까?"

공령이 물었다.

"앙굴루에 모여 있다고 하오."

"그자의 정체는……?"

"아직은 알아내지 못한 것 같소. 하지만 곧 알게 될 것이오. 앙굴루에 모인 야수족들도 결국은 우두머리를 정할 것이고, 그리 되면 자연히 그의 정체가 드러날 거요. 마룩의 정념을 얻는 자 말고 그 누가 야수족의 우두머리가 되겠소."

"그렇긴 하오. 그런데 그들의 전력은 어느 정도라 하오?"

"아직 모두 모인 것은 아니오. 하지만 지금까지만 해도 이만에 이르는 숫자라 하오."

"이만이라… 이 땅을 떠나 카말의 숲 곳곳에 흩어져 있던 자들로선 큰 숫자구려."

석림이 왕 석두인이 걱정스러운 표정으로 말했다.

"문제는 그 숫자가 전부가 아니라는 것이오. 아직도 계속 원주족들이 앙굴루로 모여들고 있으니 어쩌면 그보다 몇 배에 이르는 숫자를 상대해야 할지도 모르오."

가륵이 경고하듯 말했다.

그러자 천인총의 제왕 사삼우가 나직하게 말했다.

"문제는 그들의 숫자가 아니오. 칠왕의 정예들이라면 아무리 놈들의 숫자가 많다 해도 결국에는 물리칠 수 있을 것이오. 문제는… 마룩의 정념을 깨운 자요. 과거 칠왕과 마룩의 싸움에서도 칠왕이 합공을 해서야 겨우 그를 물리치지 않았소? 더군다나 당시에는 차요담 대법사께서 마룩의 사술을 깨뜨려 주셨소. 하지만 지금은 과연 누가 있어……"

사삼우가 말을 하면서 가륵을 바라봤다.

현월문주가 차요담을 역할을 할 수 있겠느냐는 의미였다. 그러자 가륵이 냉정하게 말했다.

"물론 지금 우리 중에는 그의 역할을 할 사람이 없소."

"월문도 불가능하오?"

사삼우가 실망한 표정으로 물었다.

"모두가 알다시피 마룩은 이 땅의 역사에서 가장 무서운 마인이었소. 그런 자의 사술을 깨뜨린 차요담의 법술은 당대 누구도 다시 재현하기 어렵소."

"현월문의 여러 법사들께서 함께 나서시면 어떻소?"

사삼우가 다시 물었다.

"그 일에 본 문의 운명을 걸란 말이오?"

가륵이 힐난하듯 물었다.

"하지만 그들을 막지 않고서야 이 땅의 운명 자체가 끝날지도 모르는 일 아니오?"

"내 생각으로는 일곱 개의 신검이라면 충분히 그를 막을 수 있을 거요."

가륵이 반론했다.

"마룩의 정념을 이은 자를 신검만으로 막을 수 있다는 거요?"

사삼우가 불가능하다는 듯 되물었다.

"그가 마룩의 정념을 모두 얻었다면 어려울 수도 있소. 하지만 그는 본문 법사의 방해로 중도에 귀혼술을 중지할 수밖에 없었소. 그건 곧 그가 마룩의 모든 힘을 얻지 못했다는 의미요. 그리고 그에겐 결정적으로 마룡 우루노가 없소."

"그가 마룡 우루노를 얻지 못했다는 것이 확실한 거요?"

곁에서 두 사람의 치열한 논쟁을 듣고 있던 오손의 제왕 하막이 물었다.

그러자 가륵이 확신에 찬 표정으로 대답했다.

"마룡 우루노가 깨어났다면 그 기운을 절대로 숨길 수 없소. 정령신검주께서도 아실 거라 생각하오."

가륵이 정령신검주 공령에게 동의를 구했다. 그러자 공령이 고개를 끄덕였다.

"현월문주님의 말씀이 맞소. 마룡 우루노가 나타났다면 절대 그 기운을 숨길 수 없소. 그리고 그자가 마룡 우루노를 얻었다면 야수족들이 앙굴루에 모여 대회합을 하지도 않았을 거요. 마룡 우루노를 얻는 순간 야수족들의 동의가 없어도 이미 대카르가 되었을 것이기 때문이오. 그리고 아마도 우리가 이렇게 벽루에서 회합을 가질 기회조차도 없었을 것이오."

공령의 말에 석두인이 동조했다.

"맞는 말씀이오. 마룡 우루노를 얻었다면 그는 이미 이 땅을 쑥대밭으로 만들고 있었을 거요."

"좋소. 그가 마룡 우루노를 얻지 못했다는 것은 인정하겠소."

사삼우가 결국 가륵의 의견에 수긍했다. 그러자 가륵이 다시 말을 이었다.

"불완전한 마룩의 힘과 마룡 우루노가 없는 상태라면 그자는 분명 야수족의 세력을 최대한 끌어모아 그 힘으로 칠왕의 땅을 점령하려 할 거요. 그러니 이번 싸움은 과거 칠왕과 마룩의 싸움과는 다른 형태의 싸움이 될 것이오."

가륵의 말에 신검주들이 저마다 고개를 끄덕였다.

과거 어둠의 마룩은 그 자신만의 힘으로 세상을 지배하려 했었다. 그리고 충분히 그럴 힘이 있었다.

그러나 이번에 그의 정념을 얻은 자는 결코 그런 싸움을 할 수 없었다. 그러니 결국 이 싸움은 세력과 세력, 야수족과 칠왕 전사들의 대규모 전쟁으로 이어질 싸움이었다.

그런데 그들 중 한 사람은 그들과 다른 생각을 하고 있었다.

"하지만 어쨌든 그만 죽이면 끝나는 싸움인 것은 마찬가지 아니오?"

적풍이었다.

그러자 가륵이 되물었다.

"무슨 뜻으로 하신 말이오?"

"그가 마룩의 정념을 모두 얻었든 못 얻었든, 아니면 그에게 마룡 우루노가 있든 없든, 또 그가 부족한 자신의 힘을 야수족의 숫자로 메우려 하든 말든 그만 죽이면 끝나는 싸움인 것은 분명하지 않소?"

"그렇긴 하지만……."

"그럼 우리가 굳이 그의 의도대로 이 땅의 전사들을 모두 동원해서 죽음의 전쟁으로 승부를 볼 이유가 없지 않소. 그만 끝어낼 수만 있다면……."

"그렇긴 하지만 무슨 수로 그를 끌어낸단 말이오. 그는 수만 명의 야수족 무리들 속에 머물 텐데."

사삼우가 마뜩찮은 표정으로 물었다.

그러자 적풍이 대답했다.

"그 일이야말로 지금부터 논의해야 하는 것 아니겠소? 하지만 어쨌든 야수족과 전면전을 치러 이 싸움을 끝내려 한다면 아마도 이 현계의 땅은 수백 년간 회복할 수 없는 공멸의 지경에 처할 수도 있소. 그런 피해를 감당할 수 있겠소? 어쩌면 몇몇 왕국은 사라질 수도 있는데?"

"음……."

적풍의 질문에 사삼우조차 신음을 흘릴 뿐 제대로 대답하지 못했다.

그러자 적풍의 이야기를 듣고 있던 무황이 입을 열었다.

"십자성주의 이야기가 맞는 것 같소. 일단 야수족의 침입을 막으면서 그자를 끌어낼 방법을 찾아봅시다."

무황의 말에 신검주들이 고개를 끄덕였다.

그러자 가륵이 입을 열었다.

"불행 중 다행인 것은 저들에 비해 우리의 준비가 좀 더 빠르다는 것이오. 아바르 강변에서의 전쟁은 큰 불행이었지만 그 덕에 각 왕국의 정예 전사들이 이미 싸울 준비가 되어 있는 상태요. 그러니 침묵의 강 중류 부근에 강력한 방어진을 구축할 수 있을 것이오."

가륵의 말처럼 아바르와 네 왕국의 싸움에 참여했던 전사들은 그대로 침묵의 강 부근으로 이동하고 있었다.

이미 한 번 전쟁을 치른 전사들의 전의 또한 뜨거웠다. 그동안 큰 싸움이 없어 나약함에 물들어가던 칠왕의 전사들이 전의를 되찾았다는 것은 무척 중요한 일이었다.

"불행 중 다행이라… 정말 그 말이 딱 어울리는구려."

헤루안의 지배자 공령이 씁쓸한 말투로 말했다.

"장소는 봐두신 곳이 있소?"

무황이 가륵에게 물었다.

그러자 가륵이 미리 준비해 두었던 지도를 그들 앞에 있는 넓은 석탁에 펼쳤다.

그리고 이미 생각을 하고 있었다는 듯 그중 한 지점을 지목했다.

"이곳이 어떨까하오."

가륵이 지목한 곳은 침묵의 강이 두 개의 산 사이로 흘러내려가는 중류 부근이었다.

"거긴… 마룡협이 아니오?"

석두인이 놀란 표정으로 물었다.

"그렇소."

"왜 하필 그곳을… 그곳은 마룡 우루노의 전설이 깃든 곳이어서 야수족의 사기가 크게 오를 수 있는 곳인데……."

"하지만 지금 그들에겐 마룡 우루노가 없소이다. 그러니 외려 야수족의 사기를 꺾을 것이오. 마룡 우루노가 있을 때도 패했는데 지금은 그 가공할 존재가 없으니 말이오."

"음… 그런 측면이 있긴 하겠구려."

가륵의 설명에 석두인이 금세 수긍했다. 그러자 가륵이 다시 말을 이었다.

"그리고 마룡협이 만약의 경우 전선을 몰아 오를 수 있는 마지막 지점이오. 그 상류로는 물살이 급하고 강폭이 좁아 큰 배를 움직일 수 없소."

가륵의 설명을 들은 신검주들이 가륵의 의견에 동의하는 듯 고개를 끄덕였다.

"하지만 보급이 문제구려. 마룡협은 비록 야수족의 땅은 아니지만 그렇다고 칠왕의 땅도 아니지 않소? 근방에 협로가 많아 보급을 위해 움직이는 전사들이 기습을 당할 염려도 많은 곳이오."

무황의 지적에 가륵이 고개를 끄덕이며 말했다.

"맞소이다. 마룡협은 모든 면에서 좋으나 칠왕의 땅을 벗어난 곳이라 보급에 어려움을 겪을 수밖에 없소. 하지만 우리에겐 그 문제를 해결할 확실한 방법이 있소."

"어떤 방법이 있다는 말이오?"

석두인이 물었다.

그러자 가륵이 오손의 왕 하막과 바람의 왕국 제왕인 장유황을 번갈아 보며 물었다.

"두 왕국의 전사들이라면 강 상류에서 보급품을 싣고 강 아래로 내려올 수 있지 않소? 두 왕국의 노련한 뱃사람들이라면 침묵의 강 상류의 거친 물살도 충분히 헤쳐 나갈 수 있을 것 같은데 말이오."

그러자 하막과 장유황이 서로를 바라보다가 하막이 먼저 입을 열었다,.

"물론 불가능한 일은 아니오. 하지만 중요한 것은 어떻게 배를 침묵의 강 상류까지 가져가느냐는 것이오. 우리 두 왕국의 배들은 아바르 강 상류까지는 이동할 수 있어도 두 강이 이어져 있지 않으니 침묵의 강으로 갈 수 있는 방도가 없소. 배를 들어 옮길 수도 없는 일이고……."

"뗏목은 어떻소? 지난번 전쟁에서 사용했던 것처럼……."

"음… 침묵의 강 상류의 급류라면 배보다 뗏목이 나을 수도 있긴 하오. 근방에 숲이 울창하니 뗏목을 만들기도 적당하고. 하지만 역시 문제는 남아 있소. 당장 그 많은 인원이 사용할 보급품을 마련하는 것도 그렇고, 그것들을 침묵의 강 상류까지 옮기는 것 역시 만만치 않을 것이오. 아시다시피 칠왕의 왕국들은 작은 땅이 아니잖소? 오손이나 천인총, 혹은 바람의 왕국 같은 곳에서 이곳까지 보급품을 가져오려면 족히 두어 달은 걸릴 것이오."

하막이 묻자 가륵이 대답했다.

"지금은 상인들을 이용해야 할 때요."

"후우… 그들이 과연 우리의 의도대로 움직이겠소?"

"그들 역시 칠왕의 땅을 근거로 살아가는 사람들이오. 야수족의 침략이라면 이 일에 나서지 않을 수 없을 것이오. 물론…
이 싸움 이후 그들에게도 이득이 돌아가야 하겠지만……."

"많은 욕심을 부릴 거요."

사삼우가 눈살을 찌푸리며 말했다.

"그래도 어쩔 수 없는 일 아니겠소?"

가륵이 다른 대안이 있으면 말해보라는 듯 사삼우에게 물었
다. 그러자 사삼우가 한숨을 쉬며 대답했다.

"후우, 아니오. 문주의 말이 맞소. 사실 우리가 칠왕의 땅의
지배자라지만 실질적으로 이 땅을 움직이는 자들은 그들 상인
들이지. 특히 오대상인들은 더더욱 그렇고 말이오."

"맞소이다. 그들을 끌어들이지 않으면 이 싸움은 무척 어려
워질 것이오."

석두인이 고개를 끄덕였다.

"그럼 현월문주께서 그들을 설득하시겠소?"

헤루안의 왕 공령이 가륵에게 물었다. 그러자 가륵이 고개
를 저었다.

"내겐 그럴 시간이 없소. 우선은 야수족과 싸울 준비를 하
는 것이 급하오. 마룩의 정념을 얻은 자를 상대하자면 결계를
이용해 우리가 머물 진지를 그의 사법으로부터 보호할 준비를
해야 할 것이오."

"그럼 누가 그들을 설득한단 말이오?"

공령이 난감한 표정으로 물었다. 이 땅의 미래를 약속하는
거래를 할 수 있는 사람은 오직 가륵뿐이다. 그가 아니라면 칠
왕의 약속을 보증해 상인들과 거래할 사람이 없었다.

"모든 상인을 일일이 상대할 필요는 없소. 가장 중요한 한 명만 설득하면 되오. 바로 타림성의 성주 송령이오. 그녀를 설득할 사람이 여러분 중에 없소이까?"

가륵이 신검주들을 돌아보며 물었다. 하지만 신검주들 중 그 누구도 가륵의 물음에 대답을 하는 사람이 없었다.

"이중 그녀를 설득할 사람이 한 명도 없다는 것이오?"

가륵이 조금 화가 난 듯한 표정으로 물었다.

그러자 석두인이 변명하듯 말했다.

"사실 그동안 우린 상인들을 직접 상대하지 않았소. 그런 일은 모두 각성의 총관들이나 아랫사람들이 했던 일이오. 칠왕의 신분으로 어찌 하찮은 자들을 상대로 흥정을 할 수 있었겠소?"

석두인의 말에 가륵이 어이없는 표정을 지었다. 신검주들의 이 도도한 자존심이 정작 필요한 일을 제대로 할 수 없게 만들고 있었다.

"이 거래는 이 땅의 미래를 둔 거래요. 나나 신검주들이 아닌 사람이 나서서는 결코 성사시킬 수 없는 거래란 뜻이오. 수만 명의 전사들이 쓸 보급품을 공급하는 것은 상인들도 자신들의 모든 것을 걸고 해야 하는 일이기도 하오. 그러니 우리 중 누군가는 타림성으로 가야 하오."

"우리 모두 수천의 전사들을 움직이는 사람들이오. 자리를 비운다면 전사들이 동요할 수 있소."

무황이 말했다.

무황의 지적은 냉정한 것이었다. 여러 왕국의 전사들이 모인

이질적인 집단에서 각 왕국의 제왕들이 자리를 비운다는 것은 그리 쉬운 일이 아니었다.

비록 하나의 적을 상대하기 위해 모이긴 했지만 그 속에서 여전히 각 왕국간의 보이지 않는 경쟁은 계속될 것이기 때문이었다.

모두가 타림성으로 가 아름다운 송령을 만나는 일을 미루자 자연스럽게 가륵의 시선이 적풍에게로 돌아왔다.

가륵의 시선을 느낀 적풍이 뜬금없다는 표정으로 가륵을 바라봤다.

"십자성주께서 가주실 수는 없겠소?"

가륵의 말에 적풍은 물론 다른 신검주들 역시 뜨악한 표정을 지었다.

비록 적풍이 두 개의 신검을 가지고 있어 벽루의 회합에 참여하고 그의 십자성이 칠왕국의 일원으로 인정되었지만, 그렇다고 칠왕을 대표해 타림성의 성주 아름다운 송령과 거래를 하기에는 다른 칠왕에 비해 존재감이 부족하다고 생각하기 때문이었다.

"내가 가서 이 거래를 성사시킬 수 있을 거라 생각하는 거요?"

"그래주시길 바라겠소. 모두가 가기 어렵다고 하니… 십자성은 다른 왕국처럼 수천의 전사들을 동원하는 것도 아니지 않소? 빠르게 움직이는 것으로는 성주께서 가장 수월할 것 같은데……."

"그녀가 날 믿고 거래를 하겠소?"

적풍이 다시 물었다.

"내 생각에는 아마도 그럴 것 같소만……."

그러자 적풍이 단호한 표정으로 말했다.

"오늘 내가 벽루의 회합에 초대되었고, 다른 신검주들께서 날 칠왕의 일원으로 인정했다고 해도 세상은 날 칠왕으로 인정하지 않을 수 있소. 더구나 난 왕국이랄 것도 없소. 왕국이 없는 왕이 어디 있겠소? 그런 면에서 난 타림성의 성주에게 칠왕의 한 명으로 인정되지 않을 것이오."

"내 생각도 십자성주님의 생각이 맞는 것 같소. 우리야 신검을 지닌 사람이 어떤 존재인지 정확하게 알기에 십자성주께서 칠왕의 일원이 되는 것을 인정할 수 있지만 세상 사람들은 아직 십자성주에 대해 잘 모르지 않소이까?"

공령이 적풍의 말을 거들었다.

그러자 가륵이 고개를 저으며 말했다.

"다른 상인들이라면 두 분의 말씀이 맞을 수 있소. 그러나 타림성의 성주는 그렇지 않을 것이오. 분명 십자성주와 거래를 할 것이오. 그녀와, 아니 정확히는 타림성의 상인들과 인연이 있지 않소?"

가륵이 적풍을 보며 물었다.

순간 적풍이 내심 혀를 찼다.

'이자가 내가 오손의 호수에서 타림성의 상단주 야르간과 동행한 것을 두고 하는 말이군.'

가륵은 분명 그와 야르간의 관계를 지목하고 있는 것이다.

"인연이 아주 없지는 않지만……."

적풍이 말꼬리를 흐렸다.

"그 인연의 힘으로 이 거래를 할 수 있을 것이오. 더군다나 타림성은 이 땅에서 가장 빠른 정보망을 가지고 있소. 분명히 십자성주께서 칠왕의 일원이 될 자격이 있다는 것을 알고 있을 것이오."

가륵의 확신에 적풍이 잠시 생각에 잠겼다가 다른 신검주들을 돌아보며 말했다.

"마땅치 않은 일이기는 하나 여러분께서 시간을 내실 수 없다면 내가 가보도록 하겠소. 하지만… 거래의 성사 여부는 솔직히 나도 자신할 수 없소. 타림성의 성주라는 여인을 본 적도 없고."

"우리 모두가 십자성주에게 이 거래를 위임하는 연판장을 써 드리는 것은 어떻겠소?"

공령이 신검주들에게 물었다. 그러자 가륵이 얼른 대답했다.

"그것도 좋은 방법이겠구려. 연판장을 가져가면 한결 거래가 수월해질 것이오."

"어떤 조건으로 거래를 해야 하오?"

적풍이 물었다. 마치 다른 사람의 일을 맡은 것처럼 귀찮은 기색이 역력하다.

"보통 조건으로는 어려울 것이오."

석두인이 신중하게 말했다. 그러자 적풍이 단호하게 말했다.

"난 장사꾼이 아니니 타림의 성주와 밀고 당기는 흥정은 하지 않겠소. 여러분이 조건을 정해주시면 그 조건을 제시하고 그녀의 승낙 여부를 묻겠소."

"반드시 그녀가 승낙해야 하오. 그 어떤 전쟁도 보급이 원활하지 못하면 승리할 수 없는 법이오."

가륵이 신중하게 말했다.

"그럼 여러분이 그녀가 수락할 수 있는 좋은 조건을 내주시면 되는 일 아니겠소?"

적풍이 신검주들을 보며 말했다. 그러자 가륵이 대답했다.

"이건 어떻소? 이 싸움이 끝나면 이번 거래에 참여한 상인들에게 일정기간 칠왕의 왕국 내에서 이뤄지는 모든 상거래에·대한 독점적인 지위를 인정해 주는 것 말이오."

그러자 석림의 왕 석두인이 즉시 고개를 저었다.

"그건 너무 위험한 일이오. 상권을 장악하는 순간 각 왕국은 그들에게 종속될 수 있소. 금력의 무서움을 우린 이미 뼈저리게 느끼고 있소이다."

신혈의 아바르가 선 이후 신검의 왕국들은 대부분 신혈족의 노동력을 상실해 극도의 재정적인 어려움을 겪고 있었다.

이런 상태에서 각 왕국의 상권마저 상인들에게 내어준다면 각 왕국은 원주족과의 싸움에서 이기고도 몰락할 수 있었다.

"생각처럼 그렇게 위험하지 않을 것이오."

가륵은 석두인과 생각이 다른 모양이었다.

"무슨 근거로 그렇게 생각하시오?"

석두인이 물었다.

"만약 이번 전쟁에 참여하는 상인이 오직 타림의 성 하나라면 그들에게 독점적인 상권을 부여하는 것이 위험할 수도 있소. 그러나 일단 타림성주가 이 제안을 수락한다면 그 이후에는 다른 상인들도 경쟁적으로 이 일에 참여하게 될 것이오. 타림성에 모든 상권을 빼앗길 수는 없을 테니 말이오."

그러자 무황이 느긋한 표정으로 말했다.

"듣고 보니 이건 거래가 아니라 협박이구려."

"하하! 무황께서 눈치를 채셨구려."

가륵이 가볍게 웃음을 터뜨렸다.

"우릴 돕는 자들에게 독점적 상권을 주겠다는 것은 곧 우릴 돕지 않는 자들의 거래를 금지하겠다는 것과 같은 의미, 그럼 결국 피해를 보지 않기 위해 칠왕의 땅의 모든 상인들이 우릴 돕게 될 것이고… 그들에게 좀 더 자유로운 활동을 보장한 후 그들에게서 일정 액수의 세를 거둔다면 각 왕국의 재정은 지금보다 더 안정적일 것이오. 더군다나 이번에 야수족을 제압한다면 그땐 변방 지역으로도 상인들의 활동이 활발해질 것이고, 그때는 또 반드시 우리의 도움이 필요할 것이니……."

무황의 말에 신검주들의 표정이 변했다.

지금까지는 그저 야수족의 침입을 막기 위한 싸움일 뿐이라고 생각했던 신검주들이었다.

그런데 이 싸움의 승리는 칠왕국에 새로운 번영의 시대를 열어 줄 수도 있었다.

"역시 위기는 기회라……."

오손의 왕 하막이 나직하게 중얼거렸다.

"그럼 이 거래 조건에 모두 동의하시는 거요?"

가륵이 물었다.

"동의하오."

하막이 가장 먼저 대답했다. 그러자 신검주들이 차례로 입을 열어 상인들과의 거래 조건에 동의했다.

모든 사람이 동의하자 가륵이 만족한 듯한 미소를 지으며 말했다.

"자, 이것으로 이번 벽루의 회합은 만족한 결과를 얻은 것 같소. 오늘 회합을 통해 내린 약속들을 세밀하게 정비하고, 이를 제이차 벽루의 맹약이란 이름으로 세상에 알리는 일에 대해 상의해 봅시다. 수백 년 만에 새롭게 탄생하는 벽루의 맹약이니 그 문구 하나하나가 중요하오. 그리고 전대의 맹약에 버금가는 권위를 갖기 위해서는 이를 세상에 전할 방법 역시 특별해야 할 것이오."

가륵의 말에 신검주들의 눈빛이 형형하게 빛났다. 그들의 얼굴에 새로운 시대에 대한 야망이 일렁였다.

하지만 그 와중에 적풍은 무덤덤한 표정을 짓고 있었다. 그리고 속으로 생각했다.

'달라질 게 뭐가 있겠는가? 여전히 칠왕은 칠왕이고 현월문은 현월문일 텐데. 그저 야수족이나 물리칠 궁리를 하는 게 낫지 않을까?'

제3장
헤루안의 제안

벽루의 맹약, 칠왕을 절대적 존재로 만든 이 맹약은 지난 수백 년간 이 땅을 지배했다.

그런데 그 맹약이 다시 쓰였다.

적풍이 걸음을 멈추고 희미한 야광석 아래서 현월문주 가릭이 준 기이한 쇠판을 꺼내들었다.

순간 판 위로 투명한 글씨들이 떠올랐다. 글씨들은 쇠판으로부터 한 치 정도의 높이로 떠올랐는데, 어찌 보면 쇠판 안에서 빛이 나 글씨들이 도드라져 보이는 것 같기도 했다.

그 안에 쓰인 글 속에는, 수백 년 만에 다시 정립된 칠왕, 그리고 이 땅에서 칠왕이 갖는 권위와 의무들이 빼곡하게 쓰여있었다.

"우스운 일이지."

적풍이 비웃음을 머금었다.

이렇게 글로 쓰인 권리와 의무들이 과연 무슨 소용이 있겠는가? 인간은 오직 자신에게 필요할 때만 약속을 지키는 법이다.

그 약속의 무게를 견뎌낼 이유가 없어지면 언제라도 이 글들은 전대의 맹약처럼 과거의 유물로 사라질 것이다.

최초의 칠왕이 성립한 이후 이 땅을 지배했던 왕들 중에서도 전왕의 검의 주인이자 아바르의 주인이었던 전왕의 후손들이 다른 삼왕의 공격으로 멸망한 지 오래고, 불의 검의 주인 역시 신혈족의 공력으로 무너지지 않았던가.

그 당시 칠왕의 맹약은 지켜지지 않았다.

전왕의 몰락은 칠왕 자신들이 한 일이고, 불의 성이 무너질 때 다른 칠왕들은 그들을 구원하지 않았다.

그러니 칠왕의 권위는 오직 그걸 지킬 이유가 있을 때만 가치가 있었다. 겨우 이런 신비한 척하는 철판 위의 글로 지켜질 것이 아니었다.

"그래도 재주는 좋아. 역시 월문에는 신기한 기술들이 많다니까."

적풍이 철판에 쓰인 글보다는 글을 떠오르게 하는 월문의 비술에 더 관심이 가는 듯 철판을 이리저리 둘러보았다. 그러나 아무리 보아도 이 신기한 글들이 어떻게 나타나는지는 알 수 없었다.

"만들어 온 것도 아니고 그 자리에서 만든 것인데… 결국 비밀은 이 철판 자체에 있는 것이겠지? 이런 철판을 몇 개 얻을 수 있으면 설루가 좋아할 텐데. 요즘 들어 자신만의 의서를 쓰는 것 같던데……."

적풍이 중얼거렸다. 그에게는 벽루의 맹약보다 설루의 일이 더 큰 관심사였다.

"한번 부탁을 해볼까?"

적풍이 고개를 갸웃하고는 다시 걸음을 옮겼다.

거대한 얼음이 미끄러지듯 석문이 닫혔다. 적풍은 사자검을 손에 들고 그가 있었던 벽루의 정상을 돌아봤다.

그 자신이 다녀온 곳이지만 그곳에 있었다는 것이 믿기지 않을 만큼 까마득하게 보이는 벽루의 정상이다.

아주 잠깐 그는 자신이 꿈을 꾼 것이 아닌가하는 생각이 들었다. 그러나 그의 품속에는 새로운 벽루의 맹약이 새겨진 쇠판이 있었고, 또 당장 그 위에서 그와 함께 있었던 사람 중 두 사람이 그를 기다리고 있었다.

"늦었구나."

무황 적황과 현월문주 가륵이 적풍을 기다리고 있었다.

"벌써 오셨군요."

"음… 널 만나지 못할까 봐 서둘렀다."

"숙영지를 알고 계시지 않습니까?"

적풍이 되물었다.

"나와 현월문주께서는 지금 즉시 길을 떠날 생각이다. 아무래도 준비할 것이 많으니까."

적황이 말했다.

"직접 가실 생각이십니까?"

"마룡협 말이냐?"

"예."

"가야지."

"다른 사람이 가도 되지 않습니까? 무황께선……."

적풍이 말꼬리를 흐렸다.

그러자 적황이 호탕한 웃음을 터뜨렸다.

"하하하, 지금 내 몸을 걱정하는 것이냐? 기분이 나쁘지 않군. 네가 내 걱정을 할 줄은 몰랐으니까. 하지만 걱정 말거라. 내 몸은 적어도 이 전쟁을 치러낼 만큼 힘이 있다. 언젠가 말했지만 내 수명은 죽음의 순간에 대한 문제일 뿐이다. 힘이야 죽기 직전까지 쓸 수 있고… 또, 마룡협에서 내가 힘을 쓸 일이 있을지도 모르겠고 말이다."

"그런 일은 없어야지요."

가륵이 미소를 지으며 말했다.

그러자 적풍이 갑자기 두 자루의 신검을 적황 앞에 내밀었다.

"무슨 뜻이냐?"

"둘 중 하나를 가져가십시오."

"필요 없다."

무황이 고개를 저었다.

"그래도 새로운 맹약에 의해 이 땅의 칠왕으로 인정받으셨는데 신검 하나는 가지고 계셔야죠."

"아니다. 난 지금의 내가 만족스럽다. 신검에 의지하지 않고 칠왕이 된 나 자신이 자랑스럽기도 하다. 그런 나를 바꿀 생각이 없다. 그리고… 신검도 결국 검일 뿐이다."

"사람들은 그렇게 생각하지 않지요."

"상관없다. 난 우리 신혈족의 후예들에게 신검 없이 칠왕의 자리에 오른 사람으로 기억되고 싶다. 그래야 신혈족의 후예들이 스스로에 대한 가치를 자각할 테니까. 두고두고……."

"뭐 그러시다면."

적풍도 더 이상 무황에게 신검을 받으라고 권하지 않았다. 생각해 보면 이건 무황 적황의 자존심일 수도 있었다.

신검의 도움 없이 칠왕의 자리에 오른 인간으로 기억되고 싶은, 인간으로서의 자존심 같은 것이라고 적풍은 생각했다.

그러자 두 사람의 모습을 지켜보고 있던 가륵이 입을 열었다.

"두 분 다 특별한 분들이오. 두 분에게만큼은 신검이 빛을 잃는 것 같구려. 아무튼 내가 떠나기 전에 성주를 만나려고 한 것은 이곳을 떠나는 것을 이삼일 정도 늦추라고 말하고 싶기 때문이오."

"이유가 있소?"

적풍이 물었다.

"음… 그 정도 시간은 주어야 세상에 새로운 벽루의 맹약이 탄생했고, 두 분이 칠왕의 일원이 되었음을 알릴 수 있기 때문이오. 칠왕이라는 지위를 큰 의미 없게 생각하실 수도 있지만 세상은 그렇지 않소. 십자성주께서 칠왕의 일원이 되었다는 것만으로도 앞으로의 행보에 큰 도움이 될 것이오. 물론 타림성에서의 거래도 그렇고 말이오."

"흠… 나도 급히 떠날 생각은 아니었소."

적풍이 고개를 끄덕였다.

그러자 가륵이 다시 입을 열었다.

"그리고……."

"말씀해 보시오."

"어쩌면… 잠시라도 옥서스의 십자성을 비워야 할 수도 있겠소."

순간 적풍의 눈 근육이 꿈틀거렸다. 십자성이 옥서스 무극산에 세워진 것이 겨우 몇 달 전이다. 그런데 다시 그곳을 비워야 할지도 모른다니 적풍으로선 쉽게 용납할 수 없는 일이었다.

그리고 적풍은 절대 타인의 요구로 자신의 성을 버릴 사람이 아니다. 그러나 적어도 현월문주 가륵이 이런 요구를 했다는 것은 분명 그만한 이유가 있을 거란 생각이 들기도 했다.

"이유가 뭐요?"

적풍이 화를 참으며 물었다.

"성주께서 벽루에서 한 말 때문이오."

"내가 한 말? 무슨 소린 지 모르겠구려."

적풍이 되물었다.

"성주께서 이 싸움을 끝내는 최선의 방법으로 마룩의 정념을 깨운 자를 제거하는 것이라고 하지 않았소?"

"그게 무슨 상관이오?"

"어쩌면 옥서스 무극산이 그를 야수족의 보호로부터 끌어낼 수 있는 한 방법이 될 수도 있을 것 같아서 말이오."

"……?"

가륵의 말에 적풍이 침묵으로 질문을 던졌다. 그러자 가륵이 계속해서 말을 이었다.

"처음 옥서스 무극산을 십자성의 성터로 추천할 때 내가 했던 말을 기억할 곳이오. 우리가 그 땅을 조사하기 시작한 이유가 전설의 마룡 우루노의 흔적을 찾기 위해서였다는 것을……."

"음!"

그 순간 적풍은 왜 가륵이 옥서스 무극산을 비워야 할지도 모른다고 말했는지 그 이유를 깨달았다.

마룡 우루노, 그 존재만큼 그자를 자극할 유인책은 찾을 수 없었다. 그러자 갑자기 그동안 내내 궁금했던 일이 생각났다.

"대체 마룡 우루노라는 건 어떤 존재요? 정말 전설의 용(龍)이 존재했던 것이오?"

그동안 적풍은 어둠의 마룩에 대한 이야기를 들을 때마다 어김없이 등장하는 마룡 우루노에 대한 이야기도 함께 들었다. 하지만 정확하게 마룡 우루노가 어떤 존재인지는 알지 못했다.

부르는 대로 해석하면 용이라는 것이지만, 사실 인간 세계에서 용은 신화나 전설의 존재일 뿐이지 실재하는 것은 아니었다.

하지만 이 현계의 땅은 명계와는 다른 신비한 일들이 수없이 일어나는 곳이니 정말 용이 존재할 수도 있었다.

"명계에서 말하는 용은 아니오."

가륵이 대답했다.

"그럼 사람이오?"

"사람도 아니오."

가륵이 고개를 저었다.

"그럼 대체 무엇이란 말이오?"

"몸은 사람이고 영혼은 룡(龍)인 존재라고 하는 것이 정확할 거요."

"이상한 말이구려. 몸은 사람인데 영혼이 룡이라니. 그 반대라면 모를까."

적풍이 고개를 저으며 중얼거렸다.

"난 반인반수라고 하겠다."

무황 적황이 말했다.

"두 분마저 그 마룡 우루노에 대한 생각이 다른 겁니까?"

"음… 우리도 눈으로 본 적은 없으니까. 다만 확인되는 사실만 말하자면 이렇다. 야수족 중 서웅족이라 불리는 자들이 있다. 거인족으로 보면 될 텐데. 몸이 보통 사람의 두 배가 넘지. 몸이 큰 만큼 힘도 강해서 아름드리나무를 홀로 뽑아 올릴 정도지. 물론 지금도 그들은 존재한다. 대신 머리가 아둔하지. 그래서 주로 다른 종족에게 종속되어 사는 경우가 많다."

"마룡 우루노가 그 서웅족의 사람이란 뜻인가요?"

"사람? 후후… 여기서는 서웅족을 사람이라 부르지는 않지."

"그럼 짐승이란 뜻인가요? 그들을 서웅족이라 부르는 것은 사람이란 뜻 아닙니까?"

"음… 정확히 말하자면 네 이야기가 맞다. 하지만 이 땅에선 그냥 야수 정도로 불리지. 물론 그것도 칠왕의 땅을 차지한 사람들의 오만일 테지만……."

"아무튼 그들 중에서 마룡 우루노가 나왔다는 거군요?"

적풍이 물었다.

그러자 이번에는 가륵이 대답했다.

"그들 중에서 탄생한 것이 아니라 그들의 몸을 이용해 만들어진 것이라고 해야 정확하오. 이 땅에는 이런 전설이 있었소. 아주 오래전 이 땅은 인간과 용이 공존하고 있었다고. 그러나 시간이 흐르면서 용들은 알 수 없는 이유로 종말을 맞았고. 이 땅은 야수족을 포함한 인간들의 땅이 되었소. 그런데 그 용들 중 아주 오랜 세월 살아남아 자신의 몸에 명계에서 말하는 신성한 내단을 형성한 용들이 있는데, 그 용들은 여전히 세상 어딘가에 살고 있다는 전설이오."

"그래서 그 용들 중 하나가 나타났다?"

"어둠의 마룩이 마룡협에서 그 용들 중 한 마리를 잡았고, 그 용의 내단을 취해 서웅족의 용사 한 명에게 내단의 기운을 취하게 했다고 하오. 내단을 취한 서웅족의 용사는 신룡의 힘을 그대로 가지게 되었고, 영혼을 잃은 채 마룩을 따르며 세상을 피로 물들였다는 것이오. 마룩의 사악한 법술, 마룡 우루노의 전율적인 힘! 그것이 바로 어둠의 마룩이 세상을 지배하는 두 가지 요인이었소."

"그게 바로 마룡 우루노구려."

적풍이 이해가 된다는 듯 고개를 끄덕였다.

"이후 마룩이 차요담 대법사와 칠왕의 공격을 받아 죽을 때 마룡 우루노도 치명적인 부상을 입고 도주했는데 이후 그의 행적은 누구도 찾지 못했소."

"그럼 결국 지금에 와선 아무런 위협도 되지 못하는 것 아니오?"

"그게 그렇지가 않다. 서웅족의 용사 우루노는 죽었겠지만 마룡의 내단은 그가 죽은 곳에 남아 있을 것이기 때문이다."

적황이 말했다.

"그러니까 결국 찾는 것은 마룡 우루노가 아니라 그가 죽은 후 남았을 마룡의 내단이란 말이군요."

"그렇지. 그 내단을 찾는다면 다시 마룡 우루노와 같은 존재를 만들어 낼 수 있을 것이니까. 물론 전설이 사실이라면 말이다."

"어쨌거나 마룡 우루노가 실재했던 것은 사실이군요. 전설대로 만들어졌는지는 모르지만……."

적풍이 말했다.

그러자 가륵이 대답했다.

"그렇소. 그래서 그자는 결코 마룡 우루노의 흔적이 나타났다는 소식을 무시할 수 없을 거요."

"그 장소가 무극산이란 것이고 말이오?"

"어둠의 마룩이 죽은 후 마룡 우루노의 행방은 이 땅의 풀리지 않는 난제였소. 마룡 우루노의 행방에 대한 이야기는 거짓과 진실이 가리기 어렵소. 하지만 그중 옥서스 무극산에 대한 풍문은 한동안 진실로 받아들여졌었소. 물론 오랜 시간 무극산에 대한 조사에서 마룡 우루노의 흔적이 발견되지 않았으니, 그 역시 지금은 낭설로 받아들여지지만 말이오."

"그런데 지금이라도 마룡의 유적이 나타났다고 한다면 그가 올 거란 말이구려."

"시간이 낭설로 만들었을 뿐 무극산은 사실 여전히 마룡 우루노의 유적이 있을 가장 강력한 후보지요."

가륵이 진심으로 말했다.

"그런데 왜 그런 곳을 나에게 주었소?"

"천운이 닿아 성주께서 마룡 우루노의 유적을 만나게 된다면 다른 사람이 만나는 것보다는 나을 거라 생각했기 때문이오."

가륵이 대답했다.

그러자 적풍이 묘한 표정을 지었다. 그러다가 쓸쓸한 미소를 지으며 말했다.

"이제 보니 무극산을 양보한 것이 아니라 우리 십자성으로 하여금 그곳을 지키게 하려는 것이었구려?"

"그런 의도가 아주 없었다고는 말하지 않겠소. 하지만 십자성에 나쁜 일도 아니라는 건 아실 거요."

"물론… 정말 마룡 우루노의 유적을 얻는다면 손해나는 일은 아니니까."

적풍이 고개를 끄덕였다.

"아무튼 그래서 옥서스 무극산이 그를 유인하기 가장 좋은 장소라는 것이오."

"일단 알겠소. 만약의 경우 일이 그렇게 진행된다면… 십자성의 식구들은 잠시 우하성으로 피해 있도록 하겠습니다."

적풍이 적황에게 말했다.

"괜찮구나. 우하성는 십자성에서 가장 가까운 대성이고, 성주 쿤란은 너의 추천에 의해 성주가 된 사람이니……."

적황이 동의했다.

"이제 할 이야기는 모두 하셨소?"

적황이 십자성의 사람들이 우하성으로 옮겨 가는 일에 동의하자 적풍이 가륵에게 물었다.

"그렇소이다. 다만 한 가지 부탁을 더 하자면 가급적 빠른 시간 내에 마룡협으로 와주시길 바라겠소."

"설마 아바르까지 합세한 이 땅의 전사들이 그들을 막지 못할 거라 생각하시는 거요?"

"그건 아니지만 전쟁은 언제나 영웅이 필요한 법이라서……."

"그런 기대라면 접어주시오. 난 영웅 따위 될 생각이 없으니까. 그럼 조심해 돌아가십시오."

적풍이 적황에게 의례적인 인사를 하고는 몸을 돌려 십자성의 고수들의 야영지로 걸음을 옮겼다.

"정말 그에게는 야망이 없소?"

적풍이 멀어지자 가륵이 적황에게 물었다.

"왜 없겠소. 저 아이도 사람인데……."

"그런데 왜 앞으로 나서지 않으려하는지 모르겠구려. 이 싸움은 야심들에겐 정말 좋은 기횐데……."

"세상을 지배하는 저 아이의 방식이 다른 사람들의 방식과 다르다고 해둡시다."

"방식이 다르다는 것은……?"

가륵이 되물었다.

"글쎄… 문주와 비슷하다고 할까?"

"나 말이오?"

"그렇소."

적황이 대답했다.

"이상한 말씀이시구려. 어떤 면에서 십자성주와 내가 비슷하다는 것이오? 그리고 내가 언제 세상을 지배하려 했소?"

가륵이 따지듯 물었다.

"현월문은 칠왕 위에 군림하지는 않지만, 지난 수백 년 간 어둠속에서 칠왕을 통제하지 않았소?"

순간 가륵의 얼굴에 당황스러운 표정이 떠올랐다.

"왜 그런 오해를……."

"오해라고 말하고 싶소? 진정?"

적황이 되물었다.

그러자 가륵이 더 이상 대답을 하지 못했다. 그러자 적황이 평소의 그 태산 같은 무거움을 가진 얼굴에 가벼운 미소를 지었다.

"저 아이도 마찬가지요. 세상에 나서고 싶지는 않지만 세상에 휘둘리고 싶은 생각도 없는 것 같소. 그래서 결국 선택한 것이 현월문과 마찬가지인 장막 뒤의 지배자랄까… 뭐 그런 것 같소."

"음……."

가륵이 무겁게 신음을 냈다.

"불안하시오?"

적황이 물었다.

"역사를 보자면 드러나지 않은 힘은 대체로 세상에 부정적인 결과를 가져왔소."

가륵이 경고하듯 말했다.

"현월문도 그렇소? 솔직히 난 아직 모르겠소. 현월문의 존재가 세상의 빛인지 어둠인지 모르오."

"현월문의 진정성을 의심하는 것이오?"

"적어도 신혈족으로서는 그렇소. 지난 세월… 명계의 월문이든, 현계의 월문이든 신혈족의 핍박을 방치한 것은 사실 아니었소?"

"그건… 두 세상의 안정을 위한 불가피한 일이었소."

"그렇소? 그렇다면 문주께서도 믿으시오. 내 아들이 선택한 방식이 세상을 위한 불가피한 것이라고."

적황이 단호하게 말했다.

세상을 움직이는 특별한 방식이 월문에게만 주어진 특권이 아니라는 것을 지적한 것이다.

적황의 말에 가륵이 묵묵부답 대답을 하지 않았다. 그러자 적황이 다시 말했다.

"십자성주의 군림 방식은 명계의 월문 법황도 인정한 것이오. 그러니 문주께서도 그 아이의 행보를 지켜봐 주시구려."

"후우… 알겠소. 법황의 선택이 그러했다면 그만한 이유가 있었겠지."

가륵이 어쩔 수 없다는 듯 고개를 끄덕였다.

"여전히 미덥지 못하다면 명계 월문 법황에게 조언을 구할 수도 있는 것 아니오? 수문(水文)의 존재는 나도 알고 있소만……."

"그것이… 우리 양 월문의 관계가 예전 같지 않아서 쉽지 않은 일이오. 물론 수문을 통해 중요한 소식은 주고받지만……."

가륵이 눈살을 찌푸리며 물었다.

"대체 두 월문 사이에 무슨 일이 있었던 것이오?"

적황이 정색을 하며 물었다. 그러자 가륵이 한숨을 깊게 쉬며 대답했다.

"그 일이야 말로 우리 월문의 일이오."

가륵의 표정에서 적황은 이 일에 대해서만큼은 결코 가륵의 대답을 들을 수 없다는 것을 알아챘다.

"알겠소. 더 묻지 않겠소. 아무튼 지금은 야수족을 상대하는 일에 집중할 때니 내 아들의 문제는 본인에게 맡겨두시구려."

"알겠소. 일단 마룡협으로 갑시다."

*　　　　*　　　　*

정령의 왕국 헤루안의 구천령사 일락은 벽루의 회합이 끝난 이후에도 십자성 고수들의 숙영지에 머물렀다.

명목적인 이유는 있었다. 돌아가는 길 역시 헤루안의 영역을 통과해야 하므로 헤루안 사람의 안내가 필요하긴 했다. 그러나 그렇다고 해서 구천령사 중 한 명인 그녀가 계속 그 일을 맡는 것은 지나친 면이 있었다.

이미 헤루안의 왕 공령도 벽루를 떠난 이후다. 돌아가는 길 안내 정도는 다른 헤루안의 전사가 맡아도 충분했고, 그것이 새롭게 칠왕으로 인정된 십자성주 적풍에 대한 무례도 아니라고 생각하는 십자성의 고수들이었다.

그래서 결국 그녀가 남은 이유는 다른 곳에 있다는 것을 누구나 짐작할 수 있었다.

그녀는 여전히 설루와 자신들의 정령일족에 대한 문제를 논의했고, 설루는 지치지 않고 끈기 있게 그녀의 질문에 대답하고 정령일족과 헤루안 숲과의 관계에 대해 깊이 고민하고 있었다.

그렇게 두 여인이 수백 년 혹은 수천 년간 풀리지 않은 특별한 종족에 대한 이야기로 시간 가는 줄 모르고 있던 사이 이틀이 지났다.

그리고 적풍은 떠나기로 결정했다.

하루 더 쉴까 고민도 했지만 왠지 모르게 답답한 느낌을 받은 적풍은 이틀 만에 숙영지를 걷고 벽루를 벗어날 것을 십자성 고수들에게 명했다.

길 안내는 그녀가 남아 있는 핑계대로 일락의 책임이었다.

일락은 올 때와는 조금 다른 길로 십자성 고수들을 안내했다. 올 때는 옥서스 방향에서 진입했으나 헤루안을 벗어나 가야 할 곳이 옥서스가 아니라 타림성이었기에 당연한 일이라고 생각할 수도 있었다.

그러나 사실 벽루는 헤루안의 서북쪽에 있고, 옥서스와 타림성은 모두 헤루안의 동남쪽에 위치해 있었으므로 일정 부분 길이 겹쳐야 함에도 불구하고 일락이 안내하는 길은 올 때와는 너무 달랐다.

그래서 급기야 적풍은 묻지 않을 수 없었다.

"길이 왜 다른 거요?"

여행 중에도 끊임없이 이어지던 설루와의 대화가 잠시 멈춘 사이 적풍이 질문을 던지자 일락이 당황한 표정을 짓다가 곧 대답했다.

"눈이 밝으시군요."

아마도 길에는 관심을 두지 않을 거라 생각했던 모양이었다.

"설마 내가 왔던 길을 모르겠소?"

"맞습니다. 오던 길과는 다르지요. 방향은 비슷하지만 타림성이 있는 곳으로 가려면 길을 달리해야 빠릅니다."

일락이 예상했던 대답을 했다. 적풍은 순순히 그 말을 받아들였지만 사실 그녀의 말을 있는 그대로 믿지는 않았다. 그녀가 다른 길을 선택한 이유가 더 있다는 것을 알아챘기 때문이었다. 하지만 그렇다고 굳이 그녀를 추궁하지는 않았다.

'시간이 지나면 결국 알게 되겠지.'

적풍은 굳이 설루와 언니 동생하며 자매처럼 가까워진 일락을 불편하게 하고 싶지 않았다. 아마 다른 때였다면 길을 멈추고 그녀를 추궁해 그녀의 목적을 알아냈을 것이다.

"얼마나 더 가야 하오?"

적풍이 자신의 대답에 별 의구심을 품지 않고 남은 여정을 묻자 일락의 얼굴이 한결 편해졌다.

"삼 일 후면 헤루안의 동남쪽 경계에 도착하게 될 겁니다. 그곳에서 타림성까지는 빠르게 말을 달리면 삼 일 정도 거리지요."

"생각보다 가깝구려."

"혜루안 동남쪽 경계선 밖은 아바르강 서안과 인접한 곳이지요. 아시겠지만 아바르와 칠왕의 왕국들 사이의 완충지대기도 하고요. 타림성은 완충지대에 있는 성이지요."

"아무튼 조금 서둡시다. 타림성주와 가급적 빨리 결론을 내야 하는 상황이오."

"알고 있습니다. 그렇게 하겠습니다."

일락이 순순히 대답했다.

일락이 길을 달리해 적풍 일행을 안내한 이유는 그들이 혜루안의 동남쪽 경계, 숲이 사라지고 겨울의 초원이 보이는 지점에 도착했을 때 드러났다.

백설보다 흰 은빛의 머리, 옥빛이 감도는 부드러운 옷감, 그 위에 초원의 겨울을 걱정했는지 부드러운 담비 가죽을 만든 외투를 걸친 혜루안의 제왕, 정령의 왕이라 불리는 공령이 적풍을 기다리고 있었다.

결국 일락은 정령의 왕 공령과 적풍의 만남을 위해 이 길을 택한 것이다.

물론 온 길을 따라 이동해도 정령의 왕을 만날 수는 있었을 테지만 그녀는 아마도 정령의 왕의 비밀스러운 행보를 위해 알려지지 않은 길을 택한 듯 보였다.

"이런 이유가 있었군."

적풍이 홀로 중얼거렸다.

그사이 일락이 적풍에게 다가왔다.

"미처 말씀드리지 못해 죄송합니다."

"괜찮소. 그대는 그의 사람이니까. 정령신검주의 안전이 중요했을 것이오."

적풍이 전혀 불쾌하지 않은 표정으로 말했다.

"이해해 주셔서 고맙습니다."

일락이 안도하는 표정으로 대답했다. 그러나 적풍의 다음 말이 그녀를 얼어붙게 만들었다.

"그대의 행동을 이해한다는 말이지, 그 행동이 마음에 든다는 것은 아니오. 아바르에 단우하라는 사람이 있소. 그는 날이 땅으로 데려왔지. 무황에 대한 충성심이 그 누구보다 강한 사람이오. 그래서 간혹 무황의 입장을 생각해 나에게 자신의 생각을 숨기곤 했소. 물론 필요하면 거짓말도 하곤 했었소. 그런 그의 행동을 난 이해하오. 자신의 주군을 위한 행동이니까. 하지만 그 이유로 난 그를 신뢰하지 않소. 내가 그의 주군은 아니니 언제든 날 곤경으로 밀어 넣을 수 있어서 말이오. 덕분에 우린 긴 여행을 함께하고도 그리 가까운 사이가 아니오."

이건 경고였다.

일락의 행동을 이해하는 것과 그녀를 신뢰하는 것은 전혀 다른 문제였다. 신뢰하지 않는 사람과 거래를 하거나 깊은 관계를 맺을 사람은 없다.

어쩌면 일락은 지난 여행 동안 설루와 맺은 돈독한 관계마저 위험할 수 있다는 것을 깨달았다.

그건 그녀로서는 도저히 포기할 없는 관계였다. 왜냐하면 설루와의 대화를 통해 그녀는 어쩌면 설루가 정령일족에게 전해지는 천형의 금제를 해결할 수도 있을 것이라 생각하고 있기 때문이었다.

그에 더해 설루와 함께 있는 동안 그녀는 자신보다 나이가 어림에도 불구하고 평생 경험하지 못했던 안정감을 설루를 통해 경험했던 것이다. 그 안온함 역시 포기하기 쉬운 것이 아니었다.

"후우… 제가 실수했군요. 인정합니다. 그리고 약속드리지요. 앞으로는 절대 이런 일이 없을 겁니다."

일락의 사과를 들으면서 적풍은 적어도 일락이 단우하보다는 더 신뢰할 수 있는 사람이라고 느껴졌다. 단우하는 변명했고 일락은 잘못을 수긍했다. 그 차이는 생각보다 큰 것이었다.

"일단 당신의 주군을 만나봅시다."

적풍이 무덤덤한 표정으로 말했다.

"알겠습니다, 가시죠."

일락이 적풍을 초원과 숲의 경계, 계절과 계절의 경계에 서 있는 정령신검의 주인 공령에게로 안내했다.

극(極)에 이른 모든 것은 아름답지만, 그만큼 위험하기도 하다. 적풍이 정령신검주 공령에게서 느끼는 감정이었다.

공령은 그의 혈통으로 전해지는 비술의 극한에 도달한 것처럼 보였다. 그의 몸은 보통의 사람들과 달랐다. 빛에 휩싸여 있었고, 투명한 피부를 가지고 있었으며, 사람의 마음을 꿰뚫어 보는 눈을 가지고 있었다.

그래서 그는 사람이 아니라 명계에서 말하는, 선의 경지에 이른 신선처럼 느껴졌다.

그런데 그 비범함이 적풍에게는 위험하게 느껴졌다. 비범한 자의 아집과 독선을 말하는 것이 아니었다. 공령에게선 벽루의 정상에서 느끼지 못했던 불안감이 느껴졌다.

이런 비범한 자의 이면에서 느껴지는 불안감, 그 불안감은 세상을 예상치 못하는 방향으로 이끌 수도 있었다.

'그래서 가끔 절대의 마인이 탄생하기도 하지.'

명계의 무림에서 절대마인으로 불리는 자들 중 비범하지 않은 자가 있었던가.

그들이 그 비범함으로 세상의 영웅이 되는 대신 절대마인이 된 이유 중 하나는 아마도 이런 불안감 때문일 것이다.

그래서 적풍은 묻고 싶었다. 대체 뭐가 불안한 거냐고? 다른 곳이라면 몰라도 적어도 이 헤루안 안에서만큼은 세상의 그 무엇도 정령신검주 공령을 위협할 수 없었다.

이 헤루안 땅의 모든 것, 숲과 강, 새와 짐승, 혹은 굴러다니는 돌멩이조차도 그를 위해 무엇인가를 할 수 있는 존재들이었다.

그런데 정령신검주는 뭐가 그렇게도 불안한 것일까. 그렇다고 당장 그 불안의 정체를 물어볼 수도 없는 노릇이다.

"다시 보는구려."

적풍이 덤덤하게 말했다.

"십자성주께 할 말이 있어서 기다리고 있었소이다."

공령이 부드러운 표정으로 말했다. 그러자 잠시나마 그의 얼굴에서 불안감이 자취를 감췄다.

"벽루에서 하지 못한 말이 있으셨소이까?"

적풍이 무덤덤하게 물었다,

"혜루안의 일이라……."

공령이 조심스럽게 말했다.

"무슨 일인지 들어봅시다."

적풍의 말에 공령이 웃으며 말했다.

"그전에 요기라도 하십시다."

공령이 웃으며 손을 들어 한쪽에 세워진 천막을 가리켰다. 천막 앞을 지키고 있던 혜루안의 전사 둘이 기다렸다는 듯이 천막의 입구를 열었다.

그러자 그 안쪽에 단출하지만 정성이 담긴 듯한 음식들이 보였다. 그리고 네 개의 의자가 놓여 있다.

"음식까지… 고맙소."

적풍의 말에 공령이 미소를 지으며 말했다.

"부인도 함께하시지요."

순간 적풍은 공령의 목적이 자신이 아닌 설루를 만나기 위함이었음을 깨달았다.

만약 신검주들 사이에 나눌 은밀한 이야기가 있다면 비록 설루가 적풍의 부인이라 하더라도 절대 동석을 권하지 않았을 것이기 때문이었다.

"그럴까?"

적풍이 내심을 드러내지 않으며 고개를 돌려 설루에게 물었다. 그러자 곁에 있던 일락이 먼저 대답했다.

"그렇게 해요, 동생."

"그럼 그럴까요?"

설루도 순순히 동석을 수락했다. 그러자 일락이 먼저 설루를 천막 안을 안내했고 그 뒤를 따라 적풍과 공령도 걸음을 옮겼다.

헤루안의 음식들은 특별했다.

거의 간이 되지 않은 듯하면서도 맛이 없지는 않았다. 그건 평생 적풍이 경험하지 못한 맛이었다.

더군다나 크기가 제법 큰 음식이라도 일단 입에 들어가면 눈 녹듯이 부서지는 것이 마치 이가 없는 노인을 위해 만든 음식 같기도 했다.

설루도 그런 헤루안의 음식들이 신기한지 눈으로 보고, 코로 향을 음미한 후, 아주 천천히 입안에서 음식을 먹었다.

반면 적풍은 다른 때와 마찬가지로 빠르게 요기를 끝냈다. 십자성을 세우기 전부터 버릇이 된 이 식사 습관은 언제나 설루가 불평하곤 하는 것이었다.

적풍이 일찍 식사를 끝내자 공령도 손에서 수저를 놓았다. 그리고 적풍에게 물었다.

"어떻소이까? 헤루안이 음식이……."

"특별하구려."

"좋은 의미요?"

"그렇소이다."

"하하하, 그렇다면 다행이오. 그래 부인께선 어떠신지?"

공령이 설루에게 물었다. 그러자 설루가 미소를 지으며 대답했다.

"아주 마음에 드는군요. 우리 같은 의원들에게는 더할 나위 없이 좋은 음식이에요. 간이 세지 않고, 재료들도 모두 약향을 지니고 있군요."

"역시… 듣던 대로 뛰어난 의원이시군요. 그럼 혹, 이 음식들을 한동안 드셔보실 생각은 없으십니까?"

공령이 물었다.

그러자 설루가 의아한 표정을 지으며 되물었다.

"그 말씀은 제게 헤루안에 머물라는 말씀인가요?"

"부탁을 드리는 것이지요."

공령이 가볍게 고개를 숙여 보였다. 이런 그의 행동은 보통 이상의 의미를 지니고 있었다. 이 땅에서 신검주들은 그 누구에게도 고개를 숙이지 않는다.

"이유가 뭐죠?"

설루가 다시 물었다.

"지금까지 일락 령사와 상의해 오신 그 일 때문입니다."

그러자 설루가 살짝 얼굴을 찌푸렸다.

"조금… 조급하시군요. 그 일은 제가 알기로 수백 년, 아니 정령일족의 역사와 함께 내려온 난제인데 제가 얼마간 헤루안에 머문다고 그 문제가 해결될까요?"

설루의 반박에 공령이 즉시 그녀의 의견에 수긍했다.

"맞는 말씀이오. 이 난제는 사실 수백 년간 헤루안의 현자들이 풀어내지 못한 것이오. 그러니 누구라도 단 며칠 사이에 이 문제에 대한 해답을 내릴 수는 없소."

"그런데도 제가 헤루안에 머물기를 원하시는 건가요?"

설루가 되물었다.

"그렇소이다."

"정확한 이유가 뭐죠?"

"난… 부인께서 지난 수백 년간 우리 헤루안의 현자들이 찾아온 방법들을 살펴보시고 그중 가장 가능성이 있는 방법들을 정립해 주시길 바라고 있소. 부인의 의술을 바탕으로 말이오."

"그럴 만한 사람이 있을 것 같은데요? 헤루안에도……."

"헤루안에 의술을 익힌 사람이 없지는 않소. 그러나 우리 정령일족은 사실 사람의 몸에 대한 지식이 부족한 편이오. 우리 일족은 다른 존재에 대한 영적 교감에 치중하다 보니 자연스레 사람 몸에 대해선 관심을 갖지 않았소. 령이 육체를 지배한다고 생각했기 때문이오. 그래서 우리 일족의 문제도 영적으로 풀어내려 노력했었소. 그런데 결국 답은 나오지 않았고. 이제야 그 답을 우리 몸 자체에서 찾아야 한다는 결론에 이른 것이오."

"제가 그 일을 해낼 수 있을 거라 생각하세요?"

"현월문주에게 들었소. 어둠의 마룩의 정념이 일으킨 사기에 공격당한 젊은 법사를 깨웠다는 이야기 말이오."

공령의 표정은 진지하다 못해 간절했다.

적풍으로서는 이해할 수 없는 일이었다. 수백 년 동안 그런 몸으로 살아온 자들이다. 갑자기 이렇게 조급해하는 것을 이해할 수 없었다.

그때 설루가 적풍을 바라봤다.

"어떻게 생각해요?"

그러자 적풍이 설루의 질문에 대한 대답을 미루고 공령에게 물었다.

"왜 그렇게 조급하신 거요? 당장 그 문제를 해결하지 않으면 안 되는 이유라도 있소?"

그러자 공령의 얼굴이 일그러졌다.

자신도 모르게 조급한 마음을 겉으로 드러냈다는 것을 깨달은 것이다. 마치 싸우려는 상대에게 자신의 약점을 내보인 것처럼.

"그건… 솔직히 말하자면 우리에게 시간이 많지 않기 때문이오."

"무슨 말인지 모르겠구려."

"칠왕이 섰을 때 우리 공령일족 중 헤루안 밖에서도 영적 능력을 발휘할 수 있는 사람의 숫자가 이백이 넘었소. 그런데 지금은 겨우 이십여 명이 되지 않소. 그나마도 젊은이들은… 이 와중에 언제 다시 설부인처럼 뛰어난 신의(神醫)를 만날 수 있겠소. 나로선… 조급할 수밖에 없소. 이는 우리 정령일족의 명운이 걸린 일이라서."

적풍은 공령의 마음을 이해할 수 있었다.

이런 절박함이란 아마도 그가 명계에서 신혈족의 생존을 위해 천하무림을 상대로 싸우던 그때의 마음과 같을 것이다.

"헤루안 내에선 그 어떤 적도 상대할 수 있소?"

적풍이 의외의 질문을 던졌다. 그러자 공령이 의아해하면서도 고개를 끄덕였다.

"그렇소. 헤루안 안에서라면……."

"사실 우린 옥서스 십자성을 잠시 비울 생각이오. 침묵의 강 상류에 있어 마룡협과 그리 멀지 않은 곳이라서 말이오."

아직은 마룡 우루노를 이용한 가륵의 계획을 이야기할 때가 아니라고 생각한 적풍이 적당한 이유를 댔다.

"하긴 옥서스는 마룡협과 그리 먼 거리가 아니긴 하오."

공령이 고개를 끄덕였다.

"애초에는 아바르 강을 건너 우하성으로 갈 생각이었는데… 헤루안에서 머물 곳을 내어준다면 이 땅에 머무는 것이 더 안전할 거란 생각은 드는구려."

"좋소! 그건 어려운 일이 아니오!"

공령으로선 마다할 이유가 없는 일이었다. 그러자 적풍이 설루를 보며 말했다.

"괜찮겠어?"

"난 좋아요. 헤루안의 약초들에 대한 내 관심을 알고 있잖아요?"

설루도 만족한 표정을 지었다.

제4장
아름다운 송령

일행이 갑자기 단출해졌다.

설루는 아예 헤루안을 떠나지 않기로 했다. 대신 소두괴가 십자성 사람들을 헤루안으로 데려오기 위해 옥서스로 떠났다.

적풍은 대부분의 십자성 고수들을 남겨두고, 그 자신은 노인 타르두와 이위령, 그리고 와한과 파간 두 젊은 고수만을 데리고 타림성으로 가기로 했다. 설루는 헤루안에 남는 자신을 위해 십자성 무사들을 남기는 걸 반대했으나 적풍의 고집을 꺾을 수 없었다.

헤루안과 아바르 강 사이에 펼쳐진 초원은 적풍의 눈에도 익숙한 것이었다.

물론 어느 순간부터 헤루안의 온기를 받지 못해 초원은 설원으로 변했으나 그래도 아바르를 찾아올 때부터 보았던 그 초원은 눈이 덮여도 크게 다른 느낌은 아니었다.

후우웅!

헤루안을 떠난 지 이틀이 지나자 동쪽에서 불어오는 바람이 한결 강해졌다. 아바르 강이 가까워졌다는 의미다.

아바르 강 상류는 유속이 빠르고 수온이 높은 편이어서 한겨울에도 얼지 않는다.

그 덕분에 아바르 땅은 오래전부터 아바르 강을 방패로 외적의 침입을 방어할 수 있었다.

이 땅의 역사에서 오직 단 두 번, 이 천혜의 아바르 땅이 공략당했는데, 석림, 오손, 천인총 삼왕의 공격으로 전대의 전왕일족이 몰락한 것, 그리고 그 삼왕을 몰아내고 무황이 이끄는 신혈족이 그곳에 신혈의 아바르를 세운 일… 이 두 번의 경우만 수백 년 역사에서 아바르 강이 그 땅을 지켜내지 못한 유이(唯二)한 전쟁이었다.

하지만 그런 아바르 강도 겨울에는 수온이 급격하게 낮아진다. 얼지는 않지만 얼음장처럼 차가운 강물에서 바람이 일어나 서북쪽 완충지대를 향해 불어오면 그곳에 펼쳐진 설원의 냉기와 합쳐져 강력한 한풍을 만들어내곤 했다.

그 바람이 적풍의 얼굴을 쳤다.

"어흐, 이거 어쩌 남쪽으로 갈수록 더 추워져."

"설원의 온도보다 아바르 강의 수온이 빨리 떨어져서 벌어지는 일이오."

타르두가 대답했다.

"지금쯤 강도 얼었겠군요."

"아바르 강은 사계절 내내 얼지 않소."

"어? 그럼 이상한 일이지 않습니까? 얼지 않은 강의 수온이 설원보다 기온이 더 낮다니⋯⋯?"

"강으로부터 하루 정도의 초원은 눈이 쌓이지 않소. 옥서스 동쪽의 상류 지역은 모르지만 이곳은 그렇소. 그래서 바람이 강 쪽에서 초원으로 불어오는 것이오. 물론⋯ 겨울에 그런 바람의 방향은 이상한 일이기는 하지만⋯⋯."

말을 하면서도 타르두도 자신도 확신을 갖지는 못하는 것 같았다.

하지만 어쨌든 바람은 강 쪽에서 불었고, 설원으로 변한 초원의 추위가 여행객의 마음을 급하게 만들었다.

"얼마나 남았습니까?"

뒤따르던 와한이 타르두에게 물었다. 헤루안을 떠난 이후에는 줄곧 타르두가 일행의 길 안내를 맡고 있었다.

"다 왔네. 반나절이면 도착할 것이네. 보게, 벌써 사람들이 보이지 않는가?"

타르두가 손을 들어 설원 먼 곳을 가리켰다.

그러자 정말 아스라이 보이는 지평선 위에 무엇인가가 움직이는 것이 보였다.

"저들이 사람들이라고요?"

와한이 되물었다.

"그렇다네. 정확히 말하면 상인들이지. 그들의 말과 마차네."

"길이 있다는 거군요. 마차가 움직인다는 것은."

"맞네. 좀 전에 말했듯이 아바르강 서쪽 변으로 하룻길 정도는 겨울에도 눈이 쌓이지 않지. 그래서 그 경계를 따라 상로가 발달해 있네. 썰매로 이동하는 것보다는 마차가 훨씬 유리하니까. 타림성이 아바르 강변 쪽으로 치우쳐 있는 것도 그 이유일 걸세. 겨울에도 상로가 보장되니까."

타르두의 설명에 일행이 저마다 고개를 끄덕였다.

"이제 길도 보이니 속도를 냅시다."

적풍이 타르두에게 말했다

"알겠습니다, 성주!"

타르두가 즉시 대답했다. 그러고는 힘차게 말을 달려 앞으로 나아기가 시작했다.

곧 다섯 사람을 태운 말들이 무서운 속도로 설원을 질주하기 시작했다. 그러다가 잠시 후 말발굽 아래서 일어나던 눈보라가 사라지더니 이내 초원의 마른 풀들이 눈을 대신해 허공으로 치솟기 시작했다.

드디어 타림의 영역에 도착한 것이다.

재물이 도는 곳에는 사람이 든다. 세상이 어떻게 돌아가든 재물을 탐하는 자들은 오직 자신의 욕심만을 위해 움직이게 마련이었다.

그래서 이제 야수족의 침략이 더 이상 비밀이 아닌 상황이었지만, 칠왕의 땅 최대의 상인 집단이라는 타림성은 오늘도 재물을 탐해 모여든 천하 각지의 상인들로 북적거렸다.

"전쟁은 딴 세상 이야기 같은데요?"

상인들로 북적대는 대로(大路)를 보며 이위령이 말했다.

여기저기서 흥정을 하거나 거래를 트기 위한 상인의 목소리가 시끄럽게 들려왔다.

"그렇지 않아."

적풍이 대답했다.

"무슨 말씀이십니까? 이렇게 웃고 떠들고 있는데……?"

자신의 의견에 반대하는 적풍을 보며 이위령이 되물었다. 그러자 적풍이 턱으로 대로를 따라 움직이는 마차들을 보며 말했다.

"마차들을 봐."

"마차들이 왜요?"

"뭘 싣고 가지?"

"보자. 곡식도 보이고, 뭐 목재들이나… 철을 거래하는 자들도 보이는군요."

"모두 전쟁에 쓰이는 물건들이지."

적풍의 말에 이위령의 눈이 갑자기 커졌다. 그러고는 새삼스러운 눈으로 분주히 움직이는 상인들을 바라봤다. 그러다가 감탄한 듯 말했다.

"아니 성주께선 어찌 그걸 아셨습니까?"

"달리 재주가 있나? 눈에 보이는 대로 본 거지."

"흐흐 그럼 제 눈은 쓸모없다는 말이십니까?"

이럴 때는 전혀 적풍을 두려워하거나 어려워하지 않는 이위령이었다.

"스스로 그렇게 생각한다면 할 수 없고."

적풍도 농을 했다.

그러자 이위령이 고개를 저었다,

"절대 그럴 수는 없지요. 제 눈과 귀가 무척 쓸모 있다는 건 성주께서 더 잘 아시지 않습니까? 그 뛰어난 눈으로 전 이미 한 사람을 찾았지요."

이위령의 말에 적풍이 이위령을 바라봤다. 그러자 이위령이 손을 들어 멀리 보이는 타림성의 성문 앞쪽을 가리켰다.

적풍이 그의 손을 따라 시선을 돌리니 눈에 익은 한 사람의 모습이 보였다.

"그렇군."

적풍과 한동안 함께 여행했던 타림성의 삼대상주 중 한 명인 상인 야르간에 멀리서 적풍과 그 일행을 향해 달려오고 있었다.

"소식이 전해진 걸까요?"

와한이 조금 놀란 표정으로 물었다.

"그렇겠지."

이위령이 대답했다.

"하지만 우리가 온다는 걸 어떻게 알았을까요?"

"타림성 인근의 작은 마을들은 모두 타림성에 속해 있는 것이라고 봐야지. 아마 타림성으로 향하는 특별한 인물들에 대한 소식은 그날로 전해질 거야."

적풍 일행은 그동안 서너 개의 작은 마을을 지나친 후였다. 그 와중에 그들에, 대한 소식이 타림성에 전해진 것이 분명했다.

이위령의 설명에 와한이 고개를 끄덕이는 사이, 어느새 대상주 야르간이 적풍 앞에 이르렀다.

"어서 오십시오. 성주!"

야르간이 적풍에게 고개를 숙여 보였다. 세 어머니의 호수를 함께 여행할 때보다 훨씬 정중한 모습이다.

"오랜만이오. 잘 지내셨소?"

적풍이 말 위에서 야르간에게 물었다.

"타림에 돌아온 이후에는 줄곧 성에 머물렀지요. 그나저나 기쁜 소식이 들리더군요."

야르간이 정색을 한 표정으로 말했다. 아마도 이미 타림성에도 새로운 벽루의 맹약에 대한 소식이 전해진 모양이었다.

'그의 말대로 정말 빠르군.'

현월문주 가륵이 그에게 시간을 달라고 했던 이유 중 하나는 새로운 벽루의 맹약을 칠왕의 땅 곳곳에 전하기 위함이었다.

가륵은 단 며칠이면 이 소식을 세상 모든 곳에 전할 수 있을 거라 자신했었다. 그리고 결국 그의 말대로 일이 이뤄진 것이다.

'역시 현월문의 눈은 천하에 있다는 건가?'

명계 강호에서도 그랬다. 월문은 월하선봉에 고립되어 있는 것 같았지만 사실 천하 각지에 그 문도들을 두고 있었다.

칠왕의 땅에서 현월문 역시 마찬가지인 것이다.

"벽루의 맹약 말이오?"

적풍이 뒤늦게 되물었다.

"그렇습니다. 이 땅의 칠왕이 되신 것을 축하드립니다."

"글쎄, 축하받을 일이라고 생각하시오?"

"칠왕은 누가 뭐래도 이 땅의 지배자입니다."

야르간이 분명하게 대답했다.

"글쎄… 칠왕이란 굴레를 쓰자마자 험한 전쟁을 앞에 나서서 치르게 되었으니 잘 모르겠소. 좋은 건지 나쁜 건지……."

"그 이야기도 들었습니다."

"역시 소문이 빠르구려."

"상인 중에는 앙굴루 인근을 오가는 자들도 있지요. 칠왕의 왕국에 속한 상인들은 아니지만 우리같이 독립된 상인들은 흔치 않지만 야수족하고도 거래를 합니다. 그들이 사냥한 동물 가죽과 귀한 약재들을 들여오지요. 그래서 야수족들이 앙굴루에 모여들고 있다는 소식을 들은 것도 제법 오래 되었습니다."

야르간의 말을 듣자 적풍이 문득 호기심이 생겼다.

"혹 그들의 우두머리에 대한 이야기도 들었소?"

적풍이 묻자 야르간이 고개를 저으며 말했다.

"그건 모르겠습니다. 들리는 소문에 의하면 아직 정해지지 않았다고 하더군요. 그들은 앙굴루에 모든 야수족과 신비족을 모은 후 그들 중에서 대카르를 뽑을 거라고 들었습니다만……."

"그렇구려. 그럼 그만 타림성주를 만나러 갑시다."

"알겠습니다. 안내하겠습니다."

야르간이 대답을 한 후 적풍을 성으로 안내하기 시작했다

타림성의 상인들은 아직 마룩의 정념을 깨운 자가 존재한다

는 사실을 모르는 모양이었다.

하긴 그 사실이 처음 전한 것은 현월문의 젊은 법사 수로였으므로 현월문주가 말해주지 않는 이상 타림성에서 그의 존재를 알 수는 없었을 것이다.

또한 마룩의 정념을 깨운 자 역시 아직은 자신이 마룩의 힘을 이어받았다는 것을 공식적으로 선언한 것 같지는 않았다. 그랬다면 그자의 정체는 이미 만천하에 드러났을 것이다.

'타림의 성주가 마룩의 정념을 깨운 자가 있다는 것을 알게 된다면 거래는 좀 더 쉬워지겠지.'

누가 뭐래도 이 땅에서 어둠의 마룩은 가장 두려운 이름이었다. 그것이 비록 수백 년 전의 이름이라 하더라도 말이다.

타림성의 성주가 아무리 재물을 탐하는 상인이라 해도 어둠의 마룩이라면 움직이지 않을 수 없을 거란 생각하는 적풍이었다.

이런저런 생각을 하는 사이 어느새 적풍은 성문을 통과하고 있었다. 그리고 그 순간 일행은 새로운 세상을 본 것처럼 동시에 말을 세웠다.

"와아! 이건 정말……!"

이위령이 적풍 옆에서 감탄사를 터뜨렸다. 와한과 파간 두 젊은 고수들도 벌어진 입을 닫지 못했다.

명계에서 살아갈 때 천하에 이름 높은 큰 성읍들 여러 곳을 여행한 경험이 있는 십자성의 고수들에게도 타림성은 놀라운 곳이었다.

성문에서 시작해 안쪽으로 이어진 길을 따라 좌우로 화려한 상점들이 이어져 있었고, 명계에서도 보기 힘든 물건들이 산처럼 쌓여 손님들을 기다리고 있었다.

곳곳에 주점과 객점들이 늘어서서 손님들을 유혹하고 있는 것은 당연한 일이었다.

그건 신혈제일성의 주변에 펼쳐져 있던 시전과는 그 규모와 화려함을 도저히 비교할 수 없는 타림성의 시장이었다.

"다른 세상에 온 것 같아요."

와한이 얼이 빠진 모습으로 말했다.

"제길 정신 차려라. 잘못하면 얼굴 잃어버리겠다."

이위령이 손으로 슥슥 눈을 비비며 말했다.

"어떻습니까?"

십자성 고수들의 놀람을 미소로 바라보던 야르간에 적풍에게 물었다. 그러자 적풍이 덤덤한 표정으로 대답했다.

"빨리 성주나 보러 갑시다."

적풍의 말에 야르간의 표정이 머쓱해졌다. 그는 적어도 이 화려한 타림성에 대한 찬사 한마디 정도는 기대하고 있었던 모양이었다.

하지만 적풍의 반응은 그의 기대와는 전혀 달랐다. 오히려 이 번잡한 시장의 모습이 귀찮은 것처럼 보였다.

"알겠습니다, 따라오십시오."

야르간이 적풍의 말에 따라 다시 그를 안내하기 시작했다.

번잡한 시장이었지만 야르간이 가는 길은 쉽게 열렸다. 타림의 성에서 야르간을 모르는 사람은 없었다.

타림성의 삼대 상단주 중 한 명인 그는 이 성의 주인인 아름다운 송령을 제외하면 가장 강력한 힘을 가진 사람이었다. 그러니 그가 가는 길을 막아설 사람은 없었다.

그런데 그렇게 야르간에게 길을 열어준 상인들의 시선이 결국에는 적풍 일행에게로 향했다.

두 발로 걷고 있는 야르간에 비해 적풍 일행은 말을 타고 있었고, 그래서 야르간이 마치 적풍 일행의 길잡이 노릇을 하는 것 같아 보였기 때문이었다.

이 타림성에서 야르간을 길잡이로 부릴 사람은 없다. 그런데 실제로 그런 일이 벌어지고 있으니 상인들이 적풍 일행을 주시하지 않을 수 없었다.

그리고 그들은 곧 이들 다섯 중에서도 적풍이 가장 중요한 인물이란 것을 깨달았다.

누구라도 잠시만 눈여겨보면 다른 네 사람이 적풍을 에워싸듯 호위하고 있다는 것을 알 수 있기 때문이었다.

더군다나 적풍은 거래를 위해 찾아온 상인 같지도 않았다.

결국 상인 중 한 사람이 적풍을 마중 나온 야르간의 수하 중 한 명을 일행의 뒤쪽에서 낚아채듯 잡아끌었다.

"궁채, 대체 누구야?"

야르간의 수하를 잡아 챈 자가 자신의 손길을 뿌리치는 야르간의 수하에게 물었다.

"이것 놔요!"

아마도 두 사람은 서로 안면이 있는 사이인 것 같았다.

"누구냐니까?"

"대단한 사람이에요."

"그야 당연하겠지. 야르간 대상주가 안내를 할 정도면, 그래서 누구냐고?"

나이 든 상인이 다시 물었다.

그러자 궁채라 불린 야르간의 수하가 끝내 상인의 손길을 뿌리치며 재빨리 대답했다.

"아바르의 사황자요. 이번에 칠왕의 한 명이 되셨다는… 바빠요. 나중에 다시 봐요."

궁채가 그 말을 남기고 서둘러 적풍 일행을 쫓아 뛰어갔다.

궁채라는 젊은이는 떠났지만 늙은 상인과 그의 주변 사람들은 한동안 입을 열지 못했다. 그들을 모두 경악스러운 눈으로 적풍 일행을 바라볼 뿐이었다.

그러다가 문득 늙은 상인이 중얼거렸다.

"그러니까… 십자성이란 곳의 성주라는 거지? 후우, 이건 정말 놀라운 일이군. 칠왕 중 한 명이 타림에 오다니. 가만있자. 그건 곧 아주 큰 거래가 이뤄질 거란 뜻이겠지? 이럴 때가 아니야. 대체 무슨 일이 있는지 알아봐야지. 송효야, 오늘 장사 접는다."

"예? 아니 왜요?"

늙은 상인의 상점 안에서 젊은 점원이 되물었다.

"이놈아 닫으라면 닫지 웬 말이 많아? 난 잠시 다녀올 곳이 있으니 문 닫고 너도 쉬거라."

늙은 상인이 호통을 치고는 서둘러 적풍 일행의 뒤를 따르기 시작했다.

그의 곁에 있던 다른 상인들 역시 마치 큰물을 만난 물고기들처럼 분주하게 움직이기 시작했다.

그들은 본능적으로 거대한 이득이 걸린 큰 거래의 냄새를 맡은 것이다.

*   *   *

타림성 중앙에서 아바르 강과 남서쪽 초원이 보이는 곳에 거대한 석조 건물이 서 있다.

높이 솟은 다른 성들의 건물들과 달리 마치 성 일부를 덮듯 거대하지만 낮게 지어진 건물은 어떤 외풍이나 공격에도 버텨낼 것처럼 단단해 보였다.

'상인답게 실리를 쫓는 인물이군.'

건물에서도 사람의 성품이 묻어난다. 적풍은 타림성주 송령이 화려함보다는 실리를 추구하는 상인 특유의 기질을 가진 여인이란 것을 느낄 수 있었다.

"이쪽으로 들어오시지요."

야르간이 적풍 일행을 건물 안쪽으로 이끌었다.

무거워 보이는 석문을 통과하자 긴 회랑이 일행을 맞았다. 오른쪽으로는 길게 연못이 만들어져 있고, 그 바깥은 바로 성벽이었다.

왼쪽으로는 여러 종류의 크기로 만들어진 방들이 있었는데 각각의 방에서는 사람들이 분주하게 일을 하고 있었다.

그들은 적풍이 그들이 있는 방 앞을 지나갈 때 잠시 시선을 주었으나 이내 자신들의 일에 몰두했다.

"무슨 일을 하는 사람들이오?"

자신들의 일에 열중인 사람들을 보며 이위령이 물었다.

"칠왕의 왕국 곳곳에 보내질 상단들을 꾸리는 일과 돌아온 상단의 거래 내역을 확인하는 사람들이오. 성주님의 심복들이라고 할 수 있소."

"그럼 야르간 상주께서도 이곳에서 일하오?"

"그렇지는 않소. 내 거처가 따로 있소. 이래봬도 타림의 삼대 상주 중 한 명이 아니겠소?"

"하하, 그렇구려."

이위령이 짐짓 웃음을 터뜨리며 대답했다. 묘하게 일어나는 긴장감을 풀기 위한 웃음이었다.

"자, 이쪽으로."

야르간이 회랑의 왼쪽으로 돌아서자마자 나타나는 가파른 계단으로 일행을 이끌었다.

일행이 그를 따라 계단을 오르자 중심부에 기이한 돌과 나무, 그리고 겨울임에도 불구하고 화려한 화초를 가진 작은 정원과 그 정원 주위로 원을 그리며 만들어진 여러 개의 방들이 보였다.

그리고 그 정원 한가운데에 여인이 서 있었다.

"이… 거참……."

여인을 보는 순간 이위령이 당황한 표정을 지으며 말을 잇지 못했다.

사실 적풍도 여인을 보는 순간 당황할 수밖에 없었다.

정원에 서 있는 여인은 분명 그 유명한 타림성의 성주 아름다운 송령일 텐데, 그녀는 여인이라기보단 소녀에 가까운 모습을 하고 있었던 것이다.

"저분이 성주시오?"

이위령이 확인하듯 재빨리 야르간에게 물었다. 그러자 야르간이 대답했다.

"그렇소. 저분이 바로 타림성의 성주시오."

"아니 그 유명한 타림성의 성주가……?"

이위령이 어안이 벙벙한 표정으로 야르간을 바라봤다.

"일단 뵙고 나면 생각이 달라지실 거요."

야르간은 이위령이 가진 의문이 무엇인지 잘 알고 있었다. 성주 송령을 만난 사람들의 반응이 한결같기 때문이었다.

이 거대한 상인들의 집단, 타림성을 움직이는 성주치고는 너무 어린 소녀의 모습, 거기다가 아름다운 송령의 이름은 이미 십 년 이상 전부터 이 땅에 알려진 것이었다. 그러니 지금 보이는 모습대로라면 성주 송령은 십 대 이전의 어린 시절부터 타림성을 지배해 왔다는 말이 된다. 이위령으로서는 상상할 수 없는 일이었다.

적풍을 비롯한 십자성의 고수들이 송령의 어린 모습에 당황하고 있는 사이, 야르간이 급히 걸음을 옮겨 정원에서 적풍 등을 바라보고 있는 송령에게 다가갔다.

그리고 송령에게 귓속말로 무슨 말인가를 전했다. 그러자 송령이 고개를 끄덕이더니 이내 걸음을 옮겨 적풍 앞으로 다가왔다.

"어서 오세요. 이 땅의 새 주인이 되신 것을 축하드립니다."

적풍 앞에 온 송령이 정중한 모습으로 적풍에게 고개를 숙여 보였다.

'어려운 여인이군.'

적풍은 첫 만남부터 송령이라는 여인이 어렵게 느껴졌다.

그녀의 나이 어림은 차치하고, 처음 보는 자신을 이렇게 스스럼없이, 단 한 올의 경계심도 드러내지 않고 맞이한다는 것은 이 여인이 나이와 상관없이 강하고 노련한 심장을 지니고 있다는 것을 의미했다.

"만나서 밥갑소. 그 유명한 타림성의 성주를 만날 수 있어 영광이오."

"호호호, 그럴 리가요. 저야 거래를 원하는 사람이면 누구든 만날 수 있는 사람인데요."

송령이 손으로 입을 가리며 나직하게 웃었다.

"글쎄, 내가 들은 바와 다르구려. 내가 듣기로 성주께서는 직접 거래에 나서는 일이 거의 없다고 하시던데……."

"그렇게 소문이 났나요? 내가 그동안 그렇게 일을 하지 않았나요?"

송령이 야르간을 돌아보며 물었다.

"그럴 리가 있습니까? 성주께선 타림성에서 가장 바쁜 분인데……."

야르간이 미소를 지으며 고개를 저었다.

"그렇죠? 역시 내가 게으른 것은 아니죠?"

"오늘날 타림성의 번영은 오로지 성주께서 이룩하신 겁니다."

야르간이 진심을 담은 표정으로 말했다.

그러자 송령이 고개를 저었다.

"저야 전대 타림성주께서 남겨주신 유산을 잘 관리했을 뿐이죠."

"무슨 말씀을. 성주께서 타림성을 맡은 이후 타림성의 상권은 몇 배나 커졌습니다. 이젠 이 땅의 그 어떤 상인도 타림성에 견줄 수 없지요."

야르간이 자부심 드러내며 말했다.

"손님이 왔다고 절 너무 추켜세우시는군요. 그런 말에 현혹될 분이 아니신 것 같아요."

"절대 십자성주님을 현혹하려 한 말이 아닙니다."

야르간이 단호하게 말했다. 그러자 송령이 미소를 지으며 다시 적풍을 바라봤다.

"아무튼 잘 오셨어요. 일단 제 거처로 가실까요?"

"환영해 주니 고맙소."

적풍이 가볍게 고개를 까딱여 보였다. 그러자 송령이 적풍 일행을 정원 남쪽에 있는 화려한 방으로 이끌었다.

단 하나의 물건도 감탄을 자아내지 않는 것이 없었다. 문의 손잡이조차도 뛰어난 장인의 솜씨를 느낄 수 있었다.

그렇다고 눈부신 금은보화로 치장된 방은 아니었다. 색조는 은은했고, 공기는 약간 무거웠다.

그럼에도 이 방이 세상의 그 어떤 방보다 귀하게 느껴지는 것은 방 안의 가구 하나, 기둥 하나조차도 뛰어난 조각품을 보는 듯 세심하게 만들어졌기 때문이었다.

'루가 좋아하겠군.'

송령의 거처로 들어온 적풍이 실내를 돌아보며 생각했다. 그리고 언젠가는 설루에게 이런 방을 만들어주고 싶은 생각이 들었다.

"앉으세요."

송령이 방 안을 둘러보는 적풍에게 자리를 권했다.

적풍과 그 일행은 역시 뛰어난 솜씨로 세밀하게 조각된 서탁을 가운데 두고 송령과 마주 앉았다. 야르간은 송령 옆자리에 자리를 잡고 앉았다.

"벽루의 회합이 끝난 지 보름 정도 되었나요?"

"그렇소."

적풍이 대답했다.

"현월문은 참으로 놀라운 문파예요. 그 어려운 회합을 이끌어낸 것을 보면… 현월문주 가륵은 과거 차요담의 업적에 버금가는 일을 한 것 같군요."

송령이 뜬금없이 현월문을 칭찬했다. 의도는 알 수 없었다. 어쩌면 적풍을 자극시키려는지도 몰랐고, 시험해 보는 의도일 수도 있었다.

칠왕이 된 적풍 앞에서 다른 문파, 다른 인물을 칭찬함으로서 적풍의 마음이 어떻게 움직이는지 관찰해 보려는 심산일 수도 있었다.

그러나 적풍은 현월문과 가륵을 칭찬하는 송령의 말에는 별

관심이 없는 듯 보였다. 그는 송령의 말에 대꾸를 하는 대신 품속에서 금빛으로 번쩍이는 얇은 양피지를 꺼냈다. 그리고 그 양피지를 송령 앞으로 밀었다.

"뭔가요?"

"보시오."

적풍의 말에 송령이 양피지를 들어 그 안에 쓰인 글을 읽었다.

"연판장이군요. 타림성과의 거래를 십자성주께 일임한다는 칠왕과 현월문주 가륵의 연판장……."

"그렇소."

"역시… 야수족과의 싸움에 관한 문제겠지요?"

송령은 이미 적풍이 온 이유를 알고 있는 듯 보였다. 물론 그건 노련한 상인이라면 누구나 추측할 수 있는 일이다.

송령의 질문에 적풍이 잠시 침묵하다가 이번에도 품속으로 손을 넣어 한 장의 지도를 꺼내더니 둘 사이의 서탁에 펼쳤다. 그러고는 손으로 한 지점을 지목했다.

"이곳까지 보급로를 열고 야수족과의 싸움이 끝날 때까지 보급품을 공급하는 일이오."

거래를 하기 위해 왔다지만 거의 명령하듯 말하는 적풍의 태도에 송령의 아미가 살짝 모였다. 그리고 그런 불쾌한 감정이 말이 되어 입 밖으로 새어 나왔다.

"제가 이 거래에 응할 거라 생각하시나요? 이 거래는 무척 위험한 것이에요. 자칫 칠왕이 싸움에 패하거나, 이긴다 해도 큰 손실을 입는다면 우리 타림성은 다른 경쟁자들에 의해 몰락하고 말 거예요."

"그런 일은 없을 거요."

"어떻게 장담하시죠?"

송령이 되물었다.

"첫째, 만약 우리가 패한다면 지금까지 그대들이 누려왔던 상권의 기반도 완전히 무너질 것이기 때문이오. 야수족이 그대들의 상권을 지금처럼 인정할 것 같소? 칠왕이 무너지면 이 땅의 상인들도 사라질 거요."

이 말에는 송령도 반박할 수 없었다. 야수족은 이 땅의 모든 인간을 적으로 생각할 것이다.

그래서 칠왕이 패하는 순간 이 땅의 인간들이 선택할 수 있는 길은 두 가지밖에 없었다.

야수족들을 피해 예전의 원주족들이 그러했듯 변경 밖으로 도주하는 것, 아니면 그들의 노예가 되는 것이다. 그리고 어떤 경우에든 타림성이나 송령은 지금과 같은 번영을 누릴 수 없었다.

"두 번째 이유는요?"

"두 번째 이유는 어떻게든 우리가 승리한다면 이 땅의 모든 상권을 일정 기간 동안 이 싸움을 도운 상인들에게 줄 것이기 때문이오."

"독점권을 준다는 건가요?"

"그렇소."

"칠왕을 도운 상인들에게만 말이죠?"

"그렇소."

순간 송령이 빙그레 미소를 지었다.

"그 이야기는 돕지 않으면 향후 칠왕의 땅에서 장사를 할 수 없다는 뜻이군요."

거래가 아니라 협박이 아니냐는 반문이었다.

"그렇게 말해도 틀리지 않소."

"협박이군요."

송령이 차갑게 말했다.

그러자 적풍이 송령을 보며 물었다.

"나에 대해 아시오?"

"이 땅에 모습을 드러내신지 채 일 년이 되지 않아 칠왕의 반열에 오르신 십자성주님을 누가 모르겠어요?"

"그게 아니라 내가 어떤 사람인지 아느냐는 거요?"

"무황님의 사황자이시고⋯ 세상에 드러나지 않는 은둔의 삶을 사셨고, 이번에 무황님의 부름으로 세상에 나오셨다는 것 정도는 알고 있지요."

"음⋯ 그런 것이 아니라 나라는 사람이 어떤 사람인지 아느냐는 것이오? 야르간 상주에게 듣지 못했소?"

적풍이 송령 옆에 앉아 있는 야르간을 보며 물었다.

"성품을 말씀하시는 거군요. 그렇다면 그건 야르간 상주께 여러 번 들었지요. 과단하시고, 약속은 반드시 지키시고⋯⋯."

송령이 말을 계속 이어나가려는 데 갑자기 적풍이 손을 들어 송령의 말을 막았다.

"그 모든 말보다 내 스스로 날 소개하자면 난 무인이오."

"무슨 말씀을 하시고 싶으신 건지⋯⋯?"

"무인의 싸움에서 결과는 오직 두 가지만 있소. 승과 패, 혹은 죽음과 삶… 그 두 가지 결과를 두고 무인은 모든 것을 동원해 적과 싸우는 것이오."

"그렇지요."

"그런데 이런 무인의 삶이 보통 사람에게도 강요되는 경우가 있소. 그때가 바로 지금, 야수족과 칠왕의 왕국 사이에 벌어지는 이런 식의 전쟁이오. 무척 마음에 들지 않지만 어쨌든 그렇소. 싸움의 결과가 이 땅의 모든 사람들에게 생사의 영향을 미치니까. 그러니… 이 전쟁의 운명에서 벗어날 수 있는 사람은 아무도 없소."

적풍이 송령을 보며 냉정하게 말했다. 명확하게 선택을 강요하는 것이며 다른 어떤 선택도 없다는 의미다.

그제야 송령은 굳이 적풍이 자신이 무인임을 강조한 이유를 알아챘다. 만약 거래를 거부한다면 타림성은 칠왕의 적으로 간주될 거란 경고가 적풍의 말속에 담겨 있었다. 중립은 없었다.

적풍의 경고에 송령이 씁쓸한 미소를 지었다.

"퇴로를 주지 않으시는군요."

"너무 쉬운 결정인데 시간을 허비할 필요가 있겠소?"

"후우… 그렇지요. 사실, 이 일은 우리와 같은 대상들에겐 선택의 여지가 없지요. 규모가 작은 상인들이야 몸을 사릴 수 있을 테지만……."

송령은 현실을 명확하게 인식하고 있었다.

원주족과의 전쟁에서 타림성 정도의 규모를 가진 상인은 절대 자유로울 수 없었다.

"그럼 이 계획에 동의하시겠소?"

"다른 상인들과는 이야기가 되었나요?"

"그 일은 타림성주께서 알아서 해주시기 바라오."

"제가요?"

송령이 불편한 표정을 지었다.

"난 서둘러 마룡협으로 가야 하오. 상인들을 만나고 다닐 여
유가 없소. 사실 이곳에 오는 것도 사실 그리 달가운 일은 아
니었는데… 야르간 상주와의 인연이 있어 오게 된 것이오."

"상인들을 설득하려면 제법 시간이 걸릴 듯한데요?"

송령이 여전히 불편한 표정으로 말꼬리를 흐렸다.

아마도 상인들 사이에서 자신이 칠왕의 대리인 역할을 하는
것으로 오해를 살 수 있기 때문인 듯 보였다.

"그들을 모두 만날 필요도 없을 것이오. 단지 서신 한 통씩
만 보내면 되는 일이오. 좀 전에 내가 했던 말을 그대로 전하
면 될 것이오. 선택은 그들의 몫이고 말이오. 내 생각에는…
아마 서신을 받은 상인이라면 누구라도 이 일을 거부하지 못
할 것 같소만."

적풍의 말에 송령이 잠시 생각에 잠겼다가 고개를 끄덕였
다.

"말씀을 듣고 보니 그렇기도 하군요. 굳이 내가 그들을 설득
할 필요는 없지요. 선택은 그들의 몫이니까. 서신을 전하는 것
정도야……."

송령이 한결 가벼워진 표정으로 대답했다.

"그럼 합의된 거요?"

적풍이 확인하듯 물었다.

그러자 송령이 대답했다.

"이 일에 타림성도 최선을 다하지요."

"고맙소."

"고맙긴요. 모두 타림성의 생존을 위한 것인데. 그나저나 오늘은 날이 어두워지고 있으니 하루 쉬어가시지요."

"괜찮소. 야숙에 익숙한 사람들이오."

적풍이 고개를 젓자 야르간이 나섰다.

"무슨 말씀을! 예전에 입은 은혜도 있는데 그냥 보내 드릴수는 없지요. 그것도 밤길에······."

야르간이 나서서 말리자 이위령이 맞장구를 쳤다.

"성주님 하루 쉬어갑시다. 언제 다시 이런 곳을 구경하겠습니까? 시장에 나가 술이라도 한잔하시죠?"

"시장이라니요? 술은 제가 대접하겠습니다."

야르간이 말했다.

그러자 송령도 거들었다.

"제가 좋은 술을 내어드리지요."

송령까지 나서자 적풍도 더 이상 바로 떠날 것을 고집할 수는 없었다.

"그럼 하루 쉬어가지."

적풍이 결정하지 야르간이 즉시 자리에서 일어났다.

"쉬실 곳으로 안내하겠습니다."

야르간이 나서자 송령이 기다렸다는 듯이 말했다.

"그렇게 해주세요. 전 창고에서 좋은 술을 가지고 갈게요."

"성주님의 창고라면… 저도 기대가 되는군요."

야르간이 입맛을 다시며 말했다. 아마도 성주 송령의 창고에 귀한 술이 있는 모양이었다.

"그럼 먼저 손님들을 모시고 가세요."

송령의 말에 야르간이 적풍과 십자성의 고수들을 보며 말했다.

"가시죠."

야르간의 앞으로 적풍 등이 그를 따라 송령의 방을 벗어나 온 길을 따라 내려갔다.

송령이 한동안 적풍 일행이 멀어지는 모습을 보고 있다가 문득 입을 열었다.

"어떻게 보셨어요?"

그러자 송령의 거처 뒤쪽의 벽이 좌우로 열리면서 두 명의 노인이 나타났다.

모두 희끗한 머리에 날카로운 눈을 가진 노인들로 안광에서 자연스레 현기가 흘러나왔다.

그중 한 명은 노파고, 다른 한 명은 지팡이를 짚은 노인이었다.

"특별한 사람이군요."

"단지 신검을 가지고 있어서 칠왕의 일원이 된 것 같지는 않습니다."

"그럼 손을 잡아야 할 사람이란 뜻인가요?"

"그렇습니다."

노인 중 한 명이 대답했다.

"하지만 성정이 과격한 듯한데… 나중에라도 타림성을 자신의 재물 창고 정도로 여기지나 않을지 걱정이군요."

송령이 걱정스러운 표정으로 말했다.

"그런 걱정이라면 하지 않으셔도 될 것 같습니다."

다시 노파가 대답했다.

"왜 그렇게 생각하시죠?"

"그에 대해 들은 바가 있습니다."

"무엇인가요?"

"그는 아바르 왕국을 갖는 것보다 자신만의 작은 성을 갖기를 원했다고 하더군요. 아바르의 패권 다툼이 그에게 유리한 상황인데도 말입니다. 그래서 결국 옥서스 무극산에 자신만의 성, 십자성을 세웠지요. 그건 곧 그가 이 싸움이 끝나도 큰 왕국을 세우거나, 이 땅에 군림할 일은 없다는 뜻 아니겠습니까?"

"그러니 큰 재물을 요구할 일도 없을 것이란 뜻이군요."

"그렇습니다."

노파가 고개를 끄덕였다. 그러자 송령이 잠시 생각에 잠겼다가 혼잣말로 중얼거렸다.

"참 이상한 사람이죠? 그 기운이나 행동으로 보자면 칠왕의 땅을 모두 정복해도 모자랄 사람처럼 보이는데 실제로는 겨우 작은 산성 하나에 만족하다니……."

"사람마다 원하는 바가 다른 법이지요."

노파가 대답했다.

그러자 송령이 자리에서 일어나며 말했다.

"약속한 미주(美酒)를 가지고 가서 조금 더 그를 살펴봐야겠어요. 호기심이 생기네요."

제5장
타림의 밤

밤이 되자 타림성은 더욱 화려해졌다. 성 전체가 빛의 덩어리 속에 들어와 있는 듯한 모습이었다.

장사꾼들의 목소리는 더욱 커졌고. 시장의 소란이 들리지 않은 성 외곽에선 은은한 음악과 나직한 웃음소리가 흘러나오는 주점들이 불을 밝히기 시작했다.

적풍은 야르간이 안내한 숙소에 머물지 않았다. 아마도 타림 성주 송령은 헛걸음을 했을 것이다.

야르간은 적풍 일행을 숙소에 머물게 하고 좋은 술과 음식을 대접하려 했지만, 적풍과 그 일행은 굳이 번잡한 시장으로 나와 신기한 물건들을 구경한 후 시장을 벗어나 한적한 주점에 자리를 잡고 앉았다.

적풍 일행을 따라온 야르간도 어쩔 수 없이 동석을 했고, 야르간을 알아본 주점 주인이 놀란 표정으로 달려 나와 야르간을 맞았다.

"대상주께서 어떻게 여길……?"

주점의 늙은 주인이 놀란 표정으로 물었다. 평소 야르간이 출입하던 주점이 아닌 것이 분명했다.

"조용히 술 마실 곳을 찾으시는 손님이 계셔서 모시고 왔네."

야르간이 대답했다.

본래 타림성에도 여인들이 시중을 드는 주점이 적지 않았다. 천하 각지에서 상인들이 모여들어 재물은 넘쳤고, 재물이 있는 곳에는 반드시 기루가 번성하기 때문이었다.

그러나 적풍 일행은 애초부터 여인들이 시중을 드는 기루와는 어울리지 않은 사람들이었다.

괄괄한 성정의 이위령조차도 여인은 멀리했다. 그는 선천적으로 자유로운 영혼을 가진 인물이라 천하를 떠돌지언정 가정을 꾸려 안주하지 않았고, 여인보다는 초원의 바람을 더 좋아했다.

그리고 그런 성정은 적풍을 따르는 명계 십자성 고수들 대부분의 성향이기도 했다.

그래서 적풍이 이 땅에 와서 놀란 것 중 하나는 신혈의 아바르에 살고 있는 신혈족들이 명계의 신혈족과 달리 대다수가 가정을 이루고 살아가는 모습이었다.

어쩌면 그건 명계의 신혈족이 보통 사람들 속에서 죄인처럼 숨어 살았기 때문인지도 모른다. 그 고난의 시간을 자신이 후대에 물려주고 싶지 않다는 본능적인 경계심이 명계의 신혈족들을 스스로 고독하게 만들었을 수도 있었다.

그러고 보면 무황 적황이 이 땅의 신혈족을 위해 한 일이 더욱더 대단하게 여겨졌다.

그는 땅을 차지하고, 그 땅에 신혈족이 거주할 왕국을 건설했으니 명계에서 적풍이 얻어낸 신혈족의 자립보다 훨씬 대단한 업적이라고 할 수도 있었다.

명계 신혈족은 비록 신분상의 보장은 확실하게 얻어냈으나 여전히 그 세계의 이방인으로서 그늘 속에서 살아가고 있었다.

아무튼 이런저런 이유로 기루를 좋아하지 않는 신혈족 고수들의 특성상 그들이 이런 한적한 주루를 찾은 것은 당연한 일이었다.

"무엇을 준비할까요?"

주점 주인이 조심스럽게 물었다.

"가장 비싼 술, 가장 비싼 안주!"

야르간이 대답했다.

"알겠습니다, 바로 준비하겠습니다."

주점의 주인이 고개를 숙여 보인 후 서둘러 주방으로 향했다.

주인이 물러나자 야르간이 적풍을 보며 말했다.

"성주께서 서운해하실 겁니다."

"말을 전하지 않았소?"

적풍이 물었다.

"물론 사람을 보내기는 했습니다만… 성주께서 술을 준비해 오신다고 하셨는데……."

야르간은 여전히 성주 송령의 헛걸음이 마음에 걸리는 모양
이었다.

"내겐 다른 여인과 술잔을 나누는 일이 익숙하지 않은 일이
오. 그러니 이해하시오."

"이해는 합니다만……"

야르간은 여전히 아쉬운 표정을 지었다.

그러자 이위령이 불쑥 끼어들었다.

"자, 이제 터놓고 말해 봅시다. 대체 타림의 성주께선 나이가
얼마나 되신 거요? 우리가 본 모습 그대로 어리신 거요? 아니
면 특별히 어려 보이시는 거요? 솔직히 말해서 소녀 같은 모습
을 하고 계셔서 함께 술잔을 기울이기도 좀 그렇더이다."

이위령 모두가 정말 궁금해 하던 것을 물었다.

그러자 야르간이 미소를 지으며 대답했다.

"그래 무사께서는 그분이 몇 세나 되어 보이시더니까?"

"많아야 스물 전후? 솔직히 말하면 그도 안 되어 보이더이
다."

그러자 야르간이 고개를 끄덕였다.

"정확히 보셨소. 성주님의 나이는 올해로 정확하게 스무 살
이오."

"허!"

"아니 정말요?"

이위령은 헛바람을 흘려내고, 와한과 파간은 놀란 표정으로
되물었다.

"그렇소. 솔직히 나이보다 조금 더 어려 보이시기는 하지

만… 스물은 되셨소."

"아니 그런데 어떻게……? 내가 듣기로 음… 아름다운 송령이란 이름으로 그분이 타림성을 이끈 것이 십 년이 훨씬 넘었다고 하던데……."

이위령이 믿을 수 없다는 듯 물었다.

그러자 야르간이 정색을 하며 말했다.

"성주께선 그 말을 싫어하시오. 아름다운 송령이라는 말은 과거 성주께서 어린 나이에 타림성을 맡았을 때 다른 상단의 상인들이 성주님을 조롱하기 위해 부르기 시작한 말이오. 당시 성주께서는 너무 어리서서 우리 상주들이 상행을 나가고 성주께선 성에만 머물렀소. 그걸 마치 화분에 심어 놓은 꽃과 같은 존재라는 조롱의 의미로 그렇게 성주를 불렀던 것이오. 그래서 성주께서 그 말을 무척 싫어하시오."

야르간이 정색을 하자 이위령이 금세 수긍했다.

"알겠소, 앞으로 그렇게 부르지 않겠소. 그런데 정말 궁금하긴 하오. 대체 어떻게 그분이 성주가 되신 거요? 그 어린 나이에."

"그야 당연히 전대 성주님의 따님이셨기 때문이오."

"그럼 전대 성주께서는……?"

이위령이 조심스럽게 물었다. 어린 소녀가 성주가 되었다는 것은 그 부모가 일찍 죽었다는 의미다.

전대 성주에 대한 질문이 나오자 야르간이 표정이 어두워졌다. 그리고 잠시 침묵을 지켰다. 그렇게 침묵으로 마음을 진정시킨 야르간이 담담한 목소리로 대답했다.

"전대 성주께선 참으로 대단한 분이셨소. 단지… 너무 과단한 분이었다는 게 흠이랄까."

말을 하면서 야르간이 슬쩍 적풍을 바라봤다. 그러자 눈치 빠른 이위령이 물었다.

"우리 성주님과 비슷하단 거요?"

이위령의 말에도 적풍은 아무런 반응을 보이지 않았다. 아니 아예 송령에 대한 이야기 자체에 관심이 없는 듯 보였다.

이위령과 마찬가지로 슬쩍 적풍의 반응을 살핀 야르간이 고개를 끄덕이며 대답했다.

"외양은 무척 다르시지만 하시는 행동은 많이 닮으셨소."

"흐흐흐, 그럼 참 골치가 아팠겠구려. 모시고 다니기가."

이위령은 짓궂은 표정으로 물었다.

"후후, 그래도 재미있었소. 전대 성주님을 모시고 상행을 나가면 워낙 예측하지 못한 일들이 많아서. 위험한 곳도 마다치 않는 분이셨소. 아니 즐겼다고 해야 하나? 아무튼 그래서 무척 많은 이득을 취하던 시절이었소. 그때의 기반으로 지금의 타림성이 만들어진 것이오."

야르간이 아련한 추억을 떠올리듯 말했다.

"그런데 어쩌다……?"

"상인치고는 너무 모험심이 강하셨소. 북해에 금으로 가득 찬 섬이 있다는 소문을 듣고 그걸 확인하러 침묵의 강을 거슬러 내려가 북해로 가셨소. 그리곤… 영원히 돌아오지 못하셨소."

"배가 침몰한 것이오?"

"그야 모르는 일이오. 함께 간 사람 중 돌아온 사람이 없으니……."

"음, 안타까운 일이구려."

"아마도 성주께선 언젠가는 전대 성주께서 가신 그 항로로 상단을 보내실 것이오. 아니 어쩌면 그분 자신이 가실 수도 있소. 지금도 은밀히 그 준비를 하고 있다는 것을 나는 알고 있소."

"참 대단한 성주시구려. 그런데 어린 소녀가 성주가 되는 것에 반대한 사람들은 없었소?"

이것이야말로 궁금한 것이었다.

어떤 조직이든, 설혹 그것이 혈통으로 이어지는 왕조라하더라도 어린 소녀가 후계를 잇게 하는 경우는 드물다. 여자로서의 한계와 나이의 한계를 모두 극복한 송령의 경우가 그래서 특별한 것이다.

"우리 성내에서는 단 한 사람도 반대하지 않았소."

야르간이 단호하게 말했다.

"음, 전대 성주에 대한 충성심이 무척 강했나 보구려."

"모두들 그렇게 생각하지만 사실은 전대 성주님에 대한 충성심 때문이 아니라 현 성주님의 능력 때문이오."

그러자 이위령의 표정이 변했다.

"아니 어린 소녀에게 어떤 능력이 있다고……?"

"당시 성주께서는 아홉 살의 소녀셨소. 그런데 타림성의 그 누구보다 셈이 빨랐고, 상행의 성패를 정확하게 예측하셨소. 처음에는 가르침을 주기 위해 상행에 대해 이런저런 이야기들을 해주시던 전대 성주께서도 어느 순간부터는 상행에 앞서 어린 따님의 조언을 꼭 구하게 되었을 정도로 말이오."

"하늘이 내린 상인이란 거요?"

"말하자면 그렇소. 사실 전대 성주께서 북해로 가실 때도 성주님은 반대하셨소. 그 섬에 대한 정보가 너무 부족하고, 그 영역이 야수족의 영역임으로 성공할 확률이 절반도 되지 않는다고 보셨던 거요. 물론 전대 성주께서도 성주님의 판단을 인정하긴 하셨소. 단지 그분의 모험심이 문제였을 뿐이오."

야르간이 아쉬운 표정으로 말했다.

"어쨌든 현 성주의 재능을 모두가 인정했다는 것이구려. 겨우 아홉 살 소녀의."

"그렇소. 성주님의 천부적인 재능과 타림의 삼대 상단주, 물론 그중 나도 한 자리를 차지하고 있소. 우리 셋이 성주님을 지지하자 그 누구도 성주님을 반대하지 않았소. 그리고 그 결과는 보시는 바와 같소. 타림성은 역사상 그 어느 시절보다 번성하고 있소."

야르간이 자부심을 느끼는 듯한 표정으로 말했다.

"아무리 천부적인 재능을 가지고 있다고 해도 정말 대단한 일이구려. 어린 나이에 부모를 잃는다는 것은 참 극복하기 어려운 일인데……."

"우리도 사실 놀라긴 했소. 정말 기대 이상의 모습을 보여주시기에… 이대로 시간이 흐르면 타림성이 얼마나 더 성장할지 우리도 알 수 없을 지경이오."

야르간이 야망이 느껴지는 표정으로 말했다.

그러자 지금까지 이 이야기에 전혀 관심이 없던 적풍이 말했다.

"꼭 좋은 것만은 아니지."

그러자 야르간이 심각한 표정으로 되물었다.

"어떤 면에서 말입니까?"

"타림성은 상단으로서 최고의 위치에 있소. 그런데 이 이상의 성장을 원한다면 그건 결국 상계를 벗어난 그 무엇이 될 거요. 그런 경우… 과연 칠왕이 가만히 있겠소?"

적풍의 물음에 야르간이 갑자기 하얗게 질린 표정으로 물었다.

"칠왕이 우리 타림성을 공격이라도 할 거란 말입니까?"

"타림성이 권력을 추구하면 그렇게 될 것이오."

적풍이 망설이지 않고 말했다.

"성주님도요?"

야르간이 되물었다.

"나야 관심 없는 일이고……."

적풍이 심드렁하게 대답했다.

그러자 야르간이 잠시 생각에 잠겼다가 입을 열었다.

"생각해 보니 성주님의 말씀이 맞는 것 같군요. 이 땅의 역사에서 칠왕의 권위에 도전해서 성공한 사례는 오직 하나 신혈의 아바르밖에 없지요."

야르간이 표정은 무척 심각했다.

타림성의 성공에 취해 그 이면에 도사리고 있는 위험을 간과하고 있었다는 것을 깨달은 것이다.

그런데 그때 그들의 뒤쪽에서 조금은 차가운 여인의 목소리가 들렸다.

"그래서 그 위험을 벗어나려면 어찌해야 할까요?"

순간 적풍조차도 놀라서 뒤를 돌아봤다.

그러자 여전히 소녀의 모습을 한 타림성주 송령이 손에 귀한 옥으로 깎아 만든 술병을 들고 적풍 일행을 바라보고 있었다.

"성주님! 이곳엔 어떻게?"

야르간이 재빨리 자리에서 일어나며 송령에게 다가갔다.

"술 마실 사람이 움직였으니 술을 줄 사람도 움직여야죠."

"하지만 이곳은……."

"여인이 올 곳이 아니라는 건가요?"

"그런 말이 아니라……."

야르간이 당황한 표정으로 말을 얼버무렸다. 평소에 타림성주 송령이 가장 싫어하는 것이 여인이라는 이유로 자신을 제약하는 말이었다.

야르간이 당황한 채 말을 다시 입속으로 담자 송령이 그를 지나쳐 적풍 앞에 섰다.

"술만 드리고 갈까요? 아니면 합석해도 될까요?"

송령의 당돌한 말에 이위령 등 십자성의 고수들이 모두 당황하는데 적풍만 덤덤한 표정으로 대답했다.

"성주 마음대로 하시오."

"그럼 앉죠."

송령이 망설이지 않고 적풍의 맞은편에 앉았다. 그리고는 술병의 마개를 딴 후 적풍의 잔에 따르며 말했다.

"이 술은 정령의 땅 헤루안에서도 가장 진귀한 약초들로 담근 술이라더군요. 몸에 좋다니 드세요."

"화가 나셨소?"

적풍이 채워진 술잔을 들어 올리며 물었다.

"기분이 좋진 않군요. 지금까지 그 누구도 날 헛걸음하게 만든 사람은 없었죠."

"그렇다면 좋은 경험했다고 생각하시구려. 적어도 칠왕들은 나보다 더한 행동도 할 테니."

"그런가요? 역시 전 일개 장사치에다가 어린 여인일 뿐인 건가요? 신검의 주인들에겐?"

"그게 싫어서 타림성을 상인 이상의 위치로 이끌고 싶은 거요?"

적풍도 물러서지 않고 물었다.

두 사람 사이의 대화는 가벼운 말씨름 같았지만 사실 타림성의 안위에 무척 중요한 내용들을 담고 있었다.

만약 타림성이 상인 이상의 존재가 되려 한다면 반드시 칠왕의 견제를 받을 수밖에 없었다. 그리고 적풍은 그 칠왕 중 한 명이었다.

"글쎄요. 지금까지는 그런 생각이 없었어요. 하지만 좀 전에 성주님의 말씀을 들어보니 어느새 나도 모르는 사이에 타림성을 그런 위치로 끌고 가고 있었다는 생각이 드는군요. 그래서 솔직히 걱정이 되기도 하고요."

송령이 자신의 생각을 숨김없이 말했다. 마치 숙부나 백부에게 조언을 구하는 아이와 같은 모습 같았다.

"야르간 상주에게 들으니 성주에겐 천부적인 상인의 재질이 있다고 하더구려. 그러니 한번 계산을 해보시오. 과연 타림의 성이 상인의 지위를 극복하고 이 땅의 지배자로 군림할 수 있겠소? 그 가능성은 얼마나 될 것 같소?"

적풍이 묻자 송령이 잠시 적풍을 바라보다 다부진 표정으로 입을 열었다.

"반반은 되죠."

순간 적풍의 눈빛이 번쩍였다. 이건 전혀 그가 예상했던 대답이 아니었다.

적풍은 타림성이 상인의 위치에서 벗어나 칠왕과 권력을 나누는 패권자가 될 가능성이 채 일 할도 되지 않는다고 생각하고 있었다.

그런데 세상에서 가장 뛰어난 판단력을 가졌다는 타림성의 어린 성주는 오 할의 가능성을 보고 있었다. 그렇다고 그녀의 대답이 어린 소녀의 무모한 치기라고 치부할 수도 없었다.

그녀가 지금까지 성취한 것들이 그녀의 말에 힘을 실어주고 있었다.

"생각보다 높구려."

적풍이 이유를 묻듯 말했다. 그러자 송령이 더 대담한 말투로 말했다.

"십자성주께서는 금력의 힘을 너무 무시하시는군요."

"재물이면 귀신도 부린다는 말을 하고 싶은 거요?"

적풍이 냉소를 흘리며 물었다. 그러자 송령이 가벼운 미소를 지으며 대꾸했다.

"이건 어떤가요? 성주님의 십자성은 세력으로 보면 사실 칠왕의 일부가 될 수 없는 규모지요. 그런데도 불구하고 성주님께서 칠왕이 되신 이유는 성주님 한 분의 힘 때문입니다. 하지만 사실 성주님의 힘이란 것은 아바르의 제왕이신 무황님의 아들이라는 배경, 그리고 두 개의 신검을 지닌 사람이라는 부인할 수 없는 현실, 그리고 비록 숫자는 적어도 이 땅 그 누구보다 뛰어나고 충성심 강한 무사분들이 있기 때문이지요."

"그래서 뭐가 문제요?"

"하지만 만약 십자성이 칠왕의 왕국 중 어느 한 곳과 전면전을 벌인다면… 그땐 어떻게 될까요? 승패는 명확하죠. 아바르가 없다면 십자성의 필패죠. 전 그런 십자성을 다른 어떤 왕국과도 겨룰 수 있는 힘을 갖게 해드릴 수 있어요. 금력이 그걸 가능하게 하죠. 타림성의 금력을 이용한다면 성주께서는 단 몇 년 사이, 옥서스에 강력한 왕국을 건설하실 수 있어요. 그렇게 되면 우리 타림성은 자연스럽게 상인의 위치에서 벗어나 이 땅의 지배자 중 하나가 되겠지요."

적풍은 이 어린 여인이 정말 대담한 심장을 지녔다는 것을 인정하지 않을 수 없었다.

야심이라고 말할 수도 있었다. 그러나 다른 야심가들과 달리 송령의 눈에는 탐욕의 빛이 보이지 않았다. 그건 이런 대담한 제안이 그녀의 욕심이 아닌 타림성의 생존을 위한 것임을 말해주는 것이었다.

"아주 좋은 상상이오."

적풍이 칭찬하듯 말했다. 그러자 송령이 진지한 표정으로 물었다.

"단지 상상이라고만 생각하시나요?"

"그럼 정식으로 한 제안이었소?"

적풍이 되물었다.

"그렇다면요? 받아들이실 건가요?"

"글쎄… 나로선 별로……."

"왜죠? 역시 자립했다지만 아바르의 힘을 믿고 계신 건가요? 십자성과 신혈의 아바르는 같은 뿌리라는……?"

송령이 질문은 무척 도발적이었다. 어떤 면에서는 비난의 느낌도 느껴졌다.

그러나 적풍은 그런 송령의 무례함이 이위령 등 십자성의 무사들에게 불쾌함을 주고 있음에도 감정의 흔들림을 전혀 보이지 않았다.

오히려 적풍은 송령이 도발적일수록 더 호기심을 드러내며 송령을 주시했다. 물론 그 와중에 송령의 물음에는 꼬박꼬박 대답했다. 그래서 이번에도 송령의 반문에 대답했다.

"아바르를 믿고 있기 때문은 아니오. 물론 십자성과 신혈의 아바르가 불가분의 관계인 것을 부인하는 것은 아니지만……."

"그럼 칠왕의 왕국을 상대할 다른 방법이 있나요?"

송령이 물었다.

그러자 적풍이 잠시 침묵을 지키다가 손으로 턱을 괴며 말했다.

"난 본래 싸움을 다른 사람들과는 좀 다른 식으로 하오."

"궁금하군요. 어떤 식으로 칠왕의 왕국을 상대하실 수 있는지……?"

송령이 물었다.

그러자 적풍이 한순간 두 눈에 신혈의 기운을 드러냈다. 그의 눈이 검게 변하자 심연처럼 깊은 동공이 송령을 빨아들일 듯 나타났다.

순간 송령이 흠칫하며 몸을 뒤로 뺐다.

아무리 대담한 송령이라 할지라도 극에 이른 신혈의 기운을 바로 눈앞에서 마주하는 것은 공포스러운 일이었다.

적풍은 송령이 공포를 느낀 그 순간이 지나자 금세 신혈의 기운을 가라앉히고 본래의 모습으로 돌아왔다. 그러고는 나직하게 송령에게 말했다.

"성주는 금력으로 사람을 움직일 수 있다고 믿고 살 거요. 인간이라면 누구라도 탐욕에서 자유롭지 못하니까. 그런 의미에서 난 공포로 나와 내 형제들을 지키오. 지금 이곳은 타림의 성이오. 그렇다면 성주는 이곳에 있는 성주의 모든 힘을 동원해서 날 제압할 수 있겠소? 후일 아바르나 다른 칠왕의 복수가 없다는 전제하에서 말이오."

적풍의 물음에 송령이 자신도 모르게 부르르 몸을 떨었다. 그러면서도 작은 손을 말아 쥐며 대답했다.

"못할 것도 없겠지요. 우리 타림성에 단순히 상인들만 있는 것이 아니니까."

그러자 적풍이 빙그레 웃으며 대답했다.

"그렇다면 난 아주 좋은 기회를 얻게 될 거요. 나와 여기 십자성의 형제들은 적어도 이곳에서 살아나갈 자신이 있소. 성주가 아무리 많은 무사들을 동원해도 말이오. 시험해 봐도 좋소. 그렇게 돌아가서는 나의 무사들을 데려올 거요. 성주가 말한 그 몇 안 되는 십자성의 무사들 말이오. 장담하건데 그들만으로도 난 이 타림성을 무너뜨릴 수 있소. 타림성을 이끄는 수뇌란 자들을 한순간에 모두 죽여 버릴 것이기 때문이오. 그렇게 되면 이 땅의 존재들은 알게 될 거요. 왜 겨우 삼백이 넘지 않은 십자성의 성주가 칠왕의 한 명이 되었는지 말이오."

적풍의 말에 송령의 얼굴이 얼음장처럼 변했다. 불가능하다고 생각하면서도 왠지 모르게 적풍의 말을 믿어야 한다는 본능이 그녀를 두렵게 만들었다.

그런 그녀를 보며 적풍이 계속 말했다.

"그렇게 세상 사람들에게 경고하면 그때부터 난 아무런 수고를 할 필요가 없게 되오. 타림성에서 일어난 일의 공포가… 날 세상으로부터 지켜줄 것이기 때문이오. 누구도 타림성과 같은 종말을 원치 않을 테니 말이오. 더군다나 내가 다른 왕국의 성이나 땅을 탐내는 것도 아니고… 혹시 성주께서 이번에 정말 내가 말한 기회를 줄 생각이 있소?"

적풍이 의미를 알 수 없는 미소를 지으며 물었다. 그러자 송령이 아무런 말없이 적풍을 노려보다 말했다.

"그 모든 것은 십자성주님이 이기적인 상상에 불과한 것이죠."

그렇게 말하면서도 그녀는 자신이 고집을 피우고 있다는 생각에 스스로 눈살을 찌푸렸다.

그러자 적풍이 귓속말을 하듯 나직하게 물었다.

"아니오. 난 이미 그런 방식으로 한 세상을 가진 사람이오."

"……?"

송령은 적풍이 무슨 말을 하는지 모르겠다는 듯 적풍을 바라봤다.

'이 여인이 과연 명계를 알까?'

밀교의 문과 두 개의 세계, 그건 이 땅에서도 칠왕의 수뇌들만이 공유하고 있는 사실이었다.

그런 면에서 보자면 송령은 무척 애매한 위치에 있는 여인이었다. 타림성의 성주로서 그녀가 벽루의 맹약 중 겉으로 드러나지 않은 맹약들, 밀교의 문에 대한 충실한 수호자로서 힘을 보태야 한다는 현월문에서 제시된 그 맹약들을 알고 있을지 적풍도 알 수 없었다.

"성주께선… 이곳 사람이 아니군요?"

송령이 거의 숨소리처럼 작은 목소리로 읊조렸다. 그 순간 적풍은 정말로 타림성이 보통의 상인들과 다르다는 결론을 내릴 수밖에 없었다.

이 어린 타림성의 성주는 명계의 존재를 알고 있음이 분명했다. 물론 두 세계에 대해 얼마나 많은 지식을 가지고 있는지는 알 수 없지만…….

"명계를 아시는군."

"그곳에서 왔나요?"

"그렇소."

적풍이 굳이 자신이 온 곳을 숨기지 않고 말했다.

"그곳에서도 지금 말한 성주님의 방식으로 군림했다고요?"

"그렇소. 그리고 이곳에서도 그렇게 군림할 자신이 있소. 시험해 봐도 좋고… 이미 말했듯 나에게는 좋은 기회가 될 테니까. 하지만 충고하자면 적어도 이 싸움이 끝난 이후에 시도하기 바라오."

적풍이 가벼운 미소를 지으며 말했다.

그러자 송령이 모호한 듯한 표정이 짓다가 손을 들어 가볍게 손목을 까딱였다.

그러자 일단의 무사들이 나타나 주점을 봉쇄했다. 처음 적풍이 왔을 때 있었던 몇몇 손님들은 송령이 나타나는 순간 모두 주점을 떠났기에 결국 주점에는 적풍와 송령 두 사람의 일행만이 남아 있었다.

그렇게 주점을 봉쇄한 송령이 적풍에게 물었다.

"명계에는 어떻게 갈 수 있죠?"

"말할 수 없소."

"벽루의 맹약 때문인가요?"

"뭐 그런 영향도 있고……."

"이런 말을 들었어요. 월문이 명계로 가는 문을 지키고 있다는……."

"……"

적풍이 침묵을 지켰다.

더 이상 이 두 세계와 관련된 이야기들은 하지 않겠다는 의미다. 그러자 송령이 조금 침울한 표정으로 말했다.

"가끔 이런 생각을 해요. 제 아버님이신 전대 성주께선 모험심이 강한 분이셨죠. 그리고 그럴 만한 힘을 가지고 계셨어요. 세상은 모르지만 아버님은 소위 말하는 명계에서 전해졌다는 무공을 수련하셨으니까요."

송령의 말에 적풍의 눈빛이 변했다.

"이십팔룡이오?"

적풍이 물었다.

"황금수 이사령이라분… 아시나요?"

그러자 옆에서 묵묵히 두 사람의 이야기를 듣고 있던 이위령이 입을 열었다.

"이십팔룡 중 수공의 달인으로 알려진 여고수지요. 그녀의 수공은 황금빛으로 빛나는 수천 개의 수영을 만들어낸다고 전해지고 있습니다."

이위령의 말에 적풍이 송령을 보며 말했다.

"그렇다는구려."

"모르고 계셨나 보군요?"

"과거의 인물들 모두를 알 수는 없는 일이오."

"스스로에 대한 자신감이시겠죠?"

"뭐… 그렇다고 해둡시다."

적풍이 부인하지 않고 고개를 끄덕였다. 그러자 송령이 다시 입을 열었다.

"좋아요. 그럴 자격이 있으신 분이니까요. 아무튼 제 아버님은 절대 누군가의 공격으로 흔적도 없이 사라질 분은 아니세요. 그것도 바다에서는 더더욱……."

송령의 말에 적풍은 그제야 그녀가 하고자 하는 말을 알아챘다.

"지금 부친이 명계로 갔을 수도 있다고 생각하시는 거요?"

"만약 어쩔 수 없이 그곳으로 가야만 하는 상황이었다면요. 그래서 여쭤본 겁니다. 어떻게 그곳으로 갈 수 있는지……."

"한 가지는 확실하오."

"무엇이죠?"

"명계라는 곳… 자신의 의지가 없으면 갈 수 없는 곳이라는 거요."

교벽이든 밀교의 문이든, 아니 밀교의 문이 전대 타림성주를 위해 열렸을 리는 없으니 결국 교벽의 경우다. 교벽의 경우 비록 눈앞에 교벽이 나탄다 해도 스스로 그 교벽으로 들어가는 것은 대단한 용기가 필요한 일이었다.

그러니 전대 타림성주가 설혹 교벽이 열리는 시간 그곳에 있었다고 해도 스스로 선택하지 않았다면 명계로 갈 수 없었다.

"그 말은… 모든 것은 아버지의 선택이었다는 건가요?"

"성주의 말대로 그가 죽지 않고 명계로 갔다면 그렇소. 그런데… 그분이 명계로 갈 이유가 있소? 호기심 뭐 이런 것은 빼고 말이오."

"아뇨. 제가 알기로는 없어요."

"그럼 가능성은 그리 높지 않구려. 그리고……."

"말씀하세요."

적풍이 망설이자 송령이 적풍의 말을 재촉했다.

"명계에 있을 때 난 이 땅에서 명계로 온 자들의 존재를 거의 모두 알고 있었소. 그들이 이 땅에서 어떤 일을 한 사람들인지도 말이오. 그런데 그중 타림성의 성주였던 사람은 없었는데……."

"그들 모두를 통제 가능하다고요?"

송령이 믿을 수 없다는 듯 물었다.

"뭐… 모든 일에 절대라는 것은 없으니까."

이번만큼은 적풍도 확신할 수 없었다. 교벽이 많이 열리는 지역이 존재하긴 하지만 간혹 엉뚱한 곳에서 교벽이 열리는 경우도 있기 때문이었다.

"그럼 가능성이 줄어들 뿐 아버님이 그곳에 갔을 가능성은 여전히 남는군요."

송령은 어떻게든 전대 타림성주가 살아 있기를 바라는 모양이었다.

"가능성으로만 보자면 그렇소. 아주 가능성이 없는 것은 아니라고 할 수 있소. 하지만."

적풍은 여전히 부정적이 생각인 모양이었다.

그러자 송령이 눈빛을 반짝이며 물었다.

"성주께선 언젠가는 그곳으로 돌아가실 건가요?"

"기회가 온다면 그럴 것이오."

"알겠어요."

송령이 뭘 알겠다는 건지 의미심장한 표정으로 고개를 끄덕였다. 그런 송령을 보며 적풍이 가볍게 한숨을 쉬었다.

"어려운 부탁은 하지 마시오."

"그건 나중 일이지요. 아무튼 이제 우린 현재의 일을 논의해 보죠."

"이미 끝난 것 아니오? 타림은 마룡협까지 보급을 맡기로 하지 않았소?"

적풍의 의아한 표정으로 물었다.

그러자 송령이 고개를 저었다.

"그 이야기 말고요."

"그 일 말고 성주와 내가 나눌 현재의 일이 뭐가 있소?"

"이미 말씀드렸잖아요. 타림성이 십자성을 돕는 것이 어떠냐고. 본 성은 앞으로 십자성에서 요구하는 어떤 일이라도 돕겠어요. 그러니… 성주께서 우리 타림성을 지켜주세요. 성주님의 원하시는 그 방법으로 말이죠. 십자성에 대한 세상의 두려움……."

"같은 이야기를 반복하는 거요?"

이미 거절한 제안이란 뜻이다.

"앞서 한 이야기와는 달라요. 우리의 안전을 도와주는 것 이상은 어떤 것도 바라지 않을 겁니다. 솔직히 타림성은 세상에 군림할 생각도 없어요. 우린 그저 이 땅의 중요한 상단 중 하나로 살아남기를 바랄 뿐이지요."

"그 정도로도 십자성이 원하는 걸 해주겠다?"

"그래요."

송령이 대답했다.

"이상한 일이군. 타림성이 누군가에게 위협을 받는 상황도 아니고……."

"이 전쟁이 끝나면 세상이 또 어떻게 변할지 모르니까요. 오늘 성주께서 가져오신 칠왕의 약속도 사실 크게 믿을 것은 못되죠. 전쟁 이후 승자들은 승리감에 취해 세상의 모든 것을 가지려 하는 경향이 있으니까요."

"그래서 십자성에 의지하겠다는 것이오?"

"그래요."

"왜 십자성이오? 다른 왕국도 많은데. 성주의 말대로 거대한 세력을 가진 왕국들 말이오."

적풍이 진지하게 물었다.

"그들은 우리가 도움을 청하는 순간 타림성을 자신들 왕국의 일부로 만들려고 할 거예요. 하지만… 십자성은 다르겠죠?"

"날 믿소?"

"믿어요."

송령이 자신 있는 대답에 적풍이 어이없는 표정을 지었다. 이 당돌한 어린 소녀는 이렇게 수시로 적풍의 예상을 벗어나는 행동을 했다.

"왜 날 믿소?"

"게으른 사람이라서요."

"컥!"

송령의 대답에 옆에서 두 사람의 이야기를 듣고 있던 이위령이 깜짝 놀라 급히 고개를 돌리며 입안의 술을 뱉어냈다.

하지만 적풍은 그런 송령의 말에 화를 내거나 혹은 웃음도 터뜨리지 않았다. 그리고 한 참 동안 송령을 바라보다 나직하게 입을 열었다.

"왜 타림의 노련한 상인들이 어렸던 성주를 택했는지 알겠소."

"무슨 말씀이죠?"

"이 세상에서 내가 게으르다는 것을 아는 사람은 오직 두 명밖에 없소. 그런데 성주는 단번에 그걸 알아봤으니 하는 말이오. 그만큼 사람을 보는 안목이 뛰어나다는 거지. 맞소. 난 사실 무척 게으른 사람이오. 욕심이 있어도 귀찮아서 권력을 탐하지 못할 정도로… 내 것, 내 사람 지키는 것 정도만 겨우 할 뿐이오."

적풍이 진지하게 말했다.

그러자 송령의 입가에 미소가 드리워졌다.

"그 말씀은 제 부탁을 들어주시겠다는 거죠?"

"뭐, 그래봐야 이름 정도 빌려주는 건데… 쓸데없이 귀찮은 일은 시키지 마시오."

"물론 당연하죠. 십자성과 성주님의 이름! 그것으로 족해요. 그리고 이 약속은 십자성에도 큰 도움이 될 겁니다."

송령이 말을 끝내자마자 술병을 들어 적풍의 술잔에 술을 따랐다.

야르간은 다시 적풍의 일행이 됐다.

야르간은 거대한 상단을 이끄는 사람답지 않게 적풍과의 여행을 즐거워했다.

아름다운 송령은 그녀의 거처에서 적풍을 배웅했다. 그녀와 적풍 사이의 개인적인 거래, 십자성과 타림의 미래에 대한 약속을 생각하면 성문 밖까지 나와 배웅하는 것이 정상이었지만, 적풍도 그녀도 그녀가 성문까지 나오는 것을 원치 않았다.

송령은 여전히 신비한 타림의 주인으로서 존재하는 것이 좋았다.

그걸 생각하면 그녀가 적풍을 찾아 주점까지 왔던 것은 무척 파격적인 일이었다. 한편으로는 그녀가 적풍을 얼마나 중요하게 생각하는지를 드러낸 행동이었다.

아무튼 큰 환송 없이 타림성을 떠나는 적풍 일행에 야르간이 따라붙은 것은 여러모로 의미심장한 일이었다.

야르간은 적풍과 송령 사이에 개인적인 약속이 성사된 이후 적풍을 마치 송령을 대하듯 했다.

어쩌면 그는 이미 십자성과 타림성이 하나가 되었다고 생각하는지도 몰랐다.

적풍과 십자성의 고수들 역시 야르간의 동행을 어색해하거나 불편해하지 않았다. 이미 세 어머니의 호수를 함께 여행한 사이기 때문이었다.

조금 특별한 것은 야르간이 오직 두 명의 수하만을 데리고 타림성을 나섰다는 것 정도였다.

단출한 일행은 야르간이 번잡한 것을 싫어하는 적풍의 성정을 파악하고 그에 맞추려는 의도였다. 그래서 일행은 올 때와 마찬가지로 단출하게 다시 초원으로 나가 헤루안을 향해 말을 몰기 시작했다.

하루가 지나자 누런 풀들이 사라지고 순백의 설원이 모습을 드러냈다. 계절이 겨울이라는 것을 새삼스레 느끼는 순간이었다.

그렇게 다시 한 번 한 계절의 경계를 뛰어넘자 일행의 속도가 느려졌다. 아무래도 설원에선 초원에서만큼 속도를 내기 어렵기 때문이었다.

속도가 느려지는 대신 대화가 늘었다.

특히 이위령과 야르간은 마치 오래전부터 사귄 사람들처럼 칠 왕의 땅의 정세와 사소한 취미들까지 공유하며 수다를 떨었다.

그러다가 문득 이위령이 고개를 주억거리더니 은근한 목소리로 물었다.

"그런데 말이오, 상주."

"말씀하시구려."

"타림성주님 말이외다. 본래 타림성에 과거에도 여인으로서 성주가 된 분이 계셨소?"

그러자 야르간이 고개를 끄덕였다.

"음, 드물지만 기록을 보면 간혹 있기는 했소. 상인들은 본래 무사들과 달라서 남녀의 차별이 그리 심하지 않소. 상재란 것이 남녀 구분 없이 나타나는 재능이고 말이오."

"그렇구려. 그런데 그런 성주들은 혼인을 했소?"

"음… 보자. 혼자 사신 분도 계시고 혼인을 한 분도 계시오."

"그렇소? 그럼 지금의 성주님도 누군가와 혼인을 하실 것 같소?"

"그거야 내가 어찌 알겠소. 하지만 그리 쉽지는 않을 거요."

"왜 그렇소?"

이위령이 조금 무례하다 생각할 정도로 꼬치꼬치 캐물었다. 하지만 야르간은 크게 기분이 상한 모습이 아니었다.

"성주님의 눈에 차는 사내가 있을까 싶소. 성주님의 재능을 생각하면 쉽지 않은 일이오. 더군다나 이전이라면 모를까 이미 타림성의 주인이시니. 이제 와서 다시 누군가를 만날 인연이 된다는 것은 그리 쉬운 일이 아닐 것이오."

"하긴 그렇구려. 뭐… 칠왕의 후계자 정도라면 모를까."

이위령이 혼잣말처럼 중얼거렸다.

"대체 무슨 말이 하고 싶은 거요?"

야르간은 노련한 상인이라서 이위령이 정작 하고 싶은 말이 따로 있다는 것을 알아챘다.

"흐흠… 솔직히 말하자면 내게 문득 좋은 상대가 떠올라서 말이오."

"성주님의 짝으로 말이오?"

"그렇소."

"그게 누구요?"

야르간도 관심이 가는 듯 물었다. 하지만 이위령은 당장 그 질문에는 대답을 하지 않았다.

"지금은 말하지 않겠소. 하지만 우리와 지내다 보면 내가 누굴 염두에 두고 있는지 아시게 될 거요. 만약 야르간 상주께서 그런 사람을 발견하지 못한다면… 뭐 나도 굳이 말을 꺼내고 싶지는 않소. 괜히 욕이나 들어먹을 것 같아서."

"원 싱겁기도 하시오."

"하하하, 아무튼 말이오. 주변을 잘 살펴보시구려."

이위령이 호탕하게 웃음을 터뜨렸다.

제6장
사칸

어둠은 바다로부터 밀려왔다.

천하가 순백의 폭설에 뒤덮였음에도 앙굴루는 어둡고 음습했다.

검은 바다, 북해 혹은 흑해로 불리는 이 거대한 고요의 바다로부터 끊임없이 유입되는 기분 나쁜 안개들이 눈을 녹이고 그속의 검은 땅을 드러냈다.

왼쪽으로 이어지는 침묵의 강 역시, 한겨울임에도 얼지 않았다. 유속의 문제도 있지만 바다에서 강 하구로 밀려드는 해수의 염도가 웬만한 추위에는 얼음을 볼 수 없게 만들었다.

앙굴루는 명계의 척도로 보면 수만 평에 이르는 숲의 분지였다.

한겨울에도 온화한 기온이라 북방의 추위를 피해 산짐승들이 모여들던 이 땅이 지금은 숲이 사라지고 검은 흙이 바닥을 드러내고 있었다.

그리고 그 위에 수천 개, 어쩌면 수만 개에 이를지도 모를 각양각색의 천막들이 들어서 있었다.

앙굴루에 무성하던 나무를 베어 만든 방책이 시선이 닿지 않을 거리로 이어져 전사들의 막사를 보호하고 있었고, 앙굴루 중앙에 위치한 작은 암석 봉우리에는 급조했는지 엉성한 모양이지만, 단단해 보이는 망루가 서 있었다.

그 망루 아래 굵은 나무들을 묶어 만든 누대가 있었다. 누대 옆에는 족히 몇십 마리의 짐승 가죽이 들어갔을, 거대한 북이 세워져 있었다.

그 거대한 북 앞에 보통 사람보다 두 배는 큰 거인이 묵직한 북채를 들고 서 있다가 갑자기 요란하게 북을 쳐대기 시작했다.

둥둥둥둥!

거대한 북소리가 앙굴루를 뒤흔들자 천막에서 하나둘 원주족 전사들이 모습을 드러냈다.

대부분은 인간의 모습을 하고 있었지만, 일부는 인간으로 부르기 어려운 자들도 있었다. 인간의 모습을 한 자들 역시 그 체구와 생김새가 각양각색이어서 보통의 사람들과는 확연히 구분되는 모습들이었다.

몸에는 짐승 가죽으로 만든 옷을 걸치고 있었고. 그나마 제대로 된 갑주를 걸친 자는 어쩌다 하나 정도 발견될 뿐이었다.

이들이야말로 칠왕이 탄생하기 전 이 땅의 지배자였던 원주족들, 칠왕의 후예들이 야수족이라거나 신비족이라 부르는 자들이었다.

북소리가 계속해서 앙굴루 전체로 퍼져 나갔다.

그 소리에 맞춰 천막을 벗어난 원주족들이 앙굴루 중앙 거대한 누대 아래로 모여들었다.

그렇게 모여든 원주족의 숫자가 수만에 이르러 보였다.

수만의 원주족들이 모여드는 사이 누대 위에는 십여 명의 인물들이 올라와 있었다. 하나같이 강렬한 눈빛을 가진 자들이었는데, 그중 아홉이 한 사람을 호위하듯 서 있었다.

그리고 아홉 사람의 호위를 받는 자가 오만한 눈빛으로 누대 아래 모여드는 원주족들을 바라보고 있었다.

둥둥둥!

북소리는 계속 이어졌다.

누대 아래 모여든 자들은 마치 천신에게서 특별한 은총을 바라는 듯한 표정으로 누대 위에 올라선 자들을 바라보고 있었다.

그러다가 어느 순간 아홉 사람의 호위를 받던 노인이 손을 들었다. 그러자 북을 치던 자가 재빨리 북채를 거두고 손으로 북을 눌러 소리의 울림을 멈추게 했다.

그렇게 북소리가 사라지자 갑자기 앙굴루에 적막이 찾아왔다. 모여든 원주족들이 가끔 움직이는 소리가 들리긴 했지만 그들의 시선은 최면에라도 걸린 듯 누대 위에서 북소리를 멈추게 한 노인에게로 향해 있었다.

그렇게 모두의 시선이 노인에게 모이자 노인을 호위하던 자들 중 한 명이 앞으로 나섰다. 그러고는 앙굴루가 뒤흔들릴 만큼 커다란 목소리로 외쳤다.

"모두 들어라. 난 우구족의 카르 누신이다."

투박하지만 온몸을 감싼 갑옷, 얼굴에는 수없이 많은 자상이 나 있는 이자가 바로 야수족 중 최고의 전사 집단이라고 일컬어지는 우구족의 카르 누신이다.

우구족은 그 숫자가 많지 않지만 전장에서 일당백의 힘을 발휘하는 종족으로 과거 칠왕과의 전쟁에서 가장 많은 희생을 당한 종족이기도 했다. 오늘날 그들의 숫자가 원주족 중에서도 극히 적은 것은 바로 그 이유 때문이었다.

그러나 종족의 숫자가 적음에도 불구하고 야수족 중 그 누구도 우구족을 무시하는 자들은 없었다.

우구족의 카르 누신의 외침에 모든 원주족들이 시선이 그에게로 향했다.

그러자 누신이 위압적인 시선으로 누대 아래, 앙굴루의 거대한 분지를 가득 채운 원주족들을 보며 선언했다.

"오늘 우리 원주족의 카르들은 단 하나의 목적을 위해 서로의 힘을 모으기로 결정했다. 그 목적은 바로 우리의 고향, 아름답고 비옥한 칠왕의 땅을 되찾는 것이다."

우우우!

누신의 선언에 수만의 원주족들이 괴성을 질러 호응했다.

그러자 누신이 검을 들어 올려 원주족들의 흥분을 가라앉혔다.

"들어라. 과거 우리는 우리의 고향을 잃고 어두운 카말의 숲

너머로 밀려나 있으면서도 힘을 모으지 못하고 서로 싸웠다. 한 마리의 사냥감, 작은 숲 하나, 그 숲의 우물 하나조차도 다툼의 이유가 됐다. 그것이 우리 원주족들을 수백 년간 고향으로 돌아가지 못하게 만든 이유였다."

우우우!

다시 원주족들의 괴성이 흘러나왔다.

"하지만 이제 우리 각 종족의 카르들은 오늘 이 앙굴루에서 우리의 고향으로 돌아가기 위한 거대한 연대에 동의했다. 이제 우린 고향으로 돌아갈 것이다. 우리의 연대는 원주족의 위대한 역사를 되찾기 위한 새로운 시작이 될 것이다."

우우우!

누신의 다시 한 번 선언하자 앙굴루가 흥분의 도가니로 빠져들었다. 그들은 당장에라도 앙굴루를 벗어나 칠왕의 땅으로 달려갈 것처럼 전의와 살의에 불타올랐다.

그런 원주족들을 보며 누신이 다시 외쳤다.

"우린 이 연대를 앙굴루의 연대라고 칭할 것이다. 칠왕을 탄생시킨 벽루의 맹약 따위는 앙굴루의 연대에 의해 그 흔적조차 사라지게 될 것이다. 그리고 결국 저들은 우리의 노예가 될 것이다. 그 위대한 역사를 위해 우리 카르들은 이 위대한 여정을 이끌어갈 카르 위의 카르, 모든 원주족의 대카르를 모셨다."

누신의 선언에 흥분하던 원주족들의 갑자기 조용해졌다.

원주족의 특징은 분열이다. 이들이 한 명의 절대자 아래 복종했던 시기는 그 옛날 어둠의 마룩이 마룡 우루노와 함께 세상을 지배하던 시절 한 번뿐이었다.

수백 년 전 드루족의 대마법사 마인 토곤이 칠왕을 상대로 전쟁을 벌이던 시기에도 그가 원주족 전체의 제왕이 되지는 못했었다.

그런데 오늘 이곳에서 원주족의 모든 카르들이 인정한 대카르가 탄생한 것이다.

북해의 바다처럼, 앙굴루 옆을 흐르는 침묵의 강처럼, 깊은 침묵이 앙굴루를 휘감았다.

그리고 그 침묵 속에서 누신이 선언했다.

"위대한 대카르는 절대의 마법사 마인 토곤과, 칠왕을 떠나 원주족을 위해 오신 위대한 혼마 사타님의 혈통을 이어받으셨고, 영원한 이 땅의 지배자 어둠의 마룩께서 천 년의 시간을 격하고 그 힘을 전해주신 분이시다. 모두 경배하라. 위대한 대카르 사칸 님이시다."

누신의 말이 끝나는 순간 누신 자신과 누대 위에 있던 원주족 각 파벌의 카르들이 일제히 무릎을 꿇었다.

"대카르!"

아홉 명의 카르들이 사칸을 부르는 소리가 앙굴루 전체에 퍼져 나갔다. 그러자 누대 아래, 앙굴루 분지에 모여 있던 원주족들이 파도처럼 땅에 몸을 엎드리기 시작했다.

"대카르!"

"사칸 님 만세!"

울음 같기도 하고, 혹은 억눌린 감격 같기도 한 소리가 메아리처럼 앙굴루를 맴돌았다.

그리고 그 거대한 메아리 속에 마룩의 정념을 깨운 드루족의 카르이자 이번 앙굴루의 대회합에서 원주족의 대카르로 추대된 사칸이 도도한 눈빛을 발하며 앞으로 나섰다.

"역시 예상대로군요."

현월문의 젊은 법사 수로가 살아 있는 생명체처럼 꿈틀거리는 앙굴루 분지를 보며 중얼거렸다.

"혼마 사타가 드루족을 찾아간 일은 정설에 가까운 것이었지. 그런데 귀혼술로 마룩의 정념을 깨운 자가 혼마 사타의 혈통을 이었을 거라고는 생각지 못했구나."

을보륵이 어두운 표정으로 말했다.

"당시 마인 토곤에게 혈육이 있었던가요?"

"딸이 한 명 있었다고 했지. 혼마 사타가 그 딸과 인연을 맺은 모양이야. 저자의 성씨가 혼마의 사씨 성을 따른 것이라면 거의 확실한 일이다."

"드루족 내에서는 절대적인 권위를 가질 수밖에 없겠군요."

"그렇겠지. 후우… 드루족의 사법과 혼마 사타의 환마술… 정말 잘 어울리는 조합이야."

을보륵이 고개를 저으며 중얼거렸다.

"문주께 알리고 대책을 세워야겠습니다."

"그러자꾸나. 아무튼 이곳에 온 성과는 분명하군. 저들의 수괴가 누군지 알았으니. 전력도 파악이 끝났고……."

"이만이 넘겠지요?"

"그 정도쯤… 후위에 얼마나 더 많은 병력을 준비를 하고 있는지 모르지만 일단 앙굴루에 모인 자들이 저들의 정예 전력일 것이다."

"마룡협이라고 했나요?"

"음."

을보륵이 고개를 끄덕였다.

"참 기이한 인연이군요. 어둠의 마룩이 탄생했다고 할 수 있는 마룡협이라니……."

"싸우기엔 좋지. 거대한 폭포와 급류로 인해 배들이 멈추는 곳이니까. 저들의 이동을 크게 제약할 수 있는 곳이다."

"그렇긴 하지요."

수로가 고개를 끄덕였다.

"아무튼 그래도 쉽지 않은 싸움이 될 것 같구나. 저자… 사칸의 기운을 보아라. 앙굴루 전체가 그의 기운에 휩싸인 듯 보이는구나."

"대단하긴 하군요. 후우……."

평소 활기왕성하고 자신만만하던 젊은 법사 수로조차도 긴장한 듯 보였다.

"그나마 다행인 것은 일곱 개의 신검이 모두 모였다는 것 정도일까."

을보륵이 중얼거렸다.

"그는 참 이상한 사람인 것 같습니다. 이럴 땐 순순히 벽루의 맹약에 동참하는군요."

"십자성주? 정이 많은 사람이라 그렇다."

"정이요?"

수로가 놀란 표정으로 을보륵을 돌아봤다.

"그래 십자성주는 정이 많은 사람이다. 그래서 오히려 차가워 보이는 거지. 자신만의 성을 가지려는 것도 자신의 사람들을 지켜내기 위함이지. 세력을 크게 키우지 않은 것 역시 지켜야 할 사람이 커진다는 것에 대한 부담감 때문일 테고… 그런면에서 보자면 칠왕의 땅에서 살아가는 모든 사람들에 대한 본능적인 의무감 같은 것도 있었을 것이다."

"그런가요?"

"음……."

"도움이 되겠지요?"

"당연하다. 전사로서의 그는 아마도 최고일 것이다. 다만…도움이 필요하겠지. 마룩의 정념을 얻은 이상 사칸은 강력한 법술을 쓸 테니까."

"그건 역시 우리 몫인가요?"

"거의… 혹, 헤루안의 령사들이 나선다면 큰 도움이 될 것이고."

"하지만 그들 중 헤루안을 벗어나 정령술을 쓸 수 있는 사람들은 극소수 아닙니까? 그런데 나설까요? 그들에게는 무척 귀중한 사람들일 텐데……."

수로가 불신의 빛을 보였다. 그러자 을보륵이 대답했다.

"그렇긴 하지만 그들도 칠왕의 땅의 주인들이니 나서지 않을 수 없을 거다. 아무튼 소식을 보내고 저들의 움직임을 좀 더 살피자꾸나."

"예, 대법사님!"

수로가 대답했다.

"아버지!"

두 명의 젊은이가 헤루안의 경계에서 그리 멀지 않은 곳까지 나와 적풍을 마중했다.

구룡과 적사몽이다.

적풍은 멀리서 말을 달려오며 자신을 부르는 두 사람을 보며 자신이 나이가 들었다는 것을 깨달았다.

신혈족의 나이로 사십은 그리 많은 것이 아니다. 신혈족 내에서 사십은 여전히 젊은이로 여겨지는 경우가 더 많았다. 그러나 적풍은 명계에서의 삶에 익숙하기에 마흔이라는 나이가 새삼스러울 시기였다.

그런 면에서 보자면 자신을 향해 말을 몰아오는 적사몽과 구룡에게선 무한한 젊음의 생명력 같은 것이 느껴졌다.

부러움은 아니었다. 그저 나무가 좋아 그 푸른빛을 감상하는 이의 마음 같은 것이었다.

"성주님!"

적풍 앞에 도달한 구룡이 말 위에서 고개를 숙여 보였다.

"다녀오셨어요?"

적사몽 역시 밝은 얼굴로 적풍을 반겼다.

못 본 사이 적사몽은 많이 달라져 있었다. 이젠 헌칠하게 큰 것이, 청년의 모습이 엿보였다.

사실 적사몽이 본래부터 체구가 작은 아이는 아니었다. 흑상들에게 잡혀 갖은 고초를 겪느라 몸에 살이 붙을 사이가 없었던 적사몽이었다. 그래서 처음 적사몽을 만났을 때, 사람들은 본래 적사몽의 나이보다 훨씬 어리게 그를 생각했었다.

그러나 적풍과 설루의 정성 어린 보살핌으로 더 이상 도망 다니지 않아도 된다는 마음의 여유를 찾자 적사몽은 본래 자신의 나이 또래 아이들보다 훨씬 빠르게 성장했다.

거기에는 물론 적풍이 전수한 무공의 영향도 컸다.

적사몽은 십면불 도광이 탐냈던 피를 가진 아이였다. 그 피의 놀라움은 적풍의 무공이 전수되자 더 이상 숨길 수 없을 만큼 명확하게 발현되었다.

적풍과 함께한 시간이 겨우 일 년 남짓이지만 적사몽은 어느새 웬만한 강호의 고수 이상의 성취를 보이고 있었다.

그리고 그런 무공의 성취는 그의 몸을 키우고 또한 단단하게 만들었다.

겨울이 지나 새해가 오면 적사몽의 나이도 열일곱이 된다. 보통의 아이들이라도 소년의 티를 벗고 청년의 모습이 보이는 나이다. 하물며 적사몽은 특별한 신혈의 피에 적풍의 가르침을 받아 벌써 어엿한 청년의 모습을 보이고 있었다. 물론 그와 함께 온 건장한 구룡에 비할 바는 아니었지만.

적풍은 그런 두 청년을 보며 자신도 모르게 미소가 지어졌다.

"식구들은 모두 옮겨 왔느냐?"

적풍이 손을 들어 말을 탄 채 곁으로 다가온 적사몽의 머리를 쓰다듬으며 시선을 구룡에게 주며 물었다.

"그렇습니다, 성주님!"

"얼마나 되었지?"

"삼 일 되었습니다."

"그럼 아직 분주하겠군."

"헤루안의 제왕께서 미리 준비를 해주셔서 금세 자리를 잡았습니다."

"음……."

적풍이 고개를 끄덕였다.

그러자 적사몽이 물었다.

"가셨던 일은 어떻게 되었어요?"

"응?"

적사몽의 질문에 적풍이 새삼스러운 눈으로 적사몽을 바라봤다. 그리고 다시 한 번 깨달았다. 이제 적사몽이 마냥 어린아이가 아니라는 것을. 타림성의 일을 묻는 것이 어색하지 않을 정도로 성장했다는 것을.

"잘됐다."

"다행이에요. 하긴 뭐 아버지께서 가셨으니까."

적사몽이 당연한 일이라는 듯 고개를 끄덕였다.

그런데 그때 야르간이 앞으로 나서며 적풍에게 아는 척을 했다.

"소공자 잘 지내셨나?"

본래 십자성에선 적사몽을 이렇게 부르는 사람이 없었다. 비록 성주 적풍의 아들이지만 대부분의 사람들은 적사몽의 이름을 불렀다.

적사몽이 자신을 소공자라는 특별한 호칭으로 부른 사람을 바라봤다. 그러고는 이내 얼굴에 반가운 기색을 떠올렸다.

"대상주님이시군요? 잘 내셨어요?"

"하하, 나야 잘 지냈지. 그런데 소공자께선 이제 더 이상 어린애가 아닌 것 같은데? 아직 일 년도 안 된 것 같은데……."

"그렇게 보이나요?"

"음, 이젠 전장에 나가 검을 휘둘러도 어색할 것 같지 않은 전사가 된 것 같아."

"정말요?"

적사몽이 흥분한 기색으로 물었다. 그러자 옆에서 적풍이 야르간의 말을 제지했다.

"아직은 아니다."

적풍의 말에 적사몽이 금세 풀이 죽었다.

"알았어요."

"하지만 곧 가능할 거야."

옆에서 구룡이 가볍게 적사몽의 어깨를 치며 말했다.

"구룡 형님은 좋겠어요."

"왜?"

"이번 마룡협의 대전에 참가하시잖아요?"

"위험한 일이지. 즐거운 일이 아니야. 싸움은 어떤 싸움이든 결코 즐거운 일이 아니지. 물론 우리 신혈족에게는 싸움 자체가 피를 끓게 하지만 그 결과를 놓고 보면 결코 반길 일은 아니야."

구룡이 정색을 하며 말했다.

그러자 적사몽이 금세 구룡의 충고를 받아들였다.

"형님의 말씀이 맞아요. 싸움은 결국 피를 부르니까요. 전

단지… 제 수련의 결과를 확인해 보고 싶었어요."

"나도 이해는 해. 아우 나이 때 나도 그랬으니까. 하지만…
생각보다 그런 시간이 빨리 오더군. 그때는 솔직히 조금 당황
스러웠어."

"형님도요?"

"음… 첫 싸움의 기억은 솔직히 그리 좋지 않아. 겁을 많이
먹었거든."

"에이 설마 형님이 겁을 먹었을 리가……."

적사몽이 고개를 저으며 말하자 적풍이 입을 열었다.

"구룡의 말이 맞다. 나 역시 그랬으니까."

"아버지도요?"

적사몽이 믿을 수 없다는 표정을 지었다.

"솔직히 말하자면 지금도 그렇다."

"……?"

적사몽이 더 이상 대답을 하지 못하고 적풍을 바라봤다.

"싸움은 많은 것을 걸어야 한다. 자기 자신만이 아니라 자신
과 가까운 사람들의 운명까지… 처음에는 그 무게가 느껴지지
않는다. 오직 자신이 살기 위해 싸우니까. 그러나 시간이 지나
나이를 먹다 보면 어느새 그 모든 것들이 느껴지고 그럼 싸움
은 점점 더 두려운 일이 되지. 물론 그래도 결국 싸워야 할 때
가 있지만. 그러니 언제든 싸움을 무게를 항상 잘 살피거라."

"알겠습니다. 그럴게요."

적사몽이 대답했다.

그러자 뒤에 있던 이위령이 앞으로 나오며 투덜거렸다.

"아니 오랜만에 아들을 만나서 그런 무거운 이야기를 하십니까? 내일이야 어찌 됐든 오늘은 즐거운 날인데요. 자자, 사몽, 구룡 우리 한번 달려볼까?"

이위령의 말에 일행의 분위기가 금세 밝아졌다.

"좋아요."

"좋습니다."

적사몽과 구룡도 활기를 되찾았다.

"좋아. 그럼 달려보자!"

이위령이 앞서서 말을 몰아 초원으로 달려 나갔다. 그러자 적사몽과 구룡이 그 뒤를 따라 바람처럼 말을 몰기 시작했다.

"잘 자랐군요."

야르간이 감개무량한 표정으로 말했다.

"위험만 없다면 결국 스스로 크게 자랄 나무였소."

적풍이 말했다.

"그런 것도 같군요. 본래의 성품이 밝은 아이였던 것 같습니다. 세 어머니의 호수에서는 성정이 어두운 것이 아닌가 걱정했었는데……."

야르간이 고개를 끄덕였다.

"어서 갑시다. 루도 반가워할 거요."

적풍이 잠시 멈췄던 길을 다시 가며 말했다.

"아, 부인께선 잘 계십니까?"

야르간이 재빨리 적풍을 따라붙으며 물었다.

"빨리도 물어보는구려."

적풍이 설루 이야기가 나오자 그답지 않게 농담을 했다.

"하하, 죄송합니다. 부인께는 말씀하지 말아주십시오."

"글쎄… 난 루에게 비밀이 없는 편이라서. 아무튼 루는 잘 있소. 헤루안에 잠시 머물게 되었으니 아마도 더 즐겁게 지낼 것이오."

"정령일족과의 거래는 정말 잘하신 것 같습니다. 헤루안이라는 땅은 이 세계에서 가장 안전한 곳이지요."

"마룩의 정념을 이은 자가 와도 말이오?"

"적어도 다른 곳보다는 훨씬 안전할 겁니다."

야르간이 확신을 가지고 말했다.

"좋군."

적풍이 안심이 되는지 고개를 끄덕였다.

"한 가지 조언을 드릴까요?"

"말해보시오."

적풍이 말했다.

"기왕에 칠왕이 일원이 되셨으니 드리는 말씀입니다만, 만약 이 전쟁에서 승리한다면 원주족에 대해 지금까지와는 다르게 접근할 필요가 있습니다."

"어떻게 말이오?"

"그들의 존재를 인정하는 것이지요. 그것만으로도 이 땅에는 큰 변화가 일어날 겁니다. 지금처럼 그들 모두를 인간이 아닌 자들로 취급할 것이 아니라 말입니다. 당장 성주께서도 흑수족의 사람을 데리고 있지 않습니까?"

야르간이 조금 뒤쪽에서 따라오고 있는 타르두를 보며 말했다.

"그렇긴 하군."

"물론 원주족은 언제든 위험한 일을 초래할 수 있는 자들이지요. 하지만 그건 그들의 성품 때문이 아니라 본래 인간이라면 누구나 다 그런 것 아니겠습니까? 그들이 없다 해도 다른 누군가가 그 비슷한 분란을 일으킬 겁니다."

"틀린 말은 아니오. 하지만 다른 왕들이 내 말을 듣겠소?"

"그를 이용하십시오. 이번 싸움에……."

야르간이 다시 타르두를 바라봤다.

"이용? 기분 좋은 말은 아니군."

"그럼 그에게 기회를 준다는 말로 바꾸겠습니다. 지금 앙굴루에 모인 원주족들은 칠왕의 땅에서 쫓겨난 원주족 모두가 아닙니다. 사실 이 세계에 존재하는 종족을 세어보자면 알려진 것만 해도 수십이지요. 그들 중 앙굴루에 오지 않은 자들도 많습니다. 물론 힘이 없거나, 소수만 남아 겨우 명맥을 유지하는 자들이 대부분이지만……."

"그런 자들을 규합해 칠왕을 위해 싸우게 하라?"

"그렇습니다. 그렇게 되면 이 전쟁 이후 이 땅의 평화를 구축하는데 훨씬 유리한 상황이 조성 될 겁니다. 물론… 우리 같은 장사치들에게는 원주족이라는 커다란 시장이 새로 열리는 셈이구요."

"후후후, 이제 보니 목적은 다른 데 있었구려."

"일거양득이지요."

"알겠소, 고려해 보겠소."

"그러시다면 일단 정령의 왕에게 동의를 구하십시오. 아마 칠왕 중 그가 가장 원주족에게 우호적일 겁니다."

"그렇소?"

"당연한 일이지요. 그 자신과 혜루안 일족이야말로 그 뿌리가 인간보다는 원주족에 가까운 사람들이니까요."

"그렇소?"

"그들의 특성을 보면 아시지 않습니까? 그들은 칠왕의 시대 이전부터 혜루안에서 왕국을 이룬 종족입니다. 어떤 인연으로 칠왕의 일원이 됐는지는 모르지만……."

"그렇구려. 그가 나서준다면 그 일을 쉽게 풀 수도 있겠군. 타르두 노인으로 하여금 원주족 중 칠왕의 땅을 지키는 데 나설 자들을 규합해 정령의 왕이 통괄하게 한다면……."

"좋은 방법이지요."

야르간이 대답했다.

"역시 타림성의 삼대상주답소."

"칭찬이시라면 기분 나쁘지 않군요."

야르간이 가볍게 미소를 지었다.

그러자 적풍이 고개를 돌려 타르두를 불렀다.

"타르두 노인, 좀 봅시다."

"예, 성주!"

타르두가 바람처럼 적풍에게 달려왔다,.

나무들이 낮게 가지를 내려 바람을 막아줬다. 바위가 둥글게 마을을 둘러서 마치 성벽처럼 외인으로부터 마을을 보호했다. 마을 우측으로 작산 위에서 시작된 개울이 흘러 식수를 걱정할 필요도 없었다.

마을 앞쪽은 지금 계절이 겨울이라는 것을 잊게 만드는 채소들이 자라고 있었다. 그리고 마을은 태양의 축복을 받은 것처럼 바위 성벽 안쪽으로 세상의 모든 태양빛을 빨아들이고 있었다.

그 덕에 마을 곳곳에 피어 있는 꽃들이 더 이상 이상하지 않을 정도였다.

"이래서 정령 일족이라는 거군요."

와한이 얼이 빠진 모습으로 급히 만들어진 것이 분명한 마을을 바라보며 중얼거렸다.

나무와 벽돌, 그리고 흙을 이용해 지어진 집도 있었지만 그런 집보다는 아직은 천막이 더 많은 마을이다.

이곳이야말로 십자성 사람들이 급히 이주해 온 헤루안 땅의 한 산기슭 마을이었다.

이 특별한 땅은 헤루안의 정령일족이 십자성의 사람들을 위해 준비한 것으로. 이 땅에서 그들이 그들 주위에 존재하는 사물들을 어떻게 이용할 수 있는지 보여주는 증거 같은 마을이었다.

"아름답다고 해야 하나?"

파간 역시 마을의 정경을 보고는 감탄하지 않을 수 없는 모양이었다.

그렇게 일행이 마을 앞에서 그들의 예상을 뛰어넘는 풍경에 잠시 걸음을 멈추고 있을 때, 이위령과 함께 경주를 핑계 삼아 먼저 마을에 돌아와 있던 구룡과 적사몽이 설루와 헤루안의 구천령사 중 한 명인 일락을 데리고 마을에서 나왔다.

"왔어요?"

설루가 마치 잠시 산책이라도 다녀온 사람을 맞듯 적풍을 맞았다.

"음."

적풍이 고개를 끄덕였다.

"갔던 일은 잘 되었다고요?"

설루가 다시 물었다.

"그래서 함께 왔어."

적풍이 옆에 있는 야르간을 가리켰다.

"부인 오랜만에 뵙습니다, 더 아름다워지신 것 같습니다."

야르간이 정중하게 머리를 숙여 인사했다.

"야르간 상주시군요. 어서 오세요, 환영해요."

"환영해 주셔서 감사합니다."

야르간의 대답을 미소로 받아넘긴 설루가 적풍에게 말했다.

"일단 들어가요."

"그러지."

적풍이 대답을 한 후 앞서서 새롭게 마련된 십자성의 터전으로 걸음을 옮겼다.

곳곳에서 아이들의 웃음소리가 들렸다.

적풍은 마치 자신이 비현실의 세계에 와 있는 것처럼 느껴졌다. 길 잃은 샤들이 지켜내고자 했던 식솔들을 받아들인 후 십자성은 명계의 십자성과 비슷한 모습을 갖춰가고 있었다.

교벽을 통해 이 땅에 왔을 때 십여 명의 전사가 전부였지만 이제 수백의 사람들이 채워진 하나의 작은 공동체를 이루고 있었다.

전사들이 있었고, 아이들이 있었으며, 그 아이들의 형제자매들이 있었다.

그리고 그들이 헤루안의 정령사들이 만들어낸 신비한 세계 속에서 웃고 있는 모습은 적풍으로 하여금 밖의 세상을 잊게 만들기 충분했다.

하지만 그런 꿈결 같은 상념은 계속되지 못했다. 사람의 걸음 소리가 그의 귀에 들렸기 때문이다.

툭!

나뭇가지 부러지는 소리에 적풍이 고개를 돌렸다.

어느새 다가왔는지 설루와 일락이 함께 있었다.

"뭘 해요?"

설루가 적풍이 앉아 있는 바위 옆에 앉으며 물었다.

"그냥 마을을 좀 보고 있었어."

"갑자기 어깨가 무거워지죠?"

"무슨 말이야?"

"이 아름다운 마을과 사람들을 지켜야 한다는 의무감 같은 거요."

"음……."

적풍이 긍정도 부정도 아닌 음성을 흘려냈다.

"다른 생각을 하고 있었어요?"

"명계의 십자성을 생각하고 있었어. 잘하고 있는지……."

"아우님을 못 믿으세요?"

"우마를 믿기는 하지."

"법황님도 계시잖아요. 걱정 말아요."

"하긴… 두 사람이면 별일 없겠지. 그런데 무슨 일이 있어?"

적풍이 설루와 함께 온 일락을 보며 물었다.

특별한 일이 아니라면 적풍이 혼자 사색을 즐기는 곳에 설루가 일락과 함께 올 리 없었다.

"왕께서 동의하셨습니다."

일락이 설루를 대신해 대답했다.

"고마운 일이구려."

적풍이 대답했다.

"아닙니다. 오히려 우리 정령일족에게도 큰 도움이 될 듯싶습니다. 헤루안을 경계로 그 밖으로 그들이 자리를 잡으면 헤루안은 더욱더 안전해질 겁니다. 더군다나 십자성의 옥서스도 가까이 있지요. 아마도 칠왕의 땅의 중심이 아바르 강 상류로 이동할 겁니다. 타림성도 가깝고……."

말을 하면서 일락은 조금 흥분한 듯 보였다.

그동안 정령일족의 땅 헤루안은 왕국이라고는 부르지만 다른 칠왕의 왕국들과는 다른 취급을 받아왔다.

정령일족의 수가 적기도 했고, 헤루안을 제외하면 거의 지배할 땅을 가지고 있지 않기 때문이었다.

그래서 그들은 왕국이라 부르지만 왕국보다는 하나의 성을 가진 일족으로 여겨지기도 했었다.

그러나 적풍의 제안대로 신검의 권위를 인정하는 일부 원주족들이 헤루안의 제왕 공령을 아래서 하나의 세력을 이룬다면 정령의 왕국도 다른 왕국들 못지않은 세력을 형성할 수 있을 것이다.

그런 기대감이 일락을 들뜨게 하는 듯 보였다.

"일단은 칠왕의 동의가 필요한 일이오."

적풍이 말했다.

"그 일은 걱정하지 않습니다."

일락이 생각보다 확신에 찬 표정으로 대답했다.

"어째서 말이오?"

"이미 칠왕 중 두 분이 동의한 일입니다. 누가 반대하겠습니까?"

일락의 말에 적풍이 고개를 끄덕였다.

"하긴 누구도 반대하기 쉽지 않지. 더군다나 이 싸움에 나서겠다는 원주족들은 카림의 땅이 아닌 이 땅에서 살아가는 자들이 대부분이니까. 거기에 현월문주가 거든다면 어려운 일은 아닐 것이오."

"그가 동의할까요?"

설루가 물었다.

"누구보다 먼저 동의할 거야."

적풍이 대답했다.

"왜?"

설루가 무심결에 둘만 있을 때의 말투로 물었다.

"가장 절실하게 이 땅의 안정을 바라는 사람이니까. 원주족들과 칠왕의 후예들이 화합할 수만 있다면 그로선 최선이지."

"그런가?"

"알잖아? 그들의 업(業)이 뭔지."

"하긴……."

밀교의 문을 지키는 데 있어서 칠왕의 땅의 안정은 거의 절대적인 조건이었다.

오늘날 현월문이 직접 원주족과의 전쟁에 나서는 것도 원주족의 침략 와중에 현월문에 대한, 정확하게는 밀교의 문에 대한 공격 가능성이 농후하기 때문이었다.

"그리고 만약 원주족이 칠왕의 땅에서 하나의 세력을 형성한다면 변경 너머에 있는 원주족들 사이에도 변화가 일어날 수 있겠지."

"맞는 말씀이지만 어쨌든 이번 전쟁에서 승리한 이후의 일이지요."

일락이 말했다.

"물론 그렇소."

적풍이 동의했다.

"언제 출정하시렵니까?"

일락이 다시 물었다.

"삼 일 후에 떠날 것이오."

"헤루안의 전사들과 동행하시는 것이 어떠실지……?"

일락이 물었다.

"아니오, 십자성의 형제들과 따로 움직이겠소."

"굳이 그러실 필요까지 있을까요? 타르두 노인… 아니 흑수족의 족장이 사람들을 모아오면 그들과 헤루안 전사들 사이를

이어줄 분이 필요합니다만… 당장은."

일락이 말했다.

그러자 적풍이 대답했다.

"그 일을 거절할 생각은 없소. 타르두 노인이 원주족들을 모아 마룡협 근처까지만 데려오면 그때 내가 나서리다."

"알겠습니다. 그리 전하겠습니다."

일락이 대답했다.

그러자 적풍이 잠시 망설이다가 설루에게 조심스레 말을 건넸다.

"한 가지 허락해 줄 일이 있어."

"내가요?"

"응."

설루가 되물었다.

"뭔데요?"

"음… 반대하지 않았으면 좋겠는데."

"말해봐요."

"마룡협에 사몽을 데려가고 싶어."

"사몽을?"

설루가 예상치 못했던 일이라는 듯 놀란 표정으로 되물었다.

"음……."

"이유는?"

"이런 기회가 흔치 않으니까. 사몽을 크게 성장시켜 줄 수 있을 거야."

"너무 어려, 위험하지 않겠어?"

설루가 물었다.

"물론, 당신이 반대하면 데려가지 않을게. 하지만 이번에 보니까 사몽도 이미 어린애 티는 벗은 것 같더라고……."

적풍이 말했다.

그러자 설루가 아미를 모으며 고민을 시작했다.

적사몽이 아직은 전장에 나갈 나이가 아니라고 생각하면서도 적풍의 말처럼 이런 거대한 전쟁을 직접 치르고 나면 적사몽은 훌쩍 성장해 있을 것이다.

그리고 이번 전쟁이 끝나면 이런 기회가 다시없을지도 모른다.

"사몽을 위해서라면… 결국 사몽의 삶은 그 아이가 살아내야 하는 것이니까."

고민하던 설루가 혼잣말처럼 중얼거렸다.

"허락하는 거야?"

적풍이 물었다.

"그래요. 하지만 당신도 동의할 일이 있어요."

"뭘?"

"반드시 사몽을 지켜야 한다는 거요."

"내가 죽지 않은 한 그러지."

적풍이 무겁게 대답했다.

제7장
마룡협으로

"침 한 대 맞자."

설루의 말에 적사몽은 능숙하게 침을 맞을 준비를 시작했다. 딱히 의문은 없었다. 왜냐하면 그동안 설루가 특별한 일이 없어도 주기적으로 적사몽에게 침을 놓아왔기 때문이었다.

적사몽은 설루가 왜 자신의 몸에 수시로 침을 놓는지도 정확하게 알고 있었다.

설루의 침술이 십면불 도광이 탐했던 마불 승정의 신정, 그 기운을 온전히 적사몽의 것으로 만들기 위한 길고 긴 여정 중 일부라는 것을 모르지 않았다.

더군다나 설루에게 침을 맞고 나면 그의 몸은 언제나 적지 않은 변화를 보였다.

활화산처럼 폭발하는 것은 아니지만 도도한 해일처럼 일어나는 신정의 기운이 점점 더 확연하게 느껴지곤 했다.

그리고 그런 경험을 한 번 하고 나면 적사몽의 몸은 또 전혀 다른 몸이 되었다. 가끔은 명계 강호의 고수가 수년을 수련해야 얻을 수 있는 공력을 침술 한 번으로 얻기도 했다.

그런 확실한 효과를 경험했기에 이번에도 적사몽은 순순히 설루의 말을 따른 것이다.

적풍은 문 옆에 기대어 선 채 침상에 누운 적사몽의 전신에 은침을 꽂고 있는 설루를 바라보고 있었다.

정수리부터 척추를 따라 내려오는 설루의 침술은 신기에 가까웠다. 침을 손으로 꽂아 넣는 것이 아니라 적사몽의 몸이 스스로 침을 빨아들이는 듯한 모습이었다.

그래서 설루의 손은 항상 적사몽과 두 치 정도의 거리를 두고 떨어져 있었다.

설루의 침이 적사몽의 발뒤꿈치에 이르렀을 때 적사몽은 스르르 눈을 감았다.

"후우!"

적사몽이 잠들자 설루가 깊게 숨을 내쉬며 소매로 이마를 닦았다. 가벼운 듯 보였지만, 그녀의 침술이 얼마나 많은 정력을 필요로 하는지 알 수 있었다.

"끝났어?"

"응."

"너무 무리한 것 아냐?"

"전장터로 나가는 아들에게 이 정도는 해야지."

"신정은 어때?"

적사몽의 몸속에 들어 있는 마불 승정의 신정이 어느 정도 흡수되었는지를 묻는 것이다.

"글쎄… 조금 어렵네."

설루가 살짝 눈살을 찌푸렸다.

"완전히 흡수가 되지 않은 건가? 지금까지 대단한 성취가 있었잖아?"

적풍이 이해가 되지 않는다는 얼굴로 물었다.

"물론 그렇긴 해. 하지만 완전하지 않아. 뭔가 정말 중요한 단계를 넘지 못하는 그런 느낌이야. 마치 신정의 정수는 여전히 깨어나지 않은 느낌이랄까……."

"내가 한번 볼까?"

적풍이 물었다.

사람을 치료하는 것이 아닌 몸속에 잠재한 어떤 기운을 살피거나 녹여내는 일은 무림의 고수가 더 능숙할 수 있었다.

그러나 설루는 즉시 고개를 저었다.

"아니, 위험해요."

정색을 해서인지 존댓말이 흘러나온 설루다.

"그렇게 대단해?"

"당신의 신력으로 깨뜨리면 화산처럼 터져 나와 사몽을 위험하게 만들 수도 있어. 그래서… 이렇게 조금씩 그 정수에 다가가는 수밖에는 없어."

"그렇긴 한데… 내 적성에 맞는 것은 아니군."

"후후, 맞아. 당신처럼 과단한 사람이 선택할 방법은 아니지. 하지만 나로선 어쩔 수 없는 선택이야. 사몽을 위험에 빠뜨릴 수는 없으니까. 후우······."

말을 하면서 설루가 가볍게 가슴에 손을 댔다. 뭔가 망설이는 듯한 표정이다. 그 모습을 본 적풍이 단호하게 말했다.

"안 돼."

적풍의 제지에 설루가 고개를 끄덕였다.

"알았어. 하지만 사몽이 알면 서운해할걸?"

"아니 결코 서운해하지 않을 거야."

적풍이 말했다.

"왜 그렇게 생각해?"

"봉황침이 오직 당신을 위해서만 쓰여야 한다는 걸 사몽도 이해할 테니까. 이 땅에서 칠왕의 후예거나 혹은 신혈족이 아닌 이상, 당신을 지킬 그 무엇인가가 반드시 있어야 해. 그게 당신이 나와 교벽의 여행을 동행한 조건이란 걸 잊지 마."

"아이고. 알았어요. 그 문제만 나오면 이렇게 정색을 하니······."

설루가 혀를 빼물며 고개를 저었다.

그러자 적풍이 다시 말했다.

"당신이 위험해진다면 난 어떤 것도 포기할 준비가 되어 있어. 현월문으로 가서 밀교의 문을 열 수도 있지."

"알았으니까 그런 위험한 말은 하지 말아요."

설루가 정말 적풍이 현월문으로 달려갈 사람인 것처럼 만류했다.

"당신도 봉황침에 대한 이야기는 더 이상 하지 마."

"알았어요. 아무래도 봉황침을 하나 더 만들든지 해야지."

"할 수 있어?"

적풍이 놀란 표정으로 물었다.

봉황침은 천의비문 최고의 비술로, 일백 년의 연마를 통해 겨우 한두 개 만들어내는 신침이었다.

"완벽하게는 어렵지만 비슷하게는 할 수 있을 것도 같아."

"어떻게 그게 가능하지?"

적풍이 믿기 힘든 표정으로 다시 물었다.

"여기가 헤루안이기 때문에."

"이 땅 때문이라고?"

"봉황침이라는 게 사실 별게 아니야. 백여 년에 걸쳐 영험한 약초와 특별한 물질의 기운을 황금침 속에 녹여 넣는 것이거든."

"그렇지. 그래서 오랜 시간이 필요한 거고."

"그런데 이 땅은 정령의 기운으로 넘쳐나. 그걸 자유자재로 사용할 수 있는 사람들도 있고."

"음, 생각해 보니 그렇군. 정령일족의 도움을 받으면… 훨씬 시간을 단축할 수도 있겠어. 이 헤루안에는 약초도 풍부하고……."

"물론 그래도 어려운 일이기는 하지만. 또 문제는… 그들에게도 이 비술이 알려질 수 있다는 거지."

"음……."

적풍이 자신도 모르게 신음을 흘렸다.

봉황침은 어느 세계, 어떤 인물이라도 욕심낼 만한 물건이었다. 만약 헤루안의 정령일족이 봉황침의 존재를 안다면 욕심을 낼 것이 분명했다. 특히 그 제조법에 대해서는 더더욱 그러했다.

그러나 천의비문의 비술이자 죽은 자도 살린다는 봉황침의 제조술은 함부로 타인에게 공개할 수 없었다.

그것이 단지 천의비문의 비술이기 때문이 아니라 봉황침이 신침이 아니라 다른 용도로도 사용될 수 있기 때문이었다.

"헤루안의 정령일족은 봉황침의 존재를 아는 순간 모든 것을 이용해 그 비술을 알려고 할 거야. 왜냐하면 봉황침은 그들이 가진 제약을 해결할 수 있는 가장 최선의 방법이니까."

설루가 말했다.

"그렇게 되는 건가?"

헤루안 정령일족에게 있어 헤루안을 벗어나서도 그들의 신령스러운 정령술을 쓸 수 있는 몸을 갖는 것은 수백 년, 아니 수천 년 동안 염원한 비원이었다.

그 제약을 해결할 수 있는 봉황침이라면 그들은 어떤 수를 써서라도 그 비술을 얻으려 할 터였다.

"그래서 생각해 본 건데. 다른 방법을 생각할 수도 있겠어."

"어떻게?"

"봉황침의 효능을 수십 개로 나누는 거야."

"여러 개의 침을 만들겠다고?"

"응, 그렇게 하면 세 가지 장점이 있어. 하나는 그 모든 효능을 하나의 침에 모을 수 있다는 생각을 다른 사람들이 하지 못할 것이고, 두 번째는 무척 빨리 만들 수 있다는 거지. 봉황침의 제련 기간인 일백 년을 수십 개로 쪼개는 거니까. 더군다나 헤루안은 정령술사들이 많으니까. 세 번째는 이런 경우 결국 여러 개의 침을 서로 보완하며 사용할 수 있는 침술이 중요한데 그거야말로 나만이 할 수 있는 일이지."

설루의 설명에 적풍이 이내 고개를 끄덕였다.

"그들이 동의만 한다면 나쁘지 않은 방법이군."

"그중 몇 개 정도만 사용하며 사몽의 몸속에 있는 마불 승정의 신단 기운을 완전히 흡수할 수 있을 거야."

"위험하진 않을까?"

"그래도 봉황침보다는 안전할 거야."

"하긴 봉황침의 기운보다야 다루기 쉬울 테지."

"더군다나 당신이 옆에서 도와주면 더욱더 쉬울 것이고……."

"좋아. 그럼 한번 해보자. 얼마나 걸릴까?"

"그건 나도 모르겠어. 헤루안의 사람들 능력에 달린 문제니까. 솔직히 그들의 능력을 모두 보진 못했잖아?"

"그렇긴 하지."

적풍이 고개를 끄덕였다.

"그럼 그건 그렇게 하고, 일단 사몽을 깨울게. 시간이 됐어."

설루가 적사몽 곁으로 다가서며 말했다.

"응."

적풍도 설루를 따라 적사몽 곁으로 다가섰다.

설루의 손이 적사몽의 몸 위를 스치듯 지나갔다. 그럴 때마다 그녀의 손에 적사몽의 몸에서 뽑혀 올라온 은침들이 들어갔다. 침을 꽂을 때와 마찬가지로 설루의 손이 침을 뽑는 것이 아니라 적사몽의 몸이 침을 튕겨내는 것 같은 모습이다.

"공력이 좋아졌어."

설루가 발침하는 모습을 보고 있던 적풍이 말했다.

"그동안의 치료가 효과가 있는 거지."

설루가 대답했다.

"아니 사몽 말고 당신."

"나?"

"그래. 침을 다루는 데 공력을 쓰는 거지?"

"응."

설루가 대답했다.

"예전보다 훨씬 부드러워. 마치 아무것도 하지 않고 있는 것 같잖아. 보통 의원의 침술로는 설명하기 어려운 일이지."

"그런가? 딱히 내 내공에는 관해서는 관심이 없어서……."

"그 정도면 침을 암기로 쓸 수도 있겠어."

"사람 살리는 침으로 사람을 죽이라고?"

설루가 침을 뽑다 말고 고개를 돌려 적풍을 흘겨보며 물었다.

"뭐, 급하면 그렇게라도 해야지."

"그럴 일은 없어."

"그래도 난 조금 안심이 되네. 이젠 마음 편히 혼자 둘 수 있을 것 같아서."

"그렇게 대단해 보여?"

설루가 어깨를 으쓱하며 되물었다.

"너무 익숙해서 루, 당신 자신은 못 느끼겠지만 다른 사람이 보면… 당신의 침술을 두려워할 걸? 적어도 무공을 아는 사람이라면."

"그래? 그럼 내가 일류고수가 된 건가?"

"후후, 그야 이미 오래전 일 아닌가?"

"좋아. 그럼 초절정고수로 해두자."

설루가 농담을 하며 미소를 지었다.

그사이 어느새 적사몽의 몸에 꽂혀 있던 침이 모두 뽑히고 정수리 인근의 침 하나만 남겨두고 있었다.

그 마지막 침을 뽑을 때는 지금까지와 달리 설루의 손길이 무척 신중했다.

그녀는 진기를 사용하지 않고 직접 침에 손을 댄 후 가볍게 침을 들어올렸다.

"후……."

침이 뽑히자마자 적사몽의 입에서 길게 한 숨이 새어나왔다. 그러고는 이내 정신을 차렸다.

"어떠니?"

설루가 적사몽에게 얼굴을 바싹 들이대며 물었다.

"괜찮아요. 그런데 운기는 좀 해야겠어요."

"그래? 신정의 기운이 강하니?"

"네. 잘하면 큰 이득을 얻을 것 같아요."

적사몽이 몸을 일으키며 말했다.

그러자 설루가 적풍을 돌아봤다.

"봐줘요."

"음."

적풍이 대답을 하고는 가부좌를 틀고 앉는 적사몽의 등 뒤로 돌아가 그의 등에 손을 댔다.

적풍이 잠시 그대로 멈춘 사이 적사몽은 어느새 눈을 반쯤 감고 호흡을 가다듬고 있었다.

"나쁘지 않구나. 하지만 조심해라."

"예. 아버지."

"네 조사부의 천지밀공은 날이 선 듯 날카로운 면이 있는 신공이다. 그런 면에서 마불 승정의 밀왕신보는 네게 큰 도움이 되지. 하지만 보완이 되어도 운기에선 항상 조심해야 한다."

"알고 있어요."

모를 리 없었다. 적사몽이 운기를 할 때마다 들은 충고기 때문이었다.

"좋아. 그럼 이제 시작해라."

적풍이 적사몽의 몸에서 손을 뗐다. 그러자 적사몽이 금세 깊은 호흡 속으로 빠져 들어갔다.

적풍과 설루는 반무의식의 세계로 들어가는 적사몽을 뒤로 하고 방을 벗어났다.

"그런데 왜 천지밀공이었어?"

방문을 벗어나자 설루가 물었다.

"무슨 말이지?"

"솔직히 말하자면 당신 사부님의 천지밀공보다 이십팔룡의 한 명인 마불 승정의 밀왕신보가 더 뛰어난 신공 아니야? 그런데 왜 천지밀공이 기본이 되고 밀왕신보가 보완이 되는 거지?"

명계 무림에서의 명성을 보자면 적풍의 사부 유령신마 사혼과 이십팔룡의 일인인 마불 승정은 서로 비교할 수 없는 인물들이었다.

유령신마 사혼이 한 시대를 풍미한 고수이기는 해도 이십팔룡처럼 무림의 전설로 기억될 인물은 아니기 때문이었다.

그런데도 적풍은 마불 승정의 밀왕신보보다 유령신마 사혼의 천지밀공을 적사몽의 주된 신공으로 가르치고 있었던 것이다.

"나와 내 사부의 무공이니까."

적풍이 별 뜻 없다는 듯 대답했다.

"단지 그 이유로?"

신공의 선택은 무인에게 있어서 평생을 좌우하는 중요한 일이다. 그런 신공의 선택을 단지 사승 인연에 얽매여 선택한다는 것은 어리석은 일이었다.

"꼭 그것만은 아니지만 그 이유가 가장 크지."

"생각보다 고지식한 사람이었네?"

설루가 불만스러운 표정으로 말했다. 그녀는 적사몽에게 최고의 신공을 수련시키기를 원했다.

그러자 적풍이 설루를 돌아보며 말했다.

"천지밀공은… 사람들이 모르는 점이 있어."

"어떤 면에서?"

설루가 되물었다.

"그 무공은… 우연인지 모르지만 신혈과 맞아."

"신혈과 맞는다고?"

"음… 예민한 신공이지. 그래서 위험하기도 하고. 하지만 그 덕분에 신혈의 기운 한 올도 놓치지 않아. 모두 끌어내지. 우리 신혈족은 수십 년의 수련을 통해 공력을 쌓아가는 사람들이 아니야. 선천적으로 타고난 신혈의 기운을 깨우는 것이 주고, 수련을 통한 적공은 부차적인 것이야. 그런 면에서 천지밀공은 최고의 신공이야. 보통 사람들에게야 마불 승정의 밀왕신보가 훨씬 뛰어난 신공이겠지만."

"확실한 거야?"

적사몽의 문제에 대해서만큼은 절대 양보가 없는 설루다.

"내가 그걸 증명하잖아? 나 자신이."

적풍이 손가락으로 자신을 가리켰다. 그러자 설루가 이내 고개를 끄덕였다.

"그렇긴 하지. 당신은 신검이 없어도 강한 사람이니까."

"사몽은 더 강해질 거야. 알다시피 그 아이의 신혈은 최고니까. 십면불 도광이 탐을 낼 만큼."

"당신보다 강한 신혈의 기운을 갖고 태어났다고?"

"음."

"그게 가능할까?"

"그런 사람을 세 명 보았어."

"세 명이나? 그게 누군데요?"

설루가 너무 놀라 존댓말이 흘러나왔다. 그녀는 자신이 본 사람들 중 가장 강한 사람이 적풍이었다. 그런 적풍을 능가할 만한 신혈의 기운을 지닌 사람이 세 명이나 존재한다는 것은 믿기 힘든 일이었다.

"첫 번째는 말한 대로 사몽이고……."

"그래 그건 뭐 그렇다 치고."

적사몽에 대한 칭찬은 설루도 사양할 생각이 없었다.

"두 번째는 그 양반."

"그 양반……? 아, 아버님!"

"음."

"글쎄… 그건 좀……."

설루가 이번에는 동의하기 어려운 모양이었다. 그러자 적풍이 말했다.

"그 양반은 신검 없이 아바르를 이룩했어."

"그래도 내가 보기엔 그렇지 않은데… 뭐, 좋아. 아버님과 당신은 비슷한 정도로 인정하지. 세 번째는?"

"구룡!"

적풍의 대답에 설루가 아차 하는 표정을 지었다.

"아! 정말 그렇구나. 구룡이라면……."

구룡이 선천적인 지병인 절맥을 치료하면 그가 그 누구보다 강력한 신혈의 기운을 갖게 될 것이라는 것을 가장 정확하게 알고 있는 사람이 설루였다.

"이 세 사람은 나보다 강한 신혈의 기운을 가지고 있지."

그러자 설루가 고개를 저으며 말했다.

"세상은 참 알 수가 없어. 난 세상에서 당신보다 강한 사람은 없을 거라고 생각했는데."

그러자 적풍이 무심하게 대답했다.

"그건 당신 생각이 맞아. 신혈의 기운이 강하다고해서 이 세 사람이 나보다 강한 것은 아니니까."

"오호, 신혈은 몰라도 무공에선 양보할 수 없다는 거네?"

설루가 흥미로운 표정으로 물었다.

"무공이라기보다는 싸움에 대한 본능적인 자질이랄까. 무황께선 강한 기운을 지니고 있지만 너무 무거운 성정을 가지고 계셔서 임기응변에 약점이 있고, 사몽은 선천적으로 마음이 선한 편이어서 독수를 쓰기 어렵지. 구룡은 강직함과 정대한 성정이어서 역시 유연함이 부족하고… 그래서 싸운다면 내가 다 이겨. 세 사람에게 모두."

설루 앞에서는 마음껏 자기 자랑을 늘어놓는 적풍이었다. 그런 적풍을 설루가 재미있는 표정으로 보며 놀려댔다.

"아버지와 아들, 그리고 자신의 수하를 상대로도 경쟁심이 생기나 보지?"

"경쟁심이 아니라 그렇다는 거지."

적풍이 어깨를 으쓱 했다.

"사내들이란… 아무튼 좋아. 그래서 사몽에겐 천지밀법이 최고다!"

"그래."

적풍이 즉시 대답했다.

"좋아. 믿지. 하지만 한 가지 약속해."

"뭘?"

"나중에라도 누가 강한지 보자며 사몽하고 진검으로 겨룬다던지 하는 짓은 하지 마."

"그건… 나중에 한번 해볼 생각이었는데?"

"뭐야? 그러다 누가 다치기라도 하면?"

"상처야 당신이 치료하면 되고. 그리고 보니 우린 아주 비무하기 좋은 조건을 갖춘 부자였군. 완벽한 의원이 곁에 있으니."

"됐어. 그런 상처는 치료하지 않을 테니까."

설루가 화난 표정으로 팔짱을 꼈다. 그러자 적풍이 얼굴빛을 고치며 진지한 표정으로 말했다.

"걱정 마. 이번에 비무가 더 이상 필요 없을 정도로 많은 경험을 하게 될 테니까. 마룡협에서……."

적풍의 말에 설루도 얼굴에서 웃음을 거뒀다.

"반드시 지켜야 해요."

"물론 그래야지."

* * *

노인 울라이는 정령의 왕국 헤루안이 자랑하는 구천령사 중 한 명이다. 정령의 땅에 사는 사람들은 모두 특별한 기운과 외모를 지녀서 다른 세계에 사는 사람들처럼 보이지만 울라이는 그중에서도 더욱 특별했다.

단지 그것이 신비로움이나 화려함이 아니라 그 반대라는 것이 이질적이기는 했지만.

울라이는 다른 정령일족과 다르게 추레한 외모에 허름한 옷을 입고 있었다.

손질하지 않은 머리는 제멋대로 바람을 타고 날아다녔고, 그 머리카락 아래 감춰진 눈은 매처럼 날카로웠다. 본래 헤루안 전사들에게서 이런 살기는 찾아보기 어려운 일이다.

그래서 처음 마룡협을 향해 출발하는 적풍과 십자성의 전사들을 안내하기 위해 그가 왔을 때 십자성의 고수들은 일락이 동행하지 않은 것에 불만을 터뜨리기도 했다.

　그러나 구천령사 일락에게는 십자성의 고수들을 마룡협으로 안내하는 일보다 더 중요한 일이 있었다. 그녀는 정령일족의 제약을 풀기 위해 설루의 곁에 머물며 그 방법을 찾는 것이 더 중요했다.

　그래서 그녀를 대신해 온 사람이 같은 구천령사 중 한 명인 노인 울라이였다.

　어쨌거나 노인 울라이 역시 구천령사 중 한 명, 헤루안에서는 최선을 다한 것이라고 할 수 있었다.

　그리고 일단 길을 떠난 후에는 십자성의 전사들 그 누구도 울라이에 대해 불평하지 않았다.

　노인 울라이의 길 안내는 일락보다 훨씬 세심하고 빨랐다. 특히 그는 헤루안을 벗어난 이후에도 능숙하게 일행을 안내했다.

　노인 타르두가 흑수일족과 칠왕의 땅에 숨어사는 원주족들을 규합하러 떠난 이후, 그를 대신할 노련한 길잡이가 필요하던 십자성의 고수들에게는 안성맞춤의 안내자였던 것이다.

　그래서 일행은 큰 어려움을 겪지 않고 헤루안 동쪽 설원을 따라 이동해 침묵의 강변에 이르렀다.

　적풍이 이끄는 십자성 고수들의 숫자는 서른 명 정도였다.

　길 잃은 샤들을 받아들여 싸울 수 있는 사람의 숫자가 일백이 넘었고, 헤루안의 영역에서 안전을 보장받았다 해도 남은 사람들을 지키는 무사들을 남겨두지 않을 수 없었던 적풍이었다.

그래서 그는 설루를 비롯한 십자성의 식솔들을 지킬 무사들을 남겨두고 삼십여 명만 추려 마룡협으로 향하고 있었다.

혜루안을 벗어나면서부터 시작된 추위는 침묵의 강에 이르자 더욱 매서워졌다. 이대로라면 곧 강이 얼어붙을 수도 있었다. 그나마 지금까지 강이 얼지 않은 것은 침묵의 강 상류의 빠르고 급한 유속 때문이었다.

그 침묵의 강에 이르자 문득 길을 안내하던 구천령사 노인 울라이가 적풍에게 물었다.

"육로를 택하시겠습니까? 아니면 뗏목을 만들어 강을 따라 내려가시겠습니까?"

그러자 적풍이 대답했다.

"길을 정하는 것은 령사의 몫이오."

"제 판단을 믿습니까?"

"아니면 왜 동행했겠소?"

적풍이 퉁명스레 대답했다.

하지만 대답을 하고 보니 이상한 일이었다. 혜루안과 적풍의 십자성은 이제 거의 같은 배를 타고 있다고 해도 과언이 아닌 상황이었다.

십자성의 식솔들이 혜루안의 땅에 머물고 있고, 정령일족의 운명이 설루의 손에 달려 있었다.

이런 상황에서 서로를 믿지 못한다는 것이 더 이상한 일이었다. 그런데도 생각해 보면 그동안 울라이의 행동에서는 적풍과 십자성 무사들에 대한 신뢰가 없는 듯 보였다.

모든 길을 적풍에게 확인받았고, 노숙을 할 때는 절대 십자성 무사들과 섞이지 않은 울라이다.

처음에는 그저 낯을 가리는 성정이라 생각했지만 지금 와서 생각해 보면 단지 낯가림이 아니라 십자성의 고수들과 일부러 거리를 두려함이 분명했다.

'그런데 왜 헤루안의 왕은 이자에게 우리의 안내를 맡겼을까?'

문득 그런 의구심이 드는 적풍이었다.

그렇다고 적풍이 울라이가 배신 같은 것을 할 거라 생각하는 것은 아니었다. 그는 울라이를 믿었다. 단지 구천령사 울라이가 자신들을 믿지 못한다는 생각이 들 뿐이었다.

"믿으신다면 그렇게 전 육로를 택하겠습니다. 겨울이라 뗏목을 타는 것은 여러모로 불편한 점이 많지요. 또 강 위에 떠 있다 보면 사람들의 이목을 끌 수도 있고……."

울라이가 적풍의 생각을 아는지 모르는지 자신의 생각을 말했다.

"그렇게 하시오."

적풍이 망설이지 않고 대답했다.

"날이 어두운데 오늘은 이곳에서 노숙을 하시겠습니까?"

울라이가 다시 물었다.

이런 계속되는 확인에 적풍은 슬그머니 짜증이 밀려왔다. 하지만 적풍은 애써 화를 참으며 대답했다.

"그렇게 합시다. 오늘은 이곳에서 쉬어간다."

"예, 성주!"

적풍이 십자성 무사들에게 명을 내리자 십자성의 고수들이 일제히 대답하고는 숙영을 준비하기 시작했다.

노숙 준비로 십자성 고수들이 눈코 뜰 새 없이 바쁜 사이 울라이는 강변 한쪽에 있는 두 개의 바위 사이 작은 공간에 간단히 천막을 걸치고 잘 준비를 하고 있었다.

그런 울라이를 향해 적풍이 다가섰다.

그러자 울라이가 경계심이 느껴지는 눈빛으로 적풍을 보며 물었다.

"하실 말씀이라도……?"

"날 믿지 못하시오?"

적풍이 직설적으로 물었다. 조금 전 울라이가 질문한 것과 같은 말이지만 그 의미는 사뭇 달랐다.

"왜 그런 말씀을……?"

"내내 그런 느낌을 받았소. 우릴 믿지 못하는 것 같은… 혹은 후일 책임을 회피하기 위한 행동을 하는 것 같은……."

"맞습니다."

"?"

"제가 모든 행보에서 십자성주님의 의견을 묻는 것은 마룡협까지는 가는 길에 혹시라도 불상사가 발생할 경우 그 책임을 피하기 위함입니다."

울라이가 망설임 없이 대답했다.

보통 사람이라면 이런 대답에 기분이 상할 테지만 적풍은 그렇지 않았다. 이렇게 속 시원하게 자신의 생각을 말하는 울라이가 오히려 편하게 느껴졌다.

"모든 일에 그런 것이오? 아니면 단지 이번에 나를 안내하는 일에서만 그런 것이오?"

적풍의 질문에 울라이가 헝클어진 머리칼 속에서 적풍을 응시했다. 그 눈빛이 무척 도전적이어서 당장 검이라도 빼들 듯 보였다.

"난 신혈의 아바르를 믿지 않소."

울라이가 나직하게 대답했다. 그 순간 적풍은 그의 말 속에서 감출 수 없는 적의를 읽었다.

"그런데 왜 우릴 안내하는 거요?"

적의를 보인다고 같이 적의를 보일 필요는 없다. 위험만 없다면.

"명을 받았으니 하는 거요."

"그렇구려. 아무튼 마룡협에 도착할 때까지는 딴 생각 없는 거요?"

적풍이 다짐을 받듯 물었다.

"걱정 마시오. 공과 사는 구분하니까."

"공과 사라… 그 말은 역시 사적으로 신혈족에 원한이 있다는 뭐 그런 거요?"

"……."

적풍의 물음에 울라이가 더 이상 대답하지 않았다. 그러나 그것으로 충분했다. 침묵은 곧 긍정이다.

'과거 신혈의 아바르와의 싸움에서 원한을 맺은 모양이군. 친족 중 누가 죽었든지……'

"좋소. 그만 물으리다. 내가 온 이유는 하나요. 만일의 경우에 그대가 우리에게 위험한 사람이라고 느껴지면 그땐 난 망설이지 않을 거요."

"물론, 잘 알고 있소. 그게 신혈족의 특징이지."

"알고 있다면 됐소. 그럼 쉬시오."

적풍이 그 말을 끝으로 몸을 돌려 십자성 무사들이 준비한 숙영지로 향했다.

그 모습을 보고 있던 울라이가 나직하게 중얼거렸다.

"공사의 구분… 그렇지. 그게 신혈족의 특징이지. 그녀가 그랬던 것처럼… 후우… 왕께서도 잔인하시지. 내 사정을 뻔히 알면서 이런 일을 시키다니. 어쩌면 만나게 될 수 있음에도……"

울라이가 우울하게 중얼거리더니 천막을 쳐서 토굴같이 변한 바위 사이로 들어갔다.

강변에서 하룻밤을 지낸 일행은 강을 따라 북쪽으로 이동하기 시작했다.

북으로 흐르는 침묵의 강은 시간이 지날수록 유속이 느려졌다. 그렇다고 추위에 얼지도 않았는데, 그건 북해와 가까워질수록 오히려 수온이 높아지고 있기 때문이었다.

원주족들이 회합을 하기 위해 앙굴루로 모인 것도 침묵의 강 하구의 온화한 기후 때문이었을 것이다.

그렇게 일행은 칠 일을 이동했다. 속도는 느리지도 빠르지도 않았다. 강을 따라 내려갈수록 서서히 마룡협으로 이동하는 칠왕의 전사들이 눈에 보이기도 했다.

대규모의 전사들로부터 소규모로 움직이는 정찰대까지 곳곳에서 칠왕의 전사들이 움직이고 있었다.

그리고 그 즈음 적풍 일행도 깃발을 세웠다.

열십자 모양이 새겨진 검은 깃발, 십자성의 깃발이다.

이미 벽루의 회합에서 각 왕국을 상징하는 징표를 교환한 만큼 이제 이 땅에서 십자성의 깃발을 몰라볼 사람은 없었다. 덕분에 마룡협으로 전진하는 십자성 무사들의 앞을 막는 자도 없었다.

대신 곳곳에서 움직이던 칠왕의 전사들은 십자성의 깃발을 발견하면 걸음을 멈추고 적풍 일행을 살펴보곤 했다.

최근 들어 이 땅에서 가장 주목받고 있는 인물, 작은 성 하나에 오백도 되지 않는 성민(城民)을 거느리고도 칠왕의 일인이 된 인물인 십자성주 적풍을 직접 볼 수 있는 기회기 때문이었다.

그의 명성에 비하면 이 땅에서 적풍을 직접 본 사람은 그리 많지 않았다. 그러니 십자성의 깃발이 사람들의 눈길을 끌지 않을 수 없었던 것이다.

콰아아!

언제부터인지 물소리가 변했다. 하얀 포말이 강 중간에서 일어나 하늘로 떠올랐다. 떠오른 수증기들은 구름이 되어 다시 더 높은 하늘로 향했다.

"다 왔습니다."

여전히 어두운 얼굴로 일행의 선두에서 길을 안내하던 울라이가 말을 세우며 말했다.

그러자 적풍이 울라이 옆으로 다가서며 물었다.

"폭포요?"

"그렇습니다. 마룡협의 시작이지요."

울라이가 대답했다. 강 중간에서 일어나는 구름들은 거대한 폭포가 만들어내는 것들이었다. 구름의 양으로 보아 쉽게 볼 수 없는 거대한 폭포임이 분명했다.

"뱃길은 여기서 완전히 막히는 것이오?"

뒤에서 소두괴가 물었다.

"아니오. 지나쳐 오기는 했지만 일 마르 정도 상류에서 동쪽으로 빠져나가는 작은 수로가 있소. 하루 낮을 돌아가면 다시 마룡협 아래쪽으로 이어지는 수로요. 큰 배는 몰라도 작은 배들은 그 수로로 움직일 수 있소. 아마 타림성에서 보급하는 물건들은 그 길을 따라 움직일 것이오."

울라이가 말을 하면서 야르간을 바라봤다. 그러자 야르간이 적풍을 보며 고개를 끄덕였다.

"맞습니다."

야르간이 대답하자 적풍이 울라이에게 다시 물었다.

"칠왕의 진영은 어디요?"

"마룡협 동쪽은 가파른 절벽이라 전진이 거의 불가능합니다. 혹 적이 그 험로를 타고 온다 해도 소수의 병력만 움직일 수 있지요. 해서 그쪽에는 그저 적은 숫자의 전사들만 배치되었을 겁니다. 물론 애초에 그곳에 숙영지를 꾸릴 왕국도 없을 것이고 말입니다."

"그럼 서쪽 변에 진영을 세웠겠구려."

"그렇습니다. 마룡협 서안은 너른 초원 지대가 하류로 이어지지요. 앙굴로부터 남하하기 쉽고, 일단 마룡협만 지나면 우리가 온 길을 따라 칠왕의 땅 본류, 아바르강 상류에 도착하게 됩니다. 강을 이용할 수도 있으니 좋은 진격로지요. 예전에는 이 길이 그리 수월치 않았습니다. 침묵의 강과 아바르 강 상류에 불의 성이 있었기 때문이지요."

울라이가 무심하게 말했다.

신혈의 아바르가 불의 성을 멸망시킨 것을 탓하는 것 같지는 않았다. 단지 있는 그대로의 사실을 말하고 있었다.

"알겠소. 일단 칠왕의 진영이 세워진 곳으로 갑시다."

적풍의 말에 울라이가 고개를 끄덕이고는 앞서서 말을 몰기 시작했다.

콰아아!

구름이 가까워질수록 폭포 소리는 더욱 커졌다. 이제는 귀 가까이에 입을 대고 말하지 않으면 옆 사람의 말이 들리지 않을 정도였다.

울라이는 폭포의 상류까지 이동한 후 서쪽 옆으로 이어진 위태로운 길로 일행을 인도했다.

그리고 그 길로 들어서는 순간 일행의 눈에 새로운 세계가 열렸다.

"아!"

누구랄 것도 없이 사람들의 입에서 감탄사가 흘러나왔다.

도저히 사람이 사는 세상이라고는 믿기 힘든 풍경들, 강 중간이 뚝 끊어진 것처럼 떨어져 내리는 거대한 폭포, 그 폭포의 하단으로부터 끊임없이 하얀 구름이 일어나고 있었다.

폭포 아래는 용솟음치듯 광란의 물살들이 뒤엉키다가 이내 강폭이 넓어지면서 시끄러운 움직임을 멈추고 잔잔한 호수를 만들었다.

호수의 하단에서부터 다시 거대한 강은 시작되고 조금 더 아래쪽으로 흐른 강은 동쪽에서 튀어나온 거대한 절벽에 가로막혀 급격하게 폭을 줄였다.

폭이 줄어드는 지점부턴 다시금 유속이 빨라져서 잠시 호수에 모였던 물들이 빠른 속도로 하류로 빠져나갔다.

강 동쪽이 거대한 절벽의 군락으로 위태로우면서도 장엄한 풍경을 형성하고 있다면, 강 서쪽은 정반대의 부드러운 풍경을 만들고 있었다.

서쪽 끝, 산비탈이 시작되는 곳으로 부드러운 능선을 따라 초원이 펼쳐져 있었고, 하류로도 강변을 따라 길게 초원이 이어져 있어서 육로로 이동하기에는 적합한 지형을 이루고 있었다.

그리고 그 초원 위에 칠왕이 이끄는 대병력의 진영이 형성되어 있었다.

그런데 그렇게 그림같이 아름다운 풍경에 빠져 있던 적풍 일행의 정신을 일깨우는 소리가 길 아래에서부터 들려왔다.

두두두!

한 떼의 기마 전사들이 가파른 산길을 달려 올라오고 있었다.

"천 성주님 같은데요?"

구룡이 한눈에 푸른호수성의 성주 천일란을 알아보고 적풍에게 말했다.

그 순간 헝클어진 머리카락 속에 감춰져 있던 헤루안의 구천령사 울라이의 눈빛이 번쩍였다.

제8장
사연 없는 사람이 어디 있으랴

'인연이 있었던가? 혹은 신혈족에 대한 불신이 천 성주로 인한 것이었나?'

마룡협 아래로 이어지는 위태로운 길로 말을 몰며 적풍이 생각했다.

혜루안의 구천령사 울라이는 푸른호수성의 성주 천일란이 나타난 이후 줄곧 말이 없었다. 마치 처음부터 벙어리였던 것처럼 단 한마디 말도 내뱉지 않은 울라이를 보며 적풍은 천일란과 그 사이에 범상치 않은 인연이 있다는 것을 짐작할 수 있었다.

그리고 그 인연은 악연일 가능성이 컸다. 울라이가 보였던 신혈의 아바르에 대한 불신의 근거에 두 사람 사이의 인연이 있다는 것은 쉽게 짐작됐다.

'뭐, 그거야 두 사람 일이고.'

천일란 역시 올라이를 본 후 얼굴이 굳어진 상태였지만 적풍은 더 이상 두 사람의 인연에 대해 관심을 두지 않았다.

오늘을 사는 모든 사람들은 어제의 인연으로부터 자유로울 수 없는 존재다. 사연 없는 인생이 없듯.

하지만 그거야 어디까지나 당사자들의 몫이고 타인이 관여할 바가 아니었다. 그리고 어쨌든 과거를 끊어내고 현재를 사는 것이 현명한 사람들의 행동이다.

"좋은 기회가 될 수도 있겠지."

적풍이 중얼거렸다.

"무슨 말씀이세요?"

적사몽이 옆에서 물었다.

"아니다. 그냥 그렇다는 거다."

"예?"

"하하, 내가 잠시 딴 생각을 하고 있었다. 그나저나 어떠냐? 마룡협의 풍광이."

적풍이 물었다.

그러자 적사몽이 눈을 찌푸리며 말했다.

"솔직히 말해 전쟁을 벌이기에는 너무 아까운 풍경이에요. 이건… 이 땅을 만든 신에 대한 모독인 것 같아요."

"신에 대한 모독이라… 넌 아무래도 정말 네 숙부를 만나 봐야 할 것 같구나. 그런 말을 쓸 줄 아는 것을 보니."

"숙부님요? 그… 법……!"

말을 하다말고 적사몽이 입을 닫았다. 명계 월문 법황 허소문의 이름은 다른 사람들이 함부로 들을 말이 아니었다.

"음."

"그분이 왜요?"

"먹물쟁이 버릇이 있거든."

"먹물쟁이요?"

"글쟁이 말이다."

"에이, 전 글을 그리 많이 읽지 않았는데요? 그것도 겨우 어머니가 시켜서 읽는 정도예요."

"독서량의 많고 적음이 문제가 아니다. 짧은 글이라도 뭘 생각하고 어떻게 해석하느냐의 문제지. 그런 면에서 넌 네 숙부와 닮은 면이 있는 것 같구나."

"어떤 면에서요?"

적사몽도 월문의 법황 허소문이 궁금한 모양이었다.

"뜬금없는 풍류 기질이랄까."

"그러셨어요?"

"음… 그러니 적이 될 수도 있는 나와 의형제가 된 것 아니겠느냐?"

"제게도 그런 면이 있다는 거죠?"

"그렇구나. 그런 면에서는 나와 좀 다르지. 난 인생을 멋스럽게 사는 사람은 아니니까. 하지만 넌 그렇게 살거라."

"전 아버지를 닮고 싶은데요?"

"누굴 닮고자 하는 것은 그리 좋은 태도가 아니야. 네 스스로의 성품대로 살아야 하는 거지."

적풍이 진지하게 충고했다. 그러자 적사몽이 금세 적풍이 한 말뜻을 알아채고는 고개를 끄덕였다.

"알았어요. 명심할게요."

"좋아. 넌 아마 잘 살아갈 거다."

적풍이 가볍게 적사몽의 어깨를 두드렸다.

그렇게 두 사람이 이런저런 이야기를 하는 사이 일행은 어느새 마룡협 서안에 펼쳐진 칠왕의 전사들 진영에 도착했다.

그러자 천일란이 적풍에게 다가와 말했다.

"이곳에서 북쪽으로 십 마르 정도 전진하면 서쪽 산에서 침묵의 강으로 흘러들어가는 작은 강이 있습니다. 수심이 깊지 않아 배가 필요 없는 곳이고, 기마로 건널 수 있는 곳입니다. 또 침묵의 강과 이어지는 하류는 한겨울에도 얼지 않는 곳입니다. 그곳을 칠왕국의 정예 삼천이 지키고 있습니다."

"일차 저지선이군요."

적풍의 뒤에서 소두괴가 말했다.

"그렇소."

천일란이 고개를 끄덕였다.

"우린 어디에 머물면 되겠소?"

적풍이 물었다.

그러자 천일란이 의아한 표정으로 되물었다.

"당연히 아바르의 전사들과 함께 계셔야지요?"

"아니오. 우리 십자성의 무사들은 따로 머물겠소."

"하지만……."

천일란이 당황한 표정으로 무슨 말인가를 하려는데 문득 울라이가 입을 열었다.

"왕께서 생각해 두신 곳이 있는 전갈을 받았습니다."

울라이가 입을 열자 천일란이 기다렸다는 듯이 입을 닫았다.

"어디요?"

적풍이 울라이에게 물었다.

"저기 보이는 서쪽 산 중턱입니다. 그 옆으로는 헤루안의 전사들 진영이 보이실 겁니다."

"그곳을 추천하는 이유가 뭐요?"

적풍이 진지한 표정으로 물었다.

"지형의 이로움이나, 시야의 확보 등 여러 가지 이유가 있습니다만, 솔직히 말해서 가장 중요한 것은 십자성의 인원 때문입니다."

"숫자 말이오?"

적풍이 되물었다.

"그렇습니다. 우리 정령의 전사들이나 십자성의 전사들 숫자는 다른 왕국에 비해 훨씬 적습니다. 솔직히 말해 큰 싸움이 벌어졌을 때는 거의 미미한 역할밖에 할 수 없지요. 물론 숫자로 말입니다."

"맞소."

적풍이 부인하지 않았다.

근 일만이 넘는 숫자의 전사들 틈에서 십자성의 삼십 여 명 무사들과 헤루안의 오백여 전사들은 숫자로는 극히 미미한 존재일 뿐이었다.

"그래서 우린 다른 형태의 싸움을 해야 하지요. 아마도 성주께서는 적진을 돌파하시거나 적의 수뇌들을 제압하시는 일이 적당하실 겁니다."

"그것도 맞소. 싸워야 한다면 그럴 것이오."

적풍이 순순히 수긍했다.

"우리 헤루안의 전사들도 마찬가지지요. 우린 마룩의 정념을 얻은 자가 일으킬 사악한 술법에 현월문의 법사들과 함께 대응할 것입니다. 그러기 위해선 싸움의 외곽에 머무는 것이 좋지요. 숲이 가까우면 더 좋고 말입니다."

"그래서 진영의 중심이 아닌 외곽, 그것도 지대가 높은 곳에 머물라는 것이구려?"

"그렇습니다. 그리고 더 하나를 말씀드리자면 우리 쪽에서 싸울 원주족들이 규합되어 온다면 역시 그들을 이끄는 일에도 성주님의 도움이 필요할 겁니다."

"그렇긴 하구려."

타르두는 아직 소식이 없었다.

칠왕의 땅에 흩어져 사는 원주족들을 모아 오는 일에 성공했는지 실패했는지조차 알 수 없었다.

어쩌면 단 한 사람의 원주족도 데려오지 못할 수도 있었다. 그러나 일단은 그가 원주족을 모아올 때를 대비하지 않을 수 없었다.

"그럼 저곳으로 가시겠습니까?"

울라이가 물었다.

그러자 적풍이 고개를 끄덕였다.

"그럽시다."

적풍이 동의하자 천일란이 당황한 표정으로 입을 열었다.

"그래도 무황님은 뵈어야지요?"

"그럽시다. 그동안 수고 많으셨소. 난 무황을 뵙고 갈 테니 다른 사람들을 머물 곳까지 안내해 주시오."

적풍이 울라이에게 말했다. 그러자 울라이가 가볍게 고개를 숙이며 대답했다.

"그렇게 하지요. 그럼 또 뵙겠습니다. 모두 날 따라오시오."

울라이가 십자성의 고수들을 보며 말했다. 그러자 이위령 등 십자성의 고수들이 일제히 울라이를 따라 말을 몰기 시작했다.

울라이가 십자성의 무사들을 데리고 떠나자 장내에는 천일란과 그녀의 수하 몇 명 그리고 적풍과 적사몽만이 남았다.

"우리도 갑시다."

적풍이 멀어지는 울라이와 십자성 고수들을 보고 있는 천일란에게 말하자 천일란이 놀란 듯 대답했다.

"아, 예. 가시죠."

대답을 한 천일란이 천천히 말을 몰아 앞으로 나갔다. 그러면서도 그녀의 시선은 가끔씩 서쪽 산 중턱으로 향하는 울라이를 바라봤다.

그쯤 되자 적풍도 더 이상 호기심을 참지 못하고 물었다.

"인연이 있소?"

"예?"

"혜루안의 구천령사 울라이라는 노인 말이오."

"그것이……."

천일란이 평소의 그녀답지 않게 말꼬리를 흐렸다.

"괜찮소. 내키지 않으면 말하지 않아도 돼오."

적풍이 괜한 것을 물었다는 듯 손을 저었다. 그러자 천일란이 대답했다.

"아닙니다, 숨길 것도 아니지요. 아시는지 모르겠지만 신혈의 아바르가 설 때 전 무황님의 호위를 맡은 사람 중 한 명이었지요."

"알고 있소."

"불의 성을 무너뜨린 무황께서는 아바르 강을 건너시면서 헤루안에게 후방을 내주는 것을 걱정하셨습니다."

"그렇겠구려. 불의 성에서 남하해 아바르 강을 건너면 정령일족에게 뒤를 내주는 모습이 되니까."

적풍이 고개를 끄덕였다.

"당시 정령의 왕국은 신혈족의 반란에 대한 소극적으로 참여하고 있었습니다. 그저 전황이나 살필 정도의 숫자만 성에서 내려 보냈지요. 그도 그럴 것이 헤루안에는 신혈족 노예들이 거의 없기도 했고, 또 헤루안을 벗어난 전쟁은 언제나 정령일족에게 큰 부담이기 때문이었지요."

"그게 그와 당신의 관계에 무슨 상관이 있소?"

울라이와의 인연은 얘기하지 않고 아바르의 정복전에 대한 이야기만 늘어놓는 천일란을 보며 적풍이 물었다.

하지만 천일란은 여전히 자신의 의도대로 이야기를 이어갔다.

"당시 무황께선 헤루안의 왕과 한 가지 거래를 하셨습니다."

"거래?"

"그렇습니다."

"무슨 거래를 했소?"

"말씀드렸듯 불의 성을 무너뜨린 우리 신혈족은 아바르로 향했지요. 그러나 사실 정석대로 진로를 정하자면 헤루안을 먼저 공격했어야 합니다. 하지만 무황께선 헤루안을 놓아두고 아바르 강을 건너셨지요. 그건 헤루안과의 비밀스러운 거래의 결과였는데, 무황께서 헤루안을 공격하지 않는 대신 정령일족도 신혈족을 공격하지 않겠다는 약속입니다."

"그래서 마음 놓고 아바르 강을 건넌 것이구려."

"그렇습니다. 그리고 당시 그 거래의 성사를 맡은 사람이 접니다."

"그렇소?"

적풍이 놀란 표정으로 되물었다.

"헤루안에 이르러 정령의 왕과 이야기가 잘되어 서로 공격하지 않기로 협약을 맺고 헤루안을 떠난 직후 전 일단의 칠왕 전사들로부터 급습을 받았습니다. 그때만 해도 헤루안 인근은 적진이었으니까요. 그래서 거의 죽을 지경에 이르렀을 때 그의 도움을 받았습니다."

"그러면 울라이 노인 말이오?"

적풍이 물었다.

"그렇습니다. 그는 헤루안을 떠난 내가 위험에 처할 수도 있다고 뒤늦게 판단한 정령의 왕의 명을 받고 절 따라왔던 것이지요. 그가 절 구했을 때 전 심각한 부상을 당한 후였습니다.

그런 절 데리고 그는 헤루안으로 돌아갔습니다. 그리고 신비로운 정령의 기운을 이용해 절 치료했지요. 그리고 그 당시… 우린 지금보다 훨씬 젊었습니다."

그 말로 적풍은 이 두 젊은 전사들에게 어떤 일이 있었는지 능히 짐작할 수 있었다.

"왜 헤어진 거요? 신혈이 아바르가 선 이후라도 함께할 수 있지 않았소?"

"제가 그를 떠났습니다. 할 일이 있었으니까요."

"설마 무황을 지키는 일 말이오?"

"그렇습니다."

"그 일이야 천 성주가 아니라도 누구든 할 수 있는 일 아니었소?"

적풍이 답답하다는 듯 되물었다.

그러자 천일란이 쓸쓸한 표정으로 대답했다.

"그 역시… 우리가 젊었기 때문이겠지요. 전 새로 탄생한 신혈의 왕국에서 살기를 원했습니다. 물론 무황님의 호위무사로 말이죠. 반면 그는 제가 헤루안에 머물기를 원했습니다. 신혈족이 아닌 정령일족으로서 말입니다. 성주께서는 아시는지 모르겠습니다. 본래 젊은 사람들은 자존심이 센 법이지요."

"서로 고집을 부렸다는 뜻이구려?"

"그렇습니다. 그런데 사실 우리 둘 다 모르고 있었던 것이 있지요. 우린 그렇게 다투고 난 후에라도 결국 금세 서로를 다시 찾을 거라고 생각했습니다. 하지만 세상일이라는 게 그리 간단한 것이 아니더군요. 한 번 멀어진 관계를 다시 회복하는 것은⋯⋯."

"아무리 그래도 그 오랜 시간 동안⋯⋯."

"아바르로 돌아온 후 이 년인가? 그쯤 그의 소식을 들었지요. 모든 것을 버리고 깊은 동굴로 들어가 정령술에 매진한다는. 십 년의 수련을 맹세했다는 소식도 들려오더군요. 그래서⋯⋯."

"어지간한 사람들이오, 둘 다."

적풍이 혀를 찼다.

"그 이후로는 그의 소식을 듣지 못했지요. 수련을 마쳤다는 소식도, 혹은 여전히 수련을 계속하고 있다는 소식도. 그리고 언제부터인가 의도적으로 그를 기억에서 지워갔지요. 그러다나 오늘 이렇게 보게 되는군요."

천일란의 말에 회한이 느껴진다.

신혈의 아바르기 서기 전까지 신혈족 개개인이 포기해야 했던 자신의 삶에 대한 이야기가 적풍의 마음을 잠시 흔들었다. 늙은 천일란이 안쓰럽게 보일 정도였다.

"한번 조용히 만나보시구려."

"모두 지난 일이지요."

"글쎄, 그런 것 같지 않던데⋯⋯."

적풍이 혼잣말처럼 중얼거렸다.

"그게 무슨 말씀이십니까?"

천일란이 적풍을 보며 물었다. 그러자 적풍이 천일란의 눈을 가만히 들여다보다가 말했다.

"그는 우리 신혈족을 신뢰하지 않은 것 같았소. 그 이유가

성주 때문인 것 같구려. 그 말은 결국 아직도 성주에 대한 미
련이 남아 있다는 뜻 아니겠소?"

그러자 천일란이 고개를 돌리며 말했다.

"그렇다면 어리석은 사람이지요. 수십 년이 지난 일을……."

"성주는 어떻소?"

"저요? 전 이미 잊은 일입니다."

"하지만 성주의 눈은 그의 눈빛과 비슷한 것 같소만……."

적풍이 슬쩍 천일란을 보며 말했다.

천일란은 더 이상 적풍의 말에 대답하지 않았다. 하지만 적
풍은 그녀의 시선이 서쪽 산을 향해 있다는 것을 놓치지 않았
다.

"하긴, 내가 관여할 문제는 아니지."

적풍이 심드렁한 얼굴로 중얼거렸다.

"다 왔습니다."

천일란은 이 대화에서 빨리 벗어나고 싶은지 아직 이십여 장
이나 남은 무황 적황의 막사를 가리키며 말했다.

무황 적황은 단우하와 십대호위 그리고 전대의 검은 사자들
에게 둘러싸여 있었다. 그들은 커다란 지도를 펴놓고 앞으로
있을 원주족과의 싸움에 대해 난상으로 논쟁을 벌이고 있었
다.

그러다가 적풍이 천막 안으로 들어서자 모두 반가운 얼굴로
적풍을 맞이했다.

"사황자님!"

"어서 오십시오!"

적풍과 개인적인 인연이 있는 사람들이 입을 열어 적풍을 반겼다. 그들에게는 여전히 십자성주보다는 사황자라는 말이 편한 듯 보였다.

"왔느냐?"

무황 역시 반갑게 적풍을 맞았다.

"어떻습니까?"

적풍이 전황을 물었다. 그러자 적황이 지도 위 한 지점을 손가락을 가리켰다.

"현재 이곳까지 와 있다. 아마도 닷새 뒷면 선봉과 조우할 것이다."

"삼천의 선봉 말이군요."

"음."

적황이 고개를 끄덕였다.

"그곳을 사수하기로 한 겁니까?

"그렇다. 수심이 얕지만 그래도 강은 강이다. 놈들에겐 성가신 장애물이 될 것이다. 그리고 침묵의 강 서안에서 초지의 폭이 가장 좁은 곳이지. 적은 숫자로도 적을 막을 수 있다."

"다른 곳으로 우회할 가능성은 없습니까?"

"서쪽 산악 지대와 강 건너 절벽 위쪽으로 길이 있지만 대규모 병력을 움직일 수 있는 곳이 아니다. 그래서 우리 쪽에서도 척후만 운용하고 있다. 그리고 만약을 위해 전사들 중 일천 정도를 별도로 꾸려 우회하는 적들을 상대하기로 했다."

"나쁘지 않군요."

"놈들의 전진을 막는 것은 가능할 것이다. 물론 피해가 많긴 하겠지만… 문제는 그렇게만 해서는 이 싸움이 끝나지 않는다는 거지."

"그럼 역시 현월문주의 계획대로 움직여야겠군요."

"그래야 할 것이다. 하지만 그러려면 사칸이란 자를 급하게 만들어야 한다. 이곳을 철벽같이 지켜내 그가 다른 방법을 찾도록 해야 한다는 거지."

"역시 일단은 이곳에서의 싸움이 중요하단 말이군요."

"난공불락으로 느끼게 한 후 소문을 내면 반드시 움직일 거다."

적황이 팔짱을 끼며 말했다.

그러자 적풍이 잠시 망설이다가 입을 열었다.

"전왕의 검 말입니다."

"음."

"잠시 가지고 계시지요?"

"그 이야기는 이미 끝내지 않았느냐? 난 신검을 손에 들지 않는다. 그게 나 무황 적황의 자부심이다."

"그게 뭐 그리 중요합니까?"

"나에겐 그렇다."

적황이 고집을 부렸다. 그러자 적풍이 잠시 생각에 잠겼다가 말했다.

"일단 알겠습니다. 허면… 이 싸움에선 제가 전왕의 검을 쓰지요. 대신 불의 검을 구룡에게 맡기겠습니다."

"불의 검을?"

적황이 놀란 표정으로 적풍을 바라봤다.

적황만이 아니었다. 천막 안에 있던 모든 아바르의 수뇌부들 역시 놀라긴 마찬가지였다.

그들 모두 구룡을 알고 있었다. 또한 구룡의 뛰어남도 알고 있었다. 그러나 일곱 개의 신검 중 하나를 맡기에 구룡은 너무 젊었다. 아니, 젊다기보다는 어리다고 해야 할 것이다.

그리고 그중에는 구룡의 조부인 석불성의 성주 구소담도 있었다.

"사황자님, 구룡은 아직 어립니다. 더군다나 몸에 병이 있는 아이에게 불의 검은 너무 과합니다."

"구룡의 절맥은 치료가 거의 되었소. 더군다나 이곳으로 오면서 루에게 이 문제를 상의했었소. 루의 말대로라면 어쩌면 불의 검이 기운이 구룡을 완치에 이르게 할 수도 있다고 했소."

"그러나……."

"물론 위험할 수도 있소. 양기로 인한 절맥에 불의 검이라면 끓는 물에 기름을 붓는 격일 수도 있소. 하지만 그 덕에 아직 열리지 않은 혈맥들이 완전히 열릴 수도 있다니 기대해 봅시다. 그리고 이런저런 것을 따지지 않아도 이제 구룡은 어떤 기운이라도 스스로 조절할 수 있는 몸이 되었소. 그러니 걱정 마시오."

적풍의 말에 구소담이 기쁜 표정을 지으면서도 슬쩍 주위의 아바르 수뇌들 눈치를 살피며 말했다.

"몸은 괜찮다고 해도 너무 어린 나이에 신검을 맡는다는 것이 걱정스럽군요. 과연 그 무게를 감당할 정신력이 있을지……."

"내 눈이 정확하다면 충분하오. 걱정 마시오. 그리고 우리 십자성 안에서 구룡 말고 신검을 다룰 사람은 없소. 실력의 문제가 아니라 구룡만이 아바르 출신이기 때문이오."

적풍의 말에는 두 가지 의미가 담겨 있었다.

자신에게서 신검을 받으려면 십자성의 사람이어야 하고, 또한 아바르 출신이어야 한다는 뜻이다. 그렇다면 그 조건에 합당한 사람은 구룡밖에 없었다.

"그러시다면야……."

구소담이 못 이기는 척 수긍했다.

한편으로는 천형 같던 절맥에서 벗어나 어느새 신검을 다룰 인물로 성장한 손자에 대한 자부심도 느껴졌다.

"좋아. 어차피 신검이야 네 것이니 네가 결정할 문제지. 그리고 내가 생각하기에도 구룡이라면 나쁘지 않다. 절맥의 문제만 아니라면 아비르 최고의 재능이라는 건 누구나 인정하는 것이니까. 이 기회에 구룡이 이 땅의 거인으로 성장하는 것도 괜찮겠지."

그러자 천막에 모인 수뇌들 중 일황자를 후원하는 검은 전사 수불평이 조심스럽게 말했다.

"기왕에 신검을 내어주시려면 일황자께 드리는 것도 좋지 않겠습니까?"

그러자 적풍이 수불평을 보며 물었다.

"형님께서 십자성에 들어오시겠답니까?"

적풍은 이미 자신에게서 불의 검을 받으려는 사람은 십자성의 사람이어야 한다고 말한 후였다.

"그렇지는 않지만······."

"전왕의 검은 약속대로 아바르의 제왕으로 정해진 사람에게 건넬 수 있소. 십자성 사람이 아니라도 말이오. 하지만 불의 검은 다르오. 그건 십자성의 것이오. 십자성의 형제들이 명계로 온 불의 성의 생존자들과 싸워 얻은 것이기 때문이오."

적풍의 단호한 말에 수불평도 더 이상 반박을 하지 못했다. 그러자 적황이 입을 열었다.

"그 일은 네 생각대로 하거라. 그래, 넌 어떻게 움직일 생각이냐?"

적황이 물었다.

그러자 적풍이 나무로 만든 탁자 위에 펼쳐진 지도를 보며 말했다.

"두 가지 경우에만 움직일 겁니다."

"어떤 경우냐?"

"서쪽 설산을 넘으려는 자들이 있을 경우와··· 그가 직접 나서서 방어진을 돌파하려 할 때입니다. 물론 그때도 전면전에 나서지는 않을 겁니다. 그의 배후를 공격하거나 다른 방도를 찾아봐야지요."

"음······."

적풍의 말에 적황이 고개를 끄덕였다. 그러자 단우하가 적풍의 말을 거들었다.

"아무래도 그게 좋겠지요. 십자성의 무사들이 뛰어나기는 해도 소수이니 수천이 동원되는 전면전에서는 큰 효과를 보기 어려울 겁니다."

"그렇겠지. 그럼 그렇게 알고 있겠다."

적황이 적풍을 보며 말했다.

그러자 적풍이 생각난 듯 말했다.

"한 가지 경우가 더 있군요."

"……?"

적황이 적풍을 바라봤다.

"구룡의 경우는 조금 다릅니다. 그 친구는 십자성의 사람이지만 아바르의 전사이기도 하니 아바르의 형제들이 위험에 빠지면 나설 겁니다. 그 일은 저도 반대하지 않을 생각입니다. 불의 검을 들고 있으니 큰 도움이 될 겁니다."

"그렇게 해주신다면 고마운 일이지요."

구소담이 얼른 대답했다.

"하지만 부디 구룡이 나서야 하는 일이 없기를 바라겠소."

"물론 그게 가장 좋은 일이지요."

구소담도 고개를 끄덕였다.

"그럼 전 이만 가보겠습니다."

적풍이 적황을 보며 말했다. 그러자 적황이 진심으로 걱정하는 표정으로 말했다.

"부디 조심하거라."

"무황께서야말로 조심하십시오."

"내 걱정은 말거라. 오늘이나 내일이나……."

적황이 가벼운 미소로 대답했다. 자신의 생명이 얼마 남지 않았음을 아는 자의 허허로움이 느껴지는 표정이다.

그러고 보니 어쩌면 이 싸움에서 가장 편안한 사람이 적황

일지도 몰랐다. 아니 어쩌면 이런 싸움을 기다리고 있었을지도 모른다는 생각도 들었다.

자신의 마지막을 장식할 거대한 싸움이 아니던가.

"즐거우십니까?"

적풍이 몸을 돌려 천막을 나서려다 말고 적황에게 물었다. 그러자 적황이 속마음을 들킨 사람처럼 멋쩍은 표정을 지으며 되물었다.

"너무 티가 났나?"

"즐거우시다니 다행입니다."

적풍이 엷은 미소를 짓고는 적황의 천막을 벗어났다.

그러자 적황이 고개를 저으며 중얼거렸다.

"태어나 만난 시간이 겨우 일 년이 되지 않았는데 내 마음을 읽는 것 같군. 현명한 아이야."

"피는 속일 수 없는 것이지요."

단우하가 말했다.

"피? 후후, 그런 게 아닐세. 그랬다면 첫째나 둘째 그리고 화우 역시 내 마음을 읽어야 하지 않겠는가?"

"그런가요?"

단우하가 겸연쩍은 표정을 지으며 대답했다.

"어쨌든 즐거운 일이지. 이 거대한 전쟁의 향기가 날 흥분시키는군."

"어린애 같은 말씀을 하십니다."

단우하가 핀잔을 주듯 말했다.

"누가 뭐래도 좋네. 이런 생동감은 정말 오랜만이야. 자, 제대로 싸워볼 계획을 세워보자고!"

적황이 아바르의 수뇌들을 다시 불러 모았다.

역시 특별한 존재들일 수밖에 없었다.

마룡협은 아름다운 곳이지만 정령일족의 진영은 마룡협에서
도 특별했다. 그들이 머무는 숲은 빛으로 가득 차 있었다.

적풍이 울라이가 추천한 십자성의 진영에 도착했을 때는 마
침 석양이 질 무렵이었는데, 그럼에도 불구하고 그들의 좌측 산
비탈에 자리한 정령의 왕국 진영은 대낮보다도 밝았다.

"이상하죠?"

적사몽이 헤루안의 진영을 보며 말했다.

"특별하지."

적풍이 대답했다.

"어떻게 한 것일까요? 세상의 모든 빛을 끌어온 것 같아요."

"글쎄, 그들만의 비술이 있지 않을까?"

적풍도 정령 일족의 능력이 궁금하기는 했지만, 그 비밀은 오
직 그들만이 알고 있는 것이었다.

"아버지가 타림의 성에 다니러 가셨을 때 어머니가 이런 말
씀을 하셨어요."

"무슨 말?"

"헤루안 사람들이 자연과 교감하는 능력을 가지게 된 것은
아무래도 그들이 먹고 살아온 음식 때문인 것 같다고요."

"그게 무슨 소리지? 타고난 신비로운 능력이 아니란 뜻이냐?"

"물론 기본적으로 그런 능력을 가지고 있을지도 모르지요.

하지만 혜루안에서 나는 수많은 약초들 중 몇몇은 정말 특이하다고 하시더라고요. 그로 인해 타고난 령성이 실제적인 능력으로 키워진 것 같다고요. 오랜 세월이 흐르면서 그 힘이 유전되는 것이고요. 혜루안의 음식 맛보셨지요?"

"그랬지. 정령의 왕이 한 끼 대접하더구나."

"그 음식들 모두 혜루안 땅에서 나는 것들이라고 하더라고요."

그러자 적풍이 잠시 생각에 잠겼다가 되물었다.

"혜루안을 벗어나면 능력이 감소하는 것도 그런 이유라더냐?"

"그 가능성이 가장 크다고 하시더군요. 식사하실 때 그들의 음식을 보셨어요?"

적사몽이 물었다.

"아니, 눈여겨보지는 않았다."

"그들은 우리처럼 때가 되면 요리를 해서 음식을 먹지 않아요. 고기는 아주 조금 섭취하는데 마른 고기를 먹는 편이고요. 과일과 채소 등도 생으로 먹더라고요. 약초 같은 것들도 곁들여서요. 처음에 그들이 대접하는 음식이 참 곤욕스러웠어요."

"지난번 정령의 왕이 식사를 대접할 때는 그렇지 않던데?"

정령의 왕 공령은 적풍이 벽루의 맹약을 마치고 타림성으로 갈 때 혜루안의 경계에서 적풍에게 한 끼의 식사를 대접했었다.

그때 음식은 비록 화려하지는 않았지만 맛도 괜찮았었다.

"어머니도 그게 궁금하셨던지 그 일을 일락 령사께 물으시더라고요."

"대답은?"

"외부의 손님을 대접하는 음식과 자신들이 평소 먹는 음식이 다르다고 하더라고요. 이런 말을 해요. 자신들은 음식의 맛을 잃은 사람들이라고."

"음식의 맛을 잃었다고?"

"예, 애초에 미각이 없었던 건지. 아니면 생식을 하다 보니 미각이 사라진 건지는 모르겠지만요."

"특별하군, 역시……."

"그래서 어머니께선 환단에 관심을 두고 계세요."

"환단?"

"예. 그들의 몸을 완벽하게 고치는 것보다 헤루안에서 나는 약초들 중 그들의 영성에 영향을 미치는 것들을 찾아내 그것들을 배합해서 환단을 만들어 내면 헤루안을 벗어나서도 전부는 아니지만 어느 정도의 능력을 유지할 수 있지 않을까 생각하시더라고요."

"신기한 일이군. 령성을 유지하는데 환단을 쓴다는 것은……."

"저도 실제로 그런 일이 가능한지는 모르겠어요. 보통 사람에겐 불가능한 일이 분명한 것인데 어머니께선 다르게 생각하시는 것 같아요."

"일이 그렇게 되면 생각보다 쉽게 그들의 문제가 해결될 수도 있겠군."

"곧 결과를 알 수 있을 거예요. 떠날 때 어머니께서 큰 솥을 준비하시더라고요."

"음, 그건 나도 봤다. 그런데 그 일을 하려하는 거였군. 아무튼 일단 시작은 했단 뜻이구나. 그런데 내겐 왜 말하지 않았지?"

"히히, 역시 어머니는……."

적사몽이 빙글거리며 웃음을 흘렸다.

"확실히 이젠 루에게 네가 우선이긴 하다."

"하하, 농담이고요. 아무튼 환약이 완성되어 효과를 보면 이곳까지 오실지도 모르겠어요. 당장 필요한 것들이니까요."

"글쎄, 온다면 그건 아마 핑계일 걸? 널 보고 싶어서 오는 걸 거다. 내가 반대할 걸 뻔히 아니까 환약 핑계를 대고……."

적풍이 미소를 지었다.

그러자 적사몽이 고개를 저었다.

"아니요, 아버지를 보러 오시는 걸 거예요."

"후후, 그럼 고마운 일이지."

적풍이 가볍게 웃음을 흘렸다.

그러는 사이 두 사람이 십자성의 무사들이 머물 곳에 도착했다.

정령일족이 도움을 주었는지 십자성의 진영에도 신비로운 빛무리가 머무는 듯했다.

나무들이 진영을 에워싸듯 감싸고 있었고, 땅은 부드러운 풀들이 투명한 빛을 발산하고 있었다.

적풍과 적사몽이 진영 안쪽으로 들어갔을 때, 이미 십자성의 무사들은 그런대로 진영의 모습을 갖춘 상태로 저녁을 준비하고 있었다.

"어, 벌써 오셨습니까?"

가장 먼저 두 사람을 발견한 이위령이 급히 자리에서 일어나 적풍을 맞았다.

"음, 대충 준비가 됐군."

적풍이 부드러운 기운이 감도는 진영을 둘러보며 말했다.

"별로 할 것도 없었습니다. 헤루안에서 온 사람들이 미리 준비를 해뒀더라고요."

이위령이 시선을 돌려 정령일족의 진영을 보며 말했다.

"대접이 좋군. 하지만 그들만 믿고 있을 수는 없지. 내일부터 숲 안쪽으로 더 넓은 터를 준비하도록 해."

"더 크게요? 지금도 넓은데요?"

이위령이 의아한 표정으로 되물었다.

"올 사람들이 있지 않은가?"

"올 사람이라니 누가……?"

"타르두 노인."

"아! 원주족이요? 하지만 그들은 헤루안의 왕이 통제하기로 하지 않았습니까?"

"그렇긴 하지만 그렇다고 타르두 노인과 그 일족까지 정령의 왕에게 맡길 수는 없지. 타르두 노인은 십자성 사람이니까."

"헤루안 사람들이 불쾌해하지 않을까요? 원주족은 그들에게 맡기기로 했는데……."

이위령이 걱정스럽게 물었다.

"오히려 고마워하겠지. 헤루안도 원주족 전부를 책임지는 것은 부담스러운 일일 테니까."

"그럴까요?"

"내가 본 정령의 왕은 번잡한 것을 싫어하는 사람이야. 아마 그중 일부를 우리가 맡겠다면 내심 고마워할 테지."

"그런가요?"

이위령은 여전히 걱정스러운 표정이었다.

그러자 소두괴가 말했다.

"내 생각도 성주님과 같습니다."

"소 아우도 같은 생각이란 말이지? 그럼 뭐, 그렇겠지. 아무튼 그럼 이 뒤쪽으로 할까요?"

이위령이 그들의 진영 뒤쪽 무성한 숲을 가리키며 물었다.

"그렇게 해. 물론 저들의 존재를 숨길 필요는 없지만, 그래도 밖으로 드러나는 것이 부담스러울 수는 있으니까."

적풍이 대답했다.

"그런데 그들을 데려오는 것에 대해선 다른 칠왕들의 반발은 없었답니까?"

소두괴가 물었다.

"그랬다면 아바르 진영에 갔을 때 말했겠지. 그런 말 듣지는 못했어."

적풍이 대답했다.

"그럼 다행이군요. 아아, 그만하고 이젠 밥 좀 먹지요? 오랜만에 솥을 걸고 지은 밥인데."

소두괴가 허기가 지는지 배를 쓸며 말했다.

"그러자고. 나도 배가 고파 죽을 지경이야. 가시죠, 성주님!"

이위령이 적풍을 솥이 걸려 있는 곳으로 이끌었다.

마룡협에 드리웠던 석양이 사라지고 어둠이 찾아들자 마룡협 서안 초지에 하나둘 별이 뜨기 시작했다. 물론 하늘에 뜬 별이 아니라 사람이 만든 별들이었다.

하지만 사람이 만들었다고 해서 아름답지 않은 것은 아니었다. 수천 개의 천막에서 밝힌 불빛들은 하늘의 별과는 또 다른 아름다움으로 땅 위에 은하수를 만들었다.

적풍은 숙영지 앞쪽에 나와 초원을 수놓는 땅 위의 별들을 바라보고 있었다. 적풍의 뒤에는 십자성의 무사들이 여기 저기 흩어져 앉아서 저녁 식사 후의 나른한 여운을 즐기고 있었다.

그러던 어느 순간 문득 적풍이 입을 열었다.

"구룡!"

갑작스러운 적풍의 부름에 구룡이 급히 일어나 적풍에게 다가갔다.

"예, 성주!"

"네가 할 일이 있다."

"뭐든 명령만 하십시오."

구룡이 다부진 표정으로 대답했다.

그러자 적풍이 말없이 허리춤에서 불의 검을 끌러냈다. 그러고는 구룡에게 건네며 말했다.

"이번 전쟁이 끝날 때까지 네가 불의 검을 맡아라!"

순간 구룡뿐 아니라 십자성의 모든 무사들이 놀란 눈으로 적풍을 바라봤다.

"제, 제가 어찌……."

구룡이 말을 잇지 못하고 얼버무렸다. 그러자 적풍이 침착하면서도 단호하게 말했다.

"난 네가 이 전쟁에서 아바르의 영웅이 되길 원한다. 십자성의 이름으로 아바르의 영웅이 되거라. 네겐 충분히 그럴 능력이 있다. 그러니 거부할 생각 같은 것은 꿈도 꾸지 말라. 이건 성주로서의 명이다."

제9장
평범한 시작

눈도 오지 않는데 가뜩이나 어두운 하늘이다. 구름이 낮게 깔리기는 했지만 그렇다고 이 어둠이 구름 때문은 아닌 것 같았다. 어쩌면 땅 위의 검은 존재들이 만들어내는 기운이 하늘의 색까지 변화시키는 것일 수도 있었다.

작은 강을 사이에 두고 두 개의 이질적인 세력이 대치하고 있었다. 남쪽은 빛나는 역사를 만들어온 칠왕의 후예들이, 북쪽은 자신들의 터전을 내어주고 변경으로 쫓겨나 수백 년간 어둠의 숲에서 연명해 온 원주족의 거친 전사들이 진을 치고 있었다.

마치 어둠과 빛의 대결인 것처럼 그렇게 두 개의 세력이 운명처럼 조우했다.

이름도 없는 강은 낮은 수심과 좁은 폭에도 불구하고 이 거대한 두 개의 세력을 완벽하게 갈라놓고 있었다.

사람이 심리란 이상해서, 두 개의 세력을 갈라놓은 이 작은 강이 언제부터인가 마치 반드시 지켜야 하는 절대적인 방어선으로 인식되고 있었다.

반면, 북쪽의 원주족들에게 강은 반드시 넘어야 하는 선이었다.

그래서 이 작은 강을 넘는다면 당장에라도 칠왕의 땅 전체를 얻을 수 있을 것 같은 느낌을 받은 원주족들이 먼저 공격을 시작한 것은 당연한 일이었다.

시작은 평범했다.

일곱 왕국의 전사들은 어둠에 휩싸인 원주족이 거친 돌진으로 강을 건너와 자신들을 공격할 거라는 예감에 휩싸여 있었지만, 원주족의 공격은 예상외로 전혀 낯설지 않은 방식으로 시작됐다.

이렇게 대규모의 세력이 집결했을 때의 전쟁에서 시작은 언제나 투석기를 이용한 석포와 화살이다.

쿵쿵쿵!

거대한 소음이 원주족 진영에서 터져 나왔을 때 이미 칠왕의 전사들은 투석기의 공격에 대비하기 시작했다.

"방책 뒤로!"

칠왕의 진영 곳곳에서 수뇌들의 경고가 터져 나오자 칠왕의 전사들이 재빨리 화살과 석포를 막을 수 있는 방책과 참호 뒤로 몸을 피했다.

쿵쿵!

칠왕의 전사들이 몸을 숨긴 방책 위로 석포들이 쏟아졌다.

쩌저적!

몇 군데 방책이 석포의 무게를 견디지 못하고 무너졌다.

그러나 무너진 방책 아래에 있던 칠왕의 전사들조차도 큰 피해를 입지 않았다. 오히려 방책을 들어 올려 다시 제자리를 찾게 만들기까지 했다.

쐐애액!

석포의 뒤를 이어 공기가 갈라지는 날카로운 소음이 일어났다.

"화살이다!"

누구가의 경고가 터져 나오고 이번에는 한 무더기의 구름을 형성한 화살이 그대로 칠왕의 진영을 덮쳤다.

퍼퍼퍽!

날카롭게 파고드는 화살들이 칠왕 전사들을 더욱 움츠러들게 만들었다. 이번에는 비록 방책이 무너지지는 않았지만 상하는 사람이 나타났다.

"욱!"

"컥!"

석포는 방책을 뚫지 못했지만, 방책과 방책 사이를 뚫고 들어오는 화살이 적지 않았다. 그 때문에 방책 뒤에 몸을 숨기고 있던 칠왕의 전사들 중 일부가 화살을 맞고 쓰러졌다.

"부상자를 살펴라!"

동료들이 쓰러졌음에도 냉정을 잃지 않은 우두머리들이 흐트러지려는 전사들을 재빨리 통제했다.

원주족은 계속해서 화살과 석포를 쏘아댔다.

투석기로 날린 돌덩이들은 다듬어지지 않았고, 그들이 쏘아댄 화살은 거칠었지만 그 위력은 잘 만들어진 병기들과 크게 다르지 않았다.

거칠게 쏟아지는 석포와 화살의 공격은 칠왕의 전사들로 하여금 반격의 기회는커녕 제대로 숨도 쉬지 못하게 만들었다.

그러는 사이 원주족의 기마병들이 어느새 진격을 시작해 강바로 앞까지 전진해 왔다. 그들은 당장에라도 작은 강을 넘어 칠왕의 진영을 급습할 것처럼 무서운 속도로 질주했다.

하지만 그들의 진격은 작은 강 앞에서 저지됐다.

이 작은 강이, 이 땅의 전사라면 누구라도 걸어서 건널 수 있는 이 작은 강이 그들을 막은 것은 물론 아니었다.

그들을 막은 것은 그들이 이곳까지 전진할 기회를 만들어준 투석기의 석포였다.

물론 석포를 쏘는 사람들이 자신들의 동료가 아닌 칠왕의 전사들이란 점이 다르긴 했지만.

쿵쿵쿵!

수십 개의 돌덩이들이 강의 북쪽 변에 떨어졌다. 그 충격에 강을 향해 달려오던 원주족의 기마병들이 탄 말이 멈추거나, 놀란 말들이 원하지 않는 방향으로 날뛰는 바람에 말 위에 탄 자들 중 일부가 떨어졌다.

석포는 강변에 방책을 세우고 있던 칠왕의 전사들이 아니라, 그 서쪽에 위치한 비탈진 숲속에서 날아오고 있었다. 투석기를 적에게 노출시키지 않기 위해 숲속에 미리 숨겨둔 모양이었다.

숲속에서 거대한 투석기를 쓰기엔 나무들이 방해물이 될 수도 있었지만, 일단 그 방해물을 제거하고 나면 평지에서 쓰는 것보다 훨씬 위협적이었다.

아마도 칠왕의 왕국 수뇌부는 처음 강변에 방어선을 구축할 때부터 숲에서 투석기를 운용할 계획을 세웠을 것이다.

숲에서 발사되는 석포들은 즉시 그 효과를 드러냈다. 강변 앞까지 다가온 원주족 기마병들 중에는 석포에 맞아 즉사하는 자도 여럿 생겨났다.

그러자 강의 남쪽 방책 뒤에 몸을 숨기고 있던 칠왕의 전사들도 방책 사이로 화살을 쏘기 시작했다.

쏴아아!

폭우 소리를 내며 수천대의 화살이 한순간에 원주족 기마병들 위에 쏟아졌다.

"크아악!"

야수의 비명 같은 소리를 질러대며 원주족 기마병들이 쓰러져 갔다. 그런 그들 위로 여전히 굵은 돌덩이들이 떨어져 내렸다.

석포와 화살의 공격을 집중적으로 받은 원주족의 기마병들이 더 이상 견디지 못하고 뒤로 후퇴하기 시작했다.

그러자 원주족이 쏘아대던 석포와 화살도 더 이상 날아오지 않았다. 진격이 저지된 이상 석포와 화살을 낭비할 이유가 없기 때문이었다.

"와아아!"

원주족 기마병들이 물러가자 칠왕의 진영에서 거대한 함성이 일어났다.

승리라고까지는 말할 수 없지만 첫 격돌에서 적을 물리친 칠왕의 전사들 사기는 뜨겁게 달아올랐다.

사실 칠왕의 전사들은 마룩의 정념을 깨웠다는 드루족의 대카르 사칸이 이끄는 원주족에 대해 두려운 마음을 가지고 있었다.

비록 과거 칠왕의 역사가 마룩을 물리치면서 시작되었지만 역사와 전설로 당시의 전쟁이 얼마나 치열했었는지를 후대의 칠왕 전사들도 잘 알고 있기 때문이었다.

당시 마룩이 이끄는 원주족의 강인함과 잔혹함은 지금까지도 그들에 대한 본능적이 두려움과 적개심을 만들어내고 있었다.

그런데 첫 격돌에서 크게 어렵지 않게 그들을 물리침으로 인해 원주족에 대한 두려움이 사라지고 오히려 그들에 대한 강력한 전의가 생겨났던 것이다.

개중에는 방책을 벗어나 강을 건너려는 자들도 있었다.

"강을 건너지 마라."

칠왕 진영의 수뇌들이 급히 강을 건너 적을 추격하려는 전사들을 막았다.

수뇌들의 만류가 아니었다면 필시 강을 건넜을 칠왕의 전사들이 아쉬운 표정으로 부상을 입은 채 물러가는 원주족들을 지켜봤다.

그사이 숲속에서 일단의 인물들이 말을 몰아 강변의 방책으로 다가왔다. 그러자 다시 한 번 칠왕의 전사들 사이에서 큰 함성이 터져 나왔다.

숲에 나온 사람들 중 석림의 제왕 석두인과 정령의 왕 공령이 있었기 때문이었다.

이들이야말로 현재 이 작은 강의 전선에서 칠왕의 전사들을 이끌고 있는 최고의 수뇌들이었다.

"와아아!"

강변에서 적을 막아낸 칠왕의 전사들이 일제히 두 왕을 향해 환영의 환호성을 질러댔다.

두 사람은 그런 전사들에게 가볍게 손을 들어 보이고는 방책을 지나 강변 바로 앞까지 전진했다.

강가에 이른 두 사람이 손을 들어 눈 그늘을 만든 후 적진을 살피기 시작했다. 그리고 잠시 후 공령이 고개를 저으며 말했다.

"이상한 일이오. 정말 물러갔소."

"그러게 말이오. 이건… 과거의 방식이 아닌데……."

석림의 왕 석두인도 조금은 곤혹스러운 표정으로 말했다.

"우릴 끌어들이려는 함정일 수도 있다고 생각하오만……."

"물론 그럴 수도 있소. 하지만 우리가 그렇게 허술하다고는 생각지 않을 것인데… 더군다나 저들이 공격을 하면서 서웅족이나 우구족을 앞세우지 않은 것도 이상하오. 아니면 적어도 강족이라도 앞에 나섰어야 하는데, 숫자는 많지만 개개인의 힘에서는 가장 약하다는 대화족의 기병을 앞세웠다는 것이……."

석두인이 여전히 의구심 가득한 눈으로 강 너머를 보며 말했다.

"애초부터 강을 넘을 생각은 없었다는 뜻일 거요."

공령이 말했다.

"그냥 한번 우리의 전력을 시험해 본 것인가?"

석두인이 혼잣말처럼 중얼거렸다.

"그럴지도 모르오. 그들도 사실 우리의 전력을 제대로 알지는 못하니까 말이오."

"음… 아무튼 숲속에 석포를 배치한 것은 성공적이었던 것 같소. 놈들이 석포를 발견하지 못하고 깊숙이 전진해 오는 바람에 큰 손해를 입힐 수 있었소."

"모두 석림의 뛰어난 석공들 덕분 아니겠소?"

"무슨 말씀을. 헤루안의 령사들이 숲을 손봐주어서 석포를 숨기면서도 쉽게 시야를 확보할 수 있었던 것이오. 령사들이 없었다면 어떻게 감히 저런 숲에 석포를 설치할 생각을 할 수 있었겠소."

석두인은 말처럼 칠왕의 전사들이 거대한 투석기를 숲에 설치할 수 있었던 것은 숲을 다루는 헤루안 령사들의 탁월한 능력 때문이었다.

"그렇게 말씀해 주시니 고맙소. 아무튼 이 승리는 칠왕의 전사들에게 큰 힘이 될 것 같소."

"맞소이다. 원주족들의 거친 야성에 대해 막연하게 느끼고 있던 불안감을 많이 없애주었을 것이오."

"일단 다시 전열을 정비하고 저들이 공격에 대비합시다. 아마도 다시 온다면 이번처럼 쉽게 물러가지는 않을 것이오."

"알고 있소. 그나저나 일단 마룡협으로 돌아가셔야 한다니 아쉽구려. 정령신검주께서 계셔서 큰 힘이 되었는데."

석두인이 아쉬운 표정으로 말했다.

그러자 공령이 대답했다.

"십자성주가 도착했다니 일단 만나봐야 할 것 같소. 우릴 돕기로 한 원주족에 대한 일도 상의해야 할 것 같고⋯ 대신 무황이 이곳으로 온다니 나보다야 낫지 않겠소? 누가 뭐래도 무황은 무황이니까."

공령이 말했다.

"후우⋯ 모르겠소. 솔직히 말하자면 난 아직도 불편하오. 신혈족과 함께 싸운다는 것이."

"이젠 그만 마음을 여시구려. 그들과는 악연으로 얽힌 사이긴 하지만 따지고 보면 우리와 전혀 상관없는 사람들도 아니지 않소?"

"물론 그렇긴 하지요. 비록 목적이 다르긴 했으나 그 시작이 우리 칠왕의 혈통으로부터 시작된 것이니까."

"생각해 보면 그들의 존재가 우리에겐 전화위복이나 마찬가지요. 신혈의 아바르가 존재하지 않았다면 이 싸움은 무척 어려워졌을 거요."

"알고 있소."

석두인이 고개를 끄덕였다.

"그러니 이젠 그만 그들을 같은 동료로 받아들이시구려. 그게 마음 편하지 않겠소?"

"알겠소. 충고 고맙소. 노력해 보리다."

석두인이 진중하게 대답했다.

"그럼 이곳을 부탁드리오. 곧 돌아오겠소……."

공령이 석두인에게 가볍게 고개를 숙여 보이며 말했다.

"걱정 마시오. 오실 때까지 든든히 지키고 있겠소."

석두인이 대답했다.

그러자 공령이 말에 올라 말머리를 돌리며 소리쳤다.

"마룡협으로 간다. 따르라."

"예, 대왕!"

공령의 명에 헤루안의 령사들이 일제히 대답하고는 공령을 호위하며 전선을 벗어나기 시작했다.

그러자 석두인이 고개를 들어 멀어지는 공령을 보며 중얼거렸다.

"무황이라… 알 수 없구나. 과연 그의 존재가 이 땅에 어떤 의미가 될지."

승전의 소식은 삽시간에 마룡협에도 전해졌다. 파도처럼 승리의 물결이 마룡협 각 왕국의 진영에 넘실거렸다. 적풍은 환호성과 당장에라도 전선으로 뛰어갈 것 같은 흥분으로 가득한 마룡협 칠왕의 진영을 내려다보며 깊은 생각에 빠져 있었다.

그런 그의 뒤로 십자성의 고수들이 다가왔다.

"뭘 그렇게 생각하세요?"

이위령이 승리 소식에도 불구하고 심각한 얼굴을 하고 있는 적풍에게 물었다.

"느낌이 좋지 않군."

"승전했다는데 왜 그러세요?"

이위령이 의아한 표정으로 물었다.

"글쎄……."

"혹 무황께서 출전하신 것 때문에 그러십니까? 성주님 자신도 모르게 무황님을 걱정하고 있으신 건지도 모르지 않습니까?"

"그래서일까?"

적풍은 자신의 이 불유쾌한 느낌의 이유를 알 수 없었다. 그래서 이위령의 말도 그런대로 일리가 있다고 생각했다.

하긴 노구의 무황이 직접 전선으로 가겠다고 했을 때 기분이 썩 좋지는 않았었다. 무황이 아니더라도 아바르에는 일차 방어선이 형성된 북쪽 강에 나가 있는 전사들이 적지 않았다. 그들 중에는 노련한 검은 사자들도 있었다.

그럼에도 불구하고 적황이 출전을 고집했다는 소식을 들었을 때는 잠시 화가 나기도 했었다.

그러나 그는 금세 적황의 마음을 이해했다.

죽음을 피할 수 없다. 그 죽음이 가까이 왔음을 알고 있는 무황으로는 자신의 삶의 마지막을 뒷방에 물러나 앉은 노인처럼 보내고 싶지는 않았을 것이다.

좋은 기회가 아닌가. 신검을 갖지 않은 한 인간으로서 칠왕의 반열에 오른 무황이 생의 마지막으로 놀아볼 장소로는. 그래서 굳이 무황을 찾아가 반대하지 않은 적풍이었다.

그러니 사실 이 불유쾌한 기분이 전선으로 나가겠다는 무황 때문이라고 보기도 어려웠다.

"너무 쉬운 승리 때문일 겁니다."

역시 이럴 때 적풍의 속내를 짐작할 수 있는 사람은 소두괴다. 소두괴의 말에 이위령이 시선을 돌려 소두괴를 보며 물었다.

"너무 쉬운 승리라고?'

"그렇지요. 원주족의 공격을 너무 수월하게 막아낸 것이 오히려 승리를 즐길 수 없게 하는 거죠."

"그리 쉬운 승리는 아니었다고 하던데? 석림의 전사들이 헤루안의 전사들 도움을 받아 숲에 투석기를 수십 대나 숨겨놨었기에 가능한 승리였다고 하더구만……."

"설마 원주족이 투석기가 어딘가에는 있을 거라는 걸 정말 몰랐을까요?"

"그럼 일부러 패했다는 거냐?"

"그럴 수도 있지요."

"왜? 기세를 빼앗길 수도 있는데?"

"그러니까 반드시 그 이유가 있을 거라는 거죠. 그걸 몰라 찜찜한 거고……."

소두괴의 말에 적풍이 고개를 끄덕였다.

"역시 그런 것 같군."

"왜 그렇게 쉽게 패하는 길을 택했을까요?"

이번에는 소두괴가 물었다.

"세상에 이유가 없는 일은 없는 법이지. 분명 뒤에서 다른 계책을 꾸미고 있을 거야."

"계책이라면 역시 우회 공격을 생각하는 것이겠군요."

"음······."

적풍이 고개를 끄덕였다.

"주변 경계를 더 철저히 해야겠어요."

"바람의 왕국 전사들이 움직이고 있으니 기대해 봐야겠지. 우리도 준비를 해둬야 할 것 같아."

적풍의 말에 이위령이 대답했다.

"알겠습니다. 언제라도 출격할 준비를 해 두겠습니다."

*　　　*　　　*

"실력을 보자."

어둠의 마룩이라는 전설의 힘을 얻은 원주족 대카르 사칸이 청년이라기엔 나이가 많고, 중년이라엔 어려 보이는 자에게 말했다.

그러자 날카로운 눈빛을 지닌 자가 대답했다.

"예, 아버님!"

"누벽!"

사칸의 시선이 자신을 아버지라 부른 사내의 뒤쪽에 서 있는 단단한 체격의 중년인에게로 향했다.

"예, 대카르!"

"믿어도 되겠지?"

"걱정 마십시오."

중년인이 뭉클거리는 살기와 함께 대답했다.

"좋아··· 두 개의 신검을 손에 넣는다면 칠왕의 힘도 끝이지.

일곱 개의 신검이 아니라면 감히 천하의 그 무엇도 위대한 마룩의 법술을 상대할 수 없을 것이다. 현월문조차도 말이야. 가라. 가서 가져와. 그 어린 놈의 머리와 두 개의 신검을… 칠왕의 시선이 승리감에 취해 이 강변에 매여 있을 테니까.”

“예. 대카르!”

두 사내가 동시에 대답했다. 그러고는 뒷걸음으로 원주족의 대카르 사칸의 앞에서 십여 걸음 물러나더니 어둠이 등에 닿자 이내 몸을 돌려 어둠속으로 사라졌다.

사칸이 잠시 어둠속을 뚫어지게 바라보다가 고개를 돌려 구트족의 카르 모독을 보며 물었다.

“그대의 생각은 아직도 같은가?”

그러자 모독이 망설이다가 대답했다.

“그렇습니다.”

“그렇군.”

사칸이 고개를 끄덕였다.

“사람을 더 보내심이 어떨지……?”

“이상한 일이군. 그대는 두려움이 없는 사람인데 유독 그에 대해서만은 이토록 겁을 먹다니.”

“말씀드리지 않았습니까? 그에게 무참하게 패했다고 말입니다.”

패한 과거를 말하면서도 모독의 얼굴에 자괴감이나 수치스러움은 없었다. 자신보다 강한 자에게 패한 것이 부끄러운 일이 아니라는 듯 보였다.

“그자는 나이도 어리고 겨우 수십 명의 수하만을 데리고 있을 뿐이야. 나의 아들과 우구족 최고의 전사라는 누벽이 갔다. 내 아들의 법술은 두르족 중 최고의 경지에 있다. 누벽은 미안한 말이지만, 아버지 누신 카르의 능력을 넘어섰다고 하고… 아닌가?"

사칸이 검을 든 채 단단한 바위처럼 서 있는 우구족의 카르 누신에게 물었다.

"경험이 없을 뿐 순수한 능력으로 보자면 그렇습니다."

누신의 대답에서 아들 누벽에 대한 자부심이 느껴졌다.

"거기에 술사와 검사가 조합된 최강의 일백 전사다. 그래도 불가능할까? 이 정도라면 다른 칠왕 중 한 명도 능히 상대할 수 있다고 보는데?"

"……"

사칸의 질문에 모독이 대답을 하지 않았다. 그러자 사칸이 턱을 쓸며 말했다.

"여전히 위험하다고 생각하는군."

"……"

모독은 계속 침묵을 지켰다. 그러자 사칸이 잠시 생각에 잠겼다가 말했다.

"좋아. 그럼 그대가 가주겠나?"

그러자 모독의 얼굴에 당황스러운 빛이 떠올랐다. 그러나 이내 사칸에게 고개를 숙여 보였다.

"명이시라면 그리하겠습니다."

"명이라니, 그저 부탁이지. 아무튼 말이야, 그 아이들을 뒤에서 지켜만 봐. 그대에게 두 개의 신검을 가져오라는 명을 내리지는 않겠다. 단지 두 아이가 그를 상대하는 것을 자세히 살펴봐. 신검을 제대로 쓰는지 알고 싶군. 지난번 그대가 그를 만났을 때는 미처 확인하지 못했겠지? 그러니 이번에는 제대로 살펴보고 오라고. 혹, 신검을 얻기라도 한다면 퇴로를 열어주고."

사칸의 냉정하게 말했다.

그러자 모독의 얼굴이 딱딱하게 굳었다.

자신을 전장으로 보내서가 아니다. 앞서 떠난 자들의 목숨을 중요하게 생각지 않는 사칸의 마음을 읽었기 때문이었다.

마치 죽어도 좋다는 의미가 아닌가. 신검을 얻었을 때 퇴로를 열어주라니. 신검을 얻지 못하면 죽게 내버려 두란 뜻과도 같았다.

하지만 그런 의문은 묻어둔 채 모독이 깊이 고개를 숙이며 대답했다.

"명대로 따르겠습니다."

대답을 한 모독이 몸을 돌려 어둠속으로 사라졌다. 그러자 그런 모독을 보며 사칸이 살기가 깃든 미소를 지었다.

"야심(野心)… 사람을 부리는 데는 좋은 독이지. 저자라면 두 개의 신검을 가졌다는 자의 능력을 제대로 확인할 수 있겠지. 오랫동안 칠왕을 살펴온 나로서는 오직 그자만이 미지의 변수니까. 더불어 나의 전사들의 야성을 깨울 수 있는 제물로서도 충분한 자격들이 있고, 후후후!"

원주족의 공격이 다시 시작됐다.

그러나 이번에는 처음과 달랐다. 투석기에 의한 석포가 날아들고, 화살이 비 오듯 쏟아지는 것은 처음과 같았으나, 두 세력을 나누고 있는 작은 강을 향해 돌진하는 원주족 기마병들의 모습이 처음과 달랐다.

그들은 마치 검은 안개에 휩싸인 듯한 모습으로 말을 달려왔다. 물론 처음처럼 빠른 돌진도 아니었다.

그들은 말을 달리기보다는 천천히 걷는 속도로 전진했다. 그런 그들을 검은 안개가 보호하듯 감싸고 있었고, 놀랍게도 그들을 향해 날아가는 칠왕 전사들의 화살은 그 검은 안개에 닿는 순간 힘을 잃고 맥없이 추락했다.

"마룩의 법술이다!"

누군가의 입에서 흘러나온 말이 칠왕 전사들을 두렵게 만들었다.

첫 접전에서 승리한 자신감도 잠시, 자신들의 화살을 아무런 위협도 되지 못하게 만드는 검은 안개의 정체가 그들의 전의를 상실하게 만들 정도였다.

하지만 그런 두려움이 이들을 이끄는 석림의 왕 석두인이나 하루 전 전장에 도착한 무황 적황까지 물들인 것은 아니었다.

"어찌 보시오?"

석두인이 적황에게 물었다.

"그가 직접 나선 것 같지는 않구려."

"음, 나도 그리 보았소. 저 검은 구름은 드루족은 술사들이라면 누구나 펼칠 수 있을 것 같소. 그라면 조금 달랐을 것이오."

석두인이 고개를 끄덕였다.

그러자 적황이 손을 들어 다가오는 원주족 기마병들의 몇

군데 지점을 가리켰다. 검은 안개가 좀 더 짙은 곳이었다.

"모두 스무 곳에 술사들이 있는 것 같소. 술사들이 있는 지점은 좀 더 강력한 법술의 힘이 지배하는 것 같소."

"그럼 저들을 깨뜨리면 되겠구려."

"그렇소."

"후우… 현월문에서 내어준 화살이 이백여 대, 그 안에 승부를 내야 하는데……"

석두인이 걱정스러운 표정으로 말했다.

"사람이 보이지 않는 상태에서 무턱대고 화살을 쏠 수는 없소. 좀 더 접근하게 한 후, 투석기로 적의 전열을 흔들어야 하오. 그사이 저들에게 접근한 궁수들이 드루족의 술사들을 현월문에서 준 화살로 공격해야 할 거요."

"누군가는 강을 건너야겠구려."

석두인이 조심스럽게 말했다.

"각 왕국 전사들 중 궁술에 능한 자들의 지원을 받읍시다. 많을 필요도 없소. 스무 명의 술사라면 이쪽도 스무 명 정도의 궁사면 되오."

"현월문의 법사들이 늦는구려. 그들이 있으면 한결 수월할 텐데."

석두인이 아쉬운 표정을 지었다.

"없는 사람들을 아쉬워할 필요는 없소. 일단 강이 앞에 있으니 마룩의 정념을 이은 자가 아니면 헤루안의 령사들이 드루족의 술사 정도는 막을 수 있을 것이오."

적황이 말했다.

"하긴 헤루안의 구천령사라면 물의 기운을 움직일 수 있을 테니……."

석두인이 고개를 끄덕였다.

"일단 지원자를 받읍시다."

적황의 말에 석두인이 강변에 늘어서 적의 공격에 대비하고 있는 칠왕의 전사들을 향해 움직였다.

때 아닌 물안개가 일어났다. 원주족의 기마병을 보호하는 검은 안개가 강변 가까이 다가왔을 때였다.

강의 남쪽에서 일어난 물안개는 마치 새벽의 그것처럼 북쪽으로 밀려가더니 원주족의 기마병을 에워싼 검은 안개에 섞여들었다. 그러자 갑자기 안개들이 살아 있는 생명처럼 허공에서 주도권 다툼을 벌이기 시작했다.

두 개의 안개는 서로 섞여드는 대신 상대를 밀어내고 혹은 밀리면서 북쪽 강변에서 기이한 대치를 이뤘다.

그 순간 서북쪽 숲에서 투석기가 움직이는 소리가 들렸다.

쿵쿵!

투석기의 둔탁한 소리와 함께 어른 머리통만 한 돌덩어리들이 북쪽 강변으로 날아갔다.

투석기가 쏘아낸 돌덩이들은 남쪽에서 밀려온 흰 안개와 팽팽하게 맞서고 있는 검은 안개들 속으로 떨어졌다.

쿵쿵쿵!

석포들은 적진 중 십여 곳에 집중적으로 떨어졌다. 그러자 다른 곳보다 짙은 검은색을 보이던 안개가 엷어지면서 특이한 모습의 원주족들이 얼핏 안개 속에서 모습을 보였다.

그들은 다른 기마병들처럼 갑옷을 입지 않았고, 검은 천으로 몸을 감싸고 있었다.

얼굴은 눈 아래쪽만 드러내고 있었는데, 기마병들의 호위를 받으며 두 손을 하늘 높이 올리고 주문을 외우는 듯한 모습이었다. 더불어 그들 주위에선 검은 안개들이 소용돌이치듯 움직이고 있었다.

이들이야말로 기마병들을 보호하는 검은 안개를 일으키는 주인공들이었다.

마룩의 정념을 깨운 드루족의 대카르 사칸의 수하들인 이들은, 특별한 술법을 통해 검은 안개를 일으켜 원주족 기마병들을 보호하고 있었던 것이다.

"우우우!"

석포에 의해 검은 안개가 옅어지고 강에서 솟아 오른 백색의 안개들이 검은 안개들 속으로 파고들자 드루족 술사들의 목소리가 커지기 시작했다.

그들의 입에서는 정체를 알 수 없는 주문들이 끊임없이 흘러나왔고, 소리가 커지고 손짓이 강렬해짐에 따라 석포 공격으로 옅어졌던 검은 안개가 다시 짙어지기 시작했다.

그런데 그 순간 갑자기 흰 안개가 일어나는 강물 속에서 수십 명의 전사들이 몸을 일으켰다.

그리고 그들은 흐릿하게 보이는 드루족 술사들을 향해 은빛의 화살을 한 발씩 발사했다.

쐐애액!

은빛 화살들이 공기를 가르는 소리가 날카롭게 일어났다. 화살들은 검은 안개를 뚫고 드루족 술사들을 향해 곧장 날아갔다.

보통의 경우 칠왕의 전사들이 날린 화살들은 검은 안개에 부딪히는 순간 힘을 잃고 맥없이 떨어지거나 다른 방향으로 튕겨 나가게 마련인데, 이 검은 화살들은 힘을 잃지도 않았고, 방향이 틀어지지도 않았다.

그리고 급기야 그중 몇 개의 화살이 주문을 외우는 드루족 술사들에게 격중됐다.

"크아악!"

은빛 화살을 맞은 드루족 술사들 입에서 야수의 울부짖음 같은 비명이 터져 나왔다. 동시에 화살을 맞은 술사들이 일으키던 검은 안개가 순식간에 사라지기 시작했다.

그때를 노려 강의 남쪽에서 칠왕의 전사들이 폭풍처럼 화살을 쏟아내기 시작했다.

고오오!

수천 대의 화살이 동시에 허공을 가르며 웅장한 소리를 만들어냈다. 그리고 이내 화살 구름이 비가 되어 원주족 기마병들 위로 쏟아지기 시작했다.

이번 화살 공격은 앞서와 달랐다.

물론 여전히 검은 안개가 건재한 곳에서는 화살들이 금세 힘을 잃었지만, 앞서 북쪽 강변까지 침투한 칠왕의 전사들이 쏜 은빛 화살에 맞아 쓰러진 드루족 술사들이 있던 곳에서는 제 위력을 발휘했다.

퍼퍼퍽!

"악!"

"피햇!"

검은 안개가 옅어진 지역에서 비명과 함께 말들의 울부짖음이 함께 일어났다.

드루족 술사들이 만든 보호막이 사라진 곳은 순식간에 아수라장으로 변했다. 원주족 기마병들이 속절없이 쓰러지고 그곳을 향해 다시 화살이 쏟아져 들어왔다.

금세 전황이 변했다.

강변까지 진격해 왔던 원주족 기마병들의 피해가 급격하게 늘어났다. 그들을 보호하던 드루족 술사들의 보호막도 시간이 지날수록 사라져 갔다.

그리고 한순간 칠왕 진영에서 방책의 문이 열리더니 일단의 기마병들이 쏟아져 나왔다.

방책을 벗어난 칠왕의 기마전사들이 속도를 줄이지 않고 말을 강 속으로 밀어 넣었다.

말들은 망설임 없이 강 속으로 뛰어들더니 무서운 속도로 강을 건너기 시작했다.

깊은 곳이라야 말의 허벅지밖에 오지 않은 강물은 기마전사들의 도하에 아무런 장애가 되지 않았다.

단번에 강을 건넌 칠왕의 기마전사들이 바람처럼 북쪽 강변에 올라서더니 아수라장이 된 적진을 향해 돌진하기 시작했다.

두두두!

지축을 울리는 말발굽 소리, 그에 맞춰 일어나는 병장기의 충돌음… 강의 북변이 단번에 죽음의 땅으로 변해갔다.

강을 건넌 칠왕의 기마전사들은 마치 그들을 보호하듯 따라 붙는 헤루안 전사들이 만들어낸 하얀 물안개와 함께 적들을 덮쳐갔다.

보호막을 잃고 화살 공격에 큰 피해를 당한 원주족의 가마 병들은 감히 칠왕의 기마전사들을 상대할 수 없었다.

애초부터 칠왕의 전사들은 개개인의 능력에서는 원주족들을 압도했다.

숫자가 적음에도 칠왕의 후예들이 원주족으로부터 칠왕의 땅을 빼앗았던 과거의 역사가 그 사실을 증명하고 있었다.

칠왕의 전사들이 보여주는 신력은 오로지 강인한 신체의 능력과 사나운 정신에 의지하는 원주족에 비할 바가 아니었다.

더군다나 과거 칠왕으로 부터 시작된 신비로운 혈통과 이십 팔룡의 시대를 거치면서 얻은 명계 무공의 정수로 인해 칠왕의 전사들은 칠왕의 시대 초기보다 훨씬 강력한 존재들이 되어 있 었다.

그런 칠왕의 전사들을 전열이 흐트러진 원주족 기마병들은 도저히 막아낼 수 없었다.

둥둥둥!

갑자기 멀리 원주족 진영에서 북소리가 울려 퍼졌다. 그러자 강변까지 진격했던 원주족들이 뿔뿔이 흩어져 본진으로 도주 하기 시작했다.

"한 놈도 살려두지 마라!"

승기를 잡은 칠왕의 전사들 사이에서 호기로운 목소리가 터져 나오고 도주하는 적들을 추격하는 전사들의 고함소리가 한 겨울 강변을 뒤흔들었다.

그러나 그것도 잠시 원주족의 본진에서 갑자기 석포와 화살들이 쏟아져 나오기 시작했다.

"악!"

"크억!"

도주하던 원주족과 추격하던 칠왕의 전사들 모두 석포와 화살에 맞아 비명을 지르며 쓰러지기 시작했다.

원주족들은 자신들의 동료의 생사조차 안중에 없는 듯, 도주하는 원주족과 추격하는 칠왕의 전사들을 향해 거침없이 석포와 화살을 쏘아댔다.

"추격을 멈추고 후퇴한다."

사상자가 나오기 시작하자 칠왕의 전사들을 이끌고 적진을 유린하던 수뇌들이 퇴각을 결정했다.

퇴각 명령이 떨어지자 칠왕의 기마전사들이 바람처럼 강의 북변에서 물러나 강을 건너 다시 남쪽 진영으로 돌아왔다.

바람 같은 후퇴로 텅 빈 강의 북변은 다시 몇 대의 화살과 석포가 더 떨어진 후에야 고요를 되찾았다. 고요를 찾은 강변에 남은 것은 사람과 말의 시신, 수만 대의 화살들, 그리고 희뿌연 안개가 전부였다.

그 처참함은 처음 원주족이 공격해 왔을 때와는 완전히 달랐다. 첫 번째 격돌에서는 오직 투석기를 이용한 석포와 화살로 응전해서 사상자가 많지 않은 싸움이었다.

그러나 이번 격돌에서는 양쪽의 전사들이 직접 도검을 맞대고 싸웠기에 초원은 피로 물들었고, 사방으로 짙은 혈향이 번져나갔다.

드루족의 술사들과 헤루안의 영사들이 일으킨 안개들의 잔재도 여전히 전장을 떠돌았다.

어디선가 죽은 자의 시체를 찾아 날아온 독수리 떼와 까마귀 떼가 을씨년스러운 전장의 하늘을 맴돌았다.

적을 물리치기는 했지만, 그리고 또 한 번의 승리라고 자부할 수도 있었지만, 처참한 전장의 상혼이 칠왕의 전사들을 마냥 기쁘게 하지는 않았다.

승리 속에서도 그들은 이 거대한 전쟁이 앞으로 만들어낼 참상을 미리 목도했고. 이런 싸움이 앞으로 수일, 혹은 수개월 아니 어쩌면 수년 동안 이어질 수도 있다는 생각에 승리의 기쁨 같은 것을 누릴 여유가 없었다.

"방책을 수리하고 진영을 정비하라. 출전했던 전사들은 뒤로 물러나 휴식을 취한다."

석두인의 명이 떨어지기 전까지 칠왕의 전사들은 석상처럼 전장을 바라보고 서 있었다.

그러다가 석두인의 명이 떨어지자 마치 누군가에게 구원을 받은 듯 몸을 움직이기 시작했다.

          *   *   *

높고 험준한 산에 눈이 내렸다. 폭설이라고 할 수는 없지만 그래도 눈을 들어 앞을 보기가 그리 편한 것은 아니었다.

산 아래 멀리 침묵의 강이 유유히 흐르고 있다. 산과 침묵의 강 사이의 초원은 반은 설원이고 반은 초지였다.

북쪽을 향해 시선을 돌리면 아스라이 희미한 안개 같은 것에 휩싸인 강변의 전장이 눈에 들어왔다.

얼마 전까지는 간간이 투석기를 쓰는 소리와 사람들의 함성, 병장기의 충돌음 같은 것이 들렸지만 지금은 그 어떤 전장의 소리도 들리지 않았다.

"끝났나 봅니다."

당당한 체격을 지닌 사내가 문득 눈 속에서 입을 열었다. 꿈틀거리는 근육을 거친 갑옷으로 감싼 사내의 눈에서 야수와 같은 광기가 느껴졌다.

"이젠 우리 차롄가?"

사내의 옆에서 검은 망토를 머리까지 둘러써 겨우 입만 보이는 또 다른 사내가 중얼거렸다.

"두 번의 승리가 저들을 방심시킬 것입니다. 물론 우리의 이동도 수월했지요."

처음 입을 열었던 사내가 말했다.

"그럼 희생의 대가를 얻어야지."

"그래야지요."

사내가 다시 대답했다. 그러자 검은 망토를 둘러쓴 자가 이번에는 시선을 남쪽으로 돌렸다.

그러자 그의 눈에 멀리 산의 능선을 따라 마룡협까지 늘어선 칠왕의 진영이 보였다.

"저곳인가?"

망토를 둘러쓴 사내가 문득 손을 들어 서쪽 가파른 산비탈 중턱을 가리켰다.

"그렇습니다."

"궁금하군, 어떤 자인지……."

"방심할 수 없는 자라고 할 수 있지요. 두 개의 신검을 가진 자이니."

"후후… 그래, 방심할 수는 없지. 하지만 오늘 밤 놈의 머리는 내 발 앞에 뒹굴 것이고, 두 개의 신검은 내 손에 들어올 것이다."

사내가 살짝 얼굴을 가린 망토를 들어 산비탈 중턱에 위치한 십자성의 진영을 바라보며 중얼거렸다.

그 순간 그의 눈에서 억누를 수 없는 살기와 야망의 기운이 터져 나왔다.

제10장
밤의 방문객들

　깊은 밤, 이위령이 잠을 깼다. 그러고는 익숙한 움직임으로 침상에서 벗어나더니 한순간에 그의 천막에서 사라졌다.

　스슥!

　천막을 벗어난 이위령이 진영의 북쪽에서 서 있는 거대한 나무 위로 날다람쥐처럼 올라갔다. 그러고는 북서쪽을 향해 귀를 열었다.

　<u>스스스!</u>

　겨울 밤바람에 나무들 스치는 소리가 들려온다. 낙엽을 모두 떨군 나무들은 앙상한 맨몸을 드러내고 있었지만, 바람은 그 맨몸에도 걸려서 이렇게 스산한 소리를 냈다.

　그런데 그 겨울바람 소리 중에 이질적인 소리가 섞여 있었다.

　"두 개… 한쪽은 바람의 왕국 전사들일 테고, 다른 하나는?"

이위령이 고개를 갸웃했다.

그러다가 문득 심각한 표정으로 말했다.

"급하군. 일직선으로 우릴 향해 오고 있어. 바람의 왕국 전사들이 미처 경고하기도 전에⋯⋯."

이위령이 훌쩍 나무 위에서 뛰어 내렸다. 그러면서 두 손을 가볍게 마주쳤다.

딱!

손뼉이 마주치며 낸 소리가 십자성 진영에 울려 퍼졌다. 뒤를 이어 십자성 무사들이 잠들어 있는 천막 속에서 인기척이 일어나기 시작했다.

"누가 왔나?"

가장 먼저 천막을 벗어난 사람은 적풍이었다. 적풍이 여전히 북쪽을 바라보고 있는 이위령에게 물었다.

"적이 오고 있는 것 같습니다."

"우린가?"

"그렇습니다."

이위령이 대답했다. 그사이 십자성의 고수들이 하나둘 천막을 벗어나 적풍 뒤에 도열하기 시작했다.

"이상하군, 왜 우릴까?"

적풍이 걱정보다는 호기심을 드러냈다.

"역시 두 개의 신검 때문이 아니겠습니까? 그리고 세력도 가장 적지요. 겨우 삼십 명⋯ 기습으로 일거에 쓸어버릴 수 있을 거라 생각했을 겁니다."

"그런가? 몇이나 되지?"

적풍이 다시 이위령에게 물었다. 그러자 이위령이 그대로 땅
바닥에 엎드렸다. 그리고 잠시 후 몸을 일으키며 대답했다.

"만약 나무를 타고 오는 자들이 없다면 일백여 명 정도입니다."

"일백! 정말 우리군. 그 숫자로 기습할 만한 곳은 우리밖에
없으니까."

적풍이 고개를 끄덕였다.

"어쩌시렵니까?"

소두괴가 물었다.

그러자 적풍이 무심하게 대답했다.

"어쩌긴, 우리가 언제 걸어오는 싸움을 피한 적이 있던가?"

"알겠습니다."

소두괴가 대답했다.

"대신 적의 숫자가 많다니 우리도 진을 펼쳐야겠어. 어떤 걸
로 할까? 북두현진 아니면 칠산진법."

적풍이 소두괴에게 물었다.

그러자 소두괴가 즉시 대답했다.

"저들 중에 법술을 쓰는 자들이 섞여 있다면 역시 북두현진
이 좋을 것입니다. 반면 십자성의 형제들에게는 칠산진법이 익
숙하지요. 그간 수시로 두 개의 진법을 연성했으나 성취로 따
지자면 칠산진법이 낫습니다."

"그렇겠지. 북두현진은 월문의 비진(秘陣), 쉽게 완성할 진법
이 아니니까. 그럼 칠산진법으로 하지. 사실 이곳에서 제대로
처음 싸우는 건데 칠산진법이 아니라 북두현진을 쓰면 늙은
사부가 화를 낼 거야."

칠산진법은 적풍의 스승 유령마군 사혼의 진법이다. 적풍이 명계 북방의 단웅족에 몸을 의탁하고 있을 때, 그들에게 삼보노로 불리던 유령마군 사혼은 이 칠산진법을 이용해 소수의 단웅족 용사들이 북방의 강자 오르도를 제거하고 북방의 패자로 등극하게 만들었었다.

적풍은 이 땅에 또 다른 십자성을 세운 후 유령마군 사혼의 그 칠산진법과 월문의 북두현진을 십자성 무사들에게 수련토록 했었다. 하지만 그 성취에는 큰 차이가 있었다. 명계에서 온 십자성 고수들은 당대 월문의 법황이 허소월의 허락하에 월문 최고의 진법이라는 북두현진을 수련했다.

그래서 그들은 문제가 없었으나 현계의 십자성 무사들은 달랐다. 그들은 아직 북두현진의 오묘한 무리를 이해할 무학의 지식이 없었다. 구룡을 따르는 아바르 전사 출신의 무사들은 그나마 나았지만, 길 잃은 샤 출신 무사들은 북두현진을 수련할 준비가 거의 되어 있지 않았던 것이다.

그래서 적풍은 북두현진보다는 수월하게 익힐 수 있는 유령 마군 사혼의 칠산진법을 현계 십자성 무사들에게 북두현진과 병행해 수련토록 했던 것이다.

그 결과, 두 진법의 난해함의 차이가 여실히 드러나서 칠산 진법의 성취가 북두현진의 성취를 압도했다.

유령마군 사혼을 끌어대긴 했지만 적풍이 북두현진 대신 칠산진법을 선택한 것은 그래서 당연한 선택이었다. 목숨이 오가는 생사전에서 불완전한 진법을 사용하는 것은 너무 위험하기 때문이었다.

"오백 장 밖입니다."

이위령은 다시 땅에 귀를 대고 있었다. 이럴 땐 그의 놀라운 청력이 일행의 행보에 큰 도움을 주었다.

"칠산진을!"

적풍이 명했다.

그러자 십자성의 무사들이 빠르게 움직여 능숙하게 진형을 갖췄다. 일곱 개의 작은 무리가 다시 모여 큰 산 형태의 모양을 형성하는 칠산진법은 그 안에서의 오묘한 변화보다는 밖의 공격을 태산 같은 기운으로 막아내는 방어진에 가까웠다.

마인으로 알려진 유령마군 사혼의 진법이라고는 믿을 수 없을 만큼 무거운 움직임을 보이는 진법이었다.

이 방어진을 쓰면 소수로서 다수의 공격을 상대해 낼 수 있었기 때문에 지금의 십자성 무사들에겐 꼭 필요한 진법이기도 했다.

"구원을 청할까요?"

십자성 고수들이 칠산진을 갖추는 사이 소두괴가 적풍에게 물었다. 다른 칠왕들에게 구원을 청할 것인가를 묻는 것이다.

"부끄러운 일이지. 겨우 일백의 적을 두고."

적풍이 대답했다.

"하지만 신검을 노리고 오는 자들이라면 보통 전사들이 아닐 겁니다. 특히 우린 이곳의 사술에 능하지 못합니다만… 헤루안의 령사들이라도 불러오심이……."

"칠산진으로 형제들만 보호해. 나머지는 내가 알아서 한다."

"어쩌시려고요?"

소두괴가 불안한 시선으로 물었다. 그러자 적풍이 전왕의 검을 뽑으며 말했다.

"이 신검의 가장 큰 특징이 뭔지 알아?"

"글쎄요… 전왕의 검이라면 역시 신혈의 기운을 움직이는 것이 가장 큰 위력 아니겠습니까?"

소두괴의 대답에 적풍이 고개를 저었다.

"그렇지가 않아."

"그럼 무엇입니까?"

"애초에 이 검들이 왜 생겼는지, 누구에 의해 생겼는지를 생각해 보게."

"그야 무색의 술사라는 차요담이 어둠의 마룩이 이끄는 원주족을 상대하기 위해 만든 것 아닙니까?"

"바로 그렇지. 이 검들은 마룩을 상대하기 위해 만들어진 검이야. 이 땅의 역사상 가장 강력한 법술을 쓰는 자였던 마룩 말이야. 그자를 상대하려면 무엇이 필요했을 것 같아?"

"그야 당연히 그의 법술을 깨뜨리는… 설마 이 검에 파사(破邪)의 힘이 있다는 겁니까?"

소두괴가 놀란 표정으로 물었다.

"그게 사(邪)든 정(正)이든 따질 것 없이 일곱 개의 신검들은 법술을 깨뜨리는 효과가 있어. 전대 법황 의천노공을 상대할 때 그런 느낌을 받았었지. 그리고 이곳에 와서 확신했고. 마룩의 술법을 깨는 것은 신검 하나로는 부족하겠지. 하지만 이곳으로 오는 자가 설마 마룩의 정념을 깨웠다는 사칸은 아닐 것 아닌가?"

"물론 그렇겠지요."

"그의 수하 정도라면 능히 하나의 신검으로도 놈들의 법술

을 깨뜨릴 수 있겠지. 어려우면 구룡의 불의 검도 있고. 아무
튼 그래서 사냥은 오히려 내가 하게 된다."

적풍이 희미한 미소를 지으며 말했다.

그 순간 소두괴는 깨달았다.

자신의 주군이 그들에게 뒤로 물러나 칠산진을 펼쳐 스스로
를 보호하라고 한 것은 결국 자신의 놀이에 다른 사람들은 뛰
어들지 말란 의미였다는 것을.

"그래도 조심하십시오. 상대는 일백입니다."

소두괴가 말했다.

"그 말은 뒤로 물러나 있겠다는 뜻인가?"

적풍이 되물었다.

"그걸 원하신 것 아닙니까?"

"하하하, 소두괴 그댄 역시 날 잘 읽어. 하지만 놀고만 있을
수는 없을 거야. 나라도 일백과 동시에 싸울 수야 있나. 뒤처리
도 해야 할 거고."

"그야 물론이지요."

소두괴가 고개를 숙여 보이고는 훌쩍 몸을 날려 십자성 무
사들이 형성한 칠산진 속으로 사라졌다. 그러자 오직 적풍과
이위령만이 칠산진 앞에 덩그러니 남게 되었다.

사사삭!

이젠 더 이상 이위령이 신비한 귀는 필요하지 않았다. 적풍
의 귀에도 그를 향해 다가오는 자들의 소리가 들렸다.

적풍이 숲에서 십여 장 뒤로 물러났다. 그러자 어두운 밤공

기를 뚫고 나오는 또 다른 어둠이 보였다. 안개인 듯도 하지만 안개는 아니어서 습기가 느껴지지 않은 기운이었다.

적풍이 사자검을 빼들었다. 그리고 가볍게 검을 머리 위로 들어 올린 후 아래로 한 번 내리그었다.

쿠오오!

가벼운 듯 보이는 적풍의 움직임에서 갑자기 강렬한 공기의 울림이 일어났다. 마치 거대한 소용돌이가 일어나듯 전왕의 검에서 일어난 검은 기운의 소용돌이가 숲을 향해 밀려갔다.

콰아아!

전왕의 검이 만들어낸 검은 기운과 어두운 숲을 뚫고 나오던 검은 기운이 정확하게 숲의 경계에서 파도처럼 엉켜들었다.

콰지직!

두 개의 기운이 엉켜드는 순간 아름드리나무 서너 그루가 날카로운 소리를 내며 꺾여 쓰러졌다.

쿠웅!

땅 위에 쓰러진 나무들이 큰 소리를 내자 마른 나뭇잎들이 사방으로 솟구쳤다. 그리고 쓰러진 나무 뒤쪽에서 그림자 수십 개가 나타났다.

어둠속에서 나타난 자들은 칠산진을 형성한 십자성의 무사들보다도 그들 앞에서 전왕의 검을 들고 서 있는 적풍에게 시선을 고정시켰다.

적풍은 전왕의 검을 어깨에 걸쳐 메고 기습한 자들을 바라봤다. 긴장감이나 두려움보다는 호기심과 기대가 서린 모습이다.

"네가 아바르의 사황자냐?"

어둠속에서 나타난 자들 중 검은 망토로 얼굴을 반쯤 가린 자가 물었다.

"십자성의 성주지."

적풍이 잘못을 바로잡아주듯 말했다.

"십자성주라. 좋아. 원하면 그렇게 불러주지. 사황자든 십자성주든 오늘 네 머리를 내놔야겠다. 물론 그 놀라운 검도 말이야."

그러자 적풍이 사자검을 눈앞으로 가져오며 말했다.

"이 검? 가질 능력이 될까?"

"물론, 그러니까 널 만나러 온 것 아니겠느냐? 검을 내놓고 목을 늘인다면 네 수하들은 살려주지."

망토를 걸친 사내가 서늘한 음성으로 말했다.

"그런데 누구지? 자격이 된다면 원하는 대로 해줄 수도 있는데……."

적풍이 물었다.

그러자 망토를 걸친 사내가 망설이지 않고 대답했다.

"숨길 것도 없다. 난 위대한 마룩의 전인, 사칸 대카르님의 아들인 사이온이라고 한다."

"사칸의 아들이라, 실망이군."

상대를 격동시키려는 것이 아니라 적풍은 정말 실망한 듯 보였다.

"설마 대카르께서 오시길 기대했는가?"

사이온이 망토 아래서 살기 가득한 안광을 토해내며 물었다.

"아니 적어도 다른 종족의 카르 정도는 올 줄 알았지."

"그들보다 날 만난 것이 네게 불행임을 곧 알게 될 것이다."

사이온이 한 줄기 미소를 지으며 말했다.

"좋아, 그럼 재주를 부려봐라."

적풍이 두 팔을 벌리며 말했다. 그러자 사이온이 천천히 얼굴을 가린 망토를 걷었다. 순간 사이온의 어둠 같은 얼굴이 드러났다. 망토를 걷었음에도 사이온의 얼굴을 제대로 볼 수 없었다. 깊은 밤의 어둠 때문은 아니었다. 사이온이 어떤 술법을 부렸는지는 몰라도 그의 얼굴은 눈동자를 제외하고는 모두 검게 물들어 있었다.

"먼저 고맙다는 말을 해야겠다. 넌 나 사이온이 아버지 대카르님의 뒤를 이어 정당한 이 땅의 제왕이 될 수 있는 기회를 줄 테니까."

사이온이 적풍을 향해 다가들며 말했다.

"어서 오기나 해. 여유를 부릴 때가 아니잖아?"

적풍이 턱으로 칠왕의 각 진영을 가리켜마 말했다. 그의 말대로 다른 칠왕의 진영에서 이곳의 소란을 알아채고는 전사들이 움직이는 소리가 들려오고 있었다.

"걱정 말아라. 단 한순간에 끝날 테니까."

사이온이 두 팔을 들어올렸다.

그사이 그를 따라온 드루족의 술사들과 우구족의 전사들이 칠산진을 펼치고 있는 십자성의 무사들을 향해 달려들기 시작했다.

스스스!

드루족 술사들이 일으키는 검은 기운들이 우구족의 전사들을 떠밀 듯 칠산진을 향해 밀고 들어갔다.

그런데 그 기운들은 십자성 무사들이 형성한 칠산진에 부딪히는 순간 거대한 산에 막힌 듯 위쪽으로 미끄러져 올라갔다.

그러자 칠산진 틈에서 한 자루 창이 번개처럼 뻗어 나와 가장 앞에 나서 칠산진을 공격하던 우구족의 우두머리 누벽의 미간을 찔렀다.

"혁!"

싸움에 관한한 원주족 중 가장 뛰어나다는 우구족의 카르누신의 아들인 누벽이 자신이 미간을 노리는 날카로운 창을 피해 헛바람을 흘리며 재빨리 고개를 숙였다.

팟!

뱀의 혀처럼 날카로운 창날이 누벽의 얼굴을 스치고 지나가며 그의 귓불을 잘라냈다.

"음!"

누벽이 본능적으로 뒤로 물어났다. 그 덕에 칠산진을 향해 달려들던 우구족의 돌진이 느려졌다. 그러자 칠산진이 묘하게 변형을 이루며 수십 개의 검날이 우구족 전사들을 향해 덮쳐왔다.

"우하하! 이놈들! 무료하던 차에 즐거움을 주기 위해 찾아와 주니 고맙구나. 대접은 섭섭지 않게 해주마!"

칠산진 속에서 이위령의 호쾌한 목소리가 터져 나왔다. 그리고 뒤를 이어 십자성의 칠산진과 우구족 전사들이 하나로 섞여 들기 시작했다.

덕분에 드루 족의 술사들은 더 이상 그들의 장기인 술법을 쓰지 못하고 대신 손에 검을 들고 우구족 전사들을 돕기 시작했다.

그렇게 십자성의 무사들이 칠산진을 바탕으로 습격자들을

상대하는 사이 적풍은 자신이 앞에서 유령처럼 검은 구름으로 변한 것 같은 사이온을 상대하고 있었다.

좌우로 벌린 사이온의 손을 따라 그의 몸에서 일어난 검은 기운들이 끊임없이 몸 주위를 회전했다.

그리고 어느 순간부터는 회전하는 기운을 따라 낙엽들과 흙 그리고 급기야는 작은 돌맹이들도 허공으로 떠올라 원을 그리며 돌기 시작했다.

적풍은 그런 사이온을 보며 사자검을 들어 소용돌이치는 검은 기운의 중심에 서 있는 사이온을 겨눴다.

"죽어라!"

한순간 사이온의 입에서 저주 같은 음성이 흘러나오더니 그의 몸 주위를 돌던 검은 기운과 온갖 것들이 적풍을 향해 폭사했다.

콰아아!

파도소리를 내며 밀려오는 검은 기운을 마주한 적풍은 마치 거대한 파도가 자신을 향해 밀려오는 것 같은 느낌을 받았다.

그런데 그 파도에는 날카로운 검날이 수없이 많이 숨어 있어서 적풍의 전신이 그 칼날들에 수천 조각으로 난도질당할 것 같았다.

"사술 따위……."

적풍이 나직하게 중얼거렸다. 어쩌면 사술이 아닐 수도 있었다. 그를 향해 날아오는 낙엽 하나, 모래알 하나 조차도 누군가에겐 치명적인 부상을 입을 수도 있었다.

그러나 적어도 적풍에게 사이온의 공격은 사술일 뿐이었다.

쿠우우!

적풍이 신혈의 기운을 뽑아 올렸다. 그러자 그의 동공이 검게 변하면서 사이온이 만든 것과는 다른 투명한 검은 기운이 그를 감쌌다.

신혈의 기운을 일으킨 적풍이 사자검을 수평으로 들었다. 그러자 그의 몸을 휘감고 있던 검은 기운이 사자검 속으로 빨려 들어가기 시작했다. 그러다가 한순간, 적풍의 입에서 나직한 기합이 흘러나왔다.

"핫!"

적풍의 입에서 기합이 흘러나오는 순간 사자검으로 빨려 들어가던 검은 기운들이 한 줄기 검기로 변해 그대로 앞으로 뻗어나갔다.

쐐애액!

신창을 던진 것처럼 그렇게 사자검에서 뻗어나간 검기가 온갖 이물질로 뒤엉킨 사이온의 기운을 꿰뚫더니 그대로 사이온의 심장에 꽂혀들었다.

퍽!

사이온으로서는 미처 피할 시간이 없었다.

그는 자신의 술법으로 일으킨 기운이 적풍을 완벽하게 장악했고, 적풍이 그 기운으로부터 벗어날 가능성은 없다고 확신하고 있었다.

방심이라면 방심인 그 마음이 벼락처럼 자신의 기운을 뚫고 날아든 적풍의 검기를 도저히 피할 수 없게 만든 것이다.

어쩌면 그는 애초에 자신의 법술을 깨뜨릴 인간의 검이 있을 것이라는 생각조차 하지 않았었을 수도 있었다. 비록 적풍의 손에 들린 검이 신검 전왕의 검이라 할지라도.

그는 자신의 아버지 대카르 사칸으로부터 전수받은 법술의 힘이 이렇게 맥없이 뚫릴 수 있다는 것을 단 한순간도 생각지 못했던 것이다.

그리고 그 방심의 대가는 처절했다.

"칵!"

적풍의 검기에 심장을 꿰뚫린 사이온이 검을 피를 토하며 뒤로 날아갔다.

쿵!

그의 몸이 그대로 아름드리나무에 부딪혔다. 그러고는 미처 몸을 바로 잡지도 못하고 그대로 나무 아래 무너져 내렸다.

푸스스!

시전자의 기운이 사라지자 장내를 떠돌던 검은 기운도, 적풍을 향해 날아들던 수많은 이물질들도 맥을 잃고 땅에 떨어졌다.

적풍이 훌쩍 몸을 날렸다.

그러자 그의 몸이 미끄러지듯 사이온 앞으로 다가섰다.

"크르륵 크르륵!"

사이온이 연신 입으로 피를 토해내며 짐승 같은 신음을 냈다. 그러면서도 그는 살기 가득한 눈으로 적풍을 노려보고 있었다.

"이제 내가 실망한 이유가 증명됐나?"

적풍이 사이온을 보며 물었다.

"대카르님의 복수를… 나의 아버지의 복수를 감당해야 할 것이다."

"정말 그럴까?"

적풍이 되물었다.

"그분은 나와 비교할 수 없는 분이다. 위대한 어둠의 마룩의 법술은 너 따위가 감히 감당할 수 없다."

"내 말뜻은 그게 아니다. 그가 과연 너의 복수 따위에 관심이 있겠냐는 거지. 넌, 애초에 능력이 되지 않았어. 조금 부족한 것이 아니라 너무 부족했지. 감히 신검을 상대로 승리를 논할 수조차 없을 정도로. 대카르라는 자가 과연 그걸 몰랐을까?"

"…무슨 소릴 하고 싶은 거냐?"

"그의 아들이 확실하다면 그는 참 냉혹한 사람이라는 뜻이다. 네가 죽을 거라는 걸 알고 보냈으니까."

"크크크… 그따위 말에 내가 현혹될 줄 알았느냐?"

"믿거나 말거나 나야 상관없고, 하지만 알고는 죽어야 할 것 같아서. 넌 도저히 신검주들의 상대가 될 수 없어. 그리고 대카르란 자는 분명 그 사실을 알고 있었을 거란 게 내 판단이야. 네 생각이 다르다면 어쩔 수 없는 것이고. 아무튼… 그래서 원망은 내가 아니라 네 아비에게 하거라."

적풍이 말을 마치고는 몸을 돌렸다.

"죽여라."

사이온이 소리쳤다.

"어차피 죽을 사람에게 두 번 칼질은 안 해."

적풍이 무심하게 대답하고는 천천히 걸음을 옮겨 칠산진으로 원주족들을 상대하고 있는 십자성의 무사들 쪽으로 다가갔다.

그러자 사이온의 눈동자가 심하게 흔들리더니 갑자기 키득거리기 시작했다.

"크크큭, 생각해 보니 저자의 말이 맞을 수도 있겠군. 대카르에게 자식이 나 하나뿐인 것도 아니고, 열 명이 넘는 자식이 있으니 뒤를 걱정할 것도 아니다. 아니, 애초에 나 같은 것은 후계자의 범주에도 없었지. 그런 나를 이 기습의 주인공으로 선택했을 때 의아하긴 했었어. 물론… 기쁜 마음이 먼저여서 앞뒤 생각 않고 달려오긴 했지만… 후후, 아버지 당신은 정말 어쩔 수 없는 마인이구려. 그런데 그럼 대체 왜 대카르는 날 이곳에 보낸 걸까? 실패할 것이 분명한 일에……."

사이온이 답을 들을 수 없는 질문을 던져놓고는 미간을 찌푸렸다. 그리고 그 자세 그대로 죽음을 맞았다.

사이온을 벤 적풍의 마음이 썩 유쾌하지 않았다. 단지 누군가를 죽였다는 느낌 때문이 아니었다. 이자들은 싸우러 온 것이라기 보단 죽으러 온 것 같았다.

마치 대카르 사칸이 자신의 칼을 빌어 이자들을 죽이려고 하는 것처럼, 하지만 미친 자가 아니고서야 그럴 이유가 없었다. 분명 신검주를 상대하기에는 부족해 보이는 자들을 보낸 데는 그만한 이유가 있을 것이다.

"산진(散陳)!"

적풍이 깊은 고민에 빠져 있을 때, 그의 귀에 소두괴의 날카로운 음성이 들렸다.

그러자 칠산진을 형성하고 있던 십자성의 고수들이 불꽃이 터져 나오듯 사방으로 튀어 나오기 시작했다.

그러고는 겨우 서른밖에 되지 않는 숫자로 그들보다 세배나 많은 적을 공격하기 시작했다.

이미 드루족의 술사들은 전의를 상실하고 있었다. 그들도 자신들의 우두머리인 사이온이 죽은 것을 알고 있었다.

아니 죽음도 죽음이지만, 단 일 검에 사이온을 죽인 적풍에 대한 두려움이 그들의 몸과 정신을 얼어붙게 만들었다. 새삼스레 수백 년 전 자신들의 조상을 변방으로 몰아낸 신검주들에 대한 두려움이 생긴 듯했다.

더군다나 십자성 무사들의 반격으로 드루족의 술법을 쓸 시간적인 여유조차 없었다.

"악!"

"큭!"

곳곳에서 망토를 걸친 드루족의 술사들이 죽어갔다.

반면, 원주족 최고의 전사들이라는 우구족은 그런대로 십자성 고수들의 공격을 받아내고 있었다.

그들 역시 사이온의 허망한 죽음에 충격을 받기는 했지만, 워낙 뛰어난 무력을 지닌 자들이라 무공의 고수들이 섞여 있는 십자성 고수들의 반격에도 단번에 무너지지 않고 있었다.

그중에서도 특히 그들의 우두머리인 누벽은 놀라운 힘으로 십자성의 무사들을 상대하고 있었다.

그가 휘두르는 무지막지한 도끼 앞에서 십자성의 무사들은 감히 그의 근처에 가는 것조차 두려워하는 듯 보였다. 그래서 그를 중심으로 모인 우구족 전사들은 단단한 바위처럼 십자성 무사들의 공격을 막아내고 있었던 것이다.

하지만 누벽의 힘이 십자성 무사들 모두를 두렵게 만든 것은 아니었다.

특히 이위령과 와한 그리고 파간 등은 오히려 누벽의 강력한 무력에 흥미가 생기는지 수시로 그를 상대할 기회를 노리고 있었다.

그중에서도 이위령은 다른 사람에게 누벽을 상대할 기회를 뺏길까 봐 연신 그에게로 다가가기 위해 움직였다. 하지만 그때마다 번번이 다른 우구족 전사들에 의해 길이 막히곤 했다.

그런데 그 와중에 이위령 등이 생각지 못한 방법으로 누벽과 마주서는 데 성공한 사람이 있었다.

구룡이었다.

"네놈은 내가 상대해 주마!"

구룡이 적풍에게 받은 불의 검을 휘두르며 앞으로 전진했다.

화르르!

불의 검에서 뜨거운 열기가 일어났다. 그러자 우구족의 전사들이 불을 무서워 물러서는 이리 떼처럼 불의 검을 피해 사방으로 흩어졌다. 그리고 구룡이 누벽 앞에 섰다.

"이런 제길, 기회를 놓쳤네."

어떻게 해서든 누벽을 상대하고 싶었던 이위령이 입맛을 다시며 투덜거렸다.

"다른 싸움에나 신경 써요."

소두괴가 그의 뒤에서 타박하듯 소리쳤다.

"알았어, 알았다고. 야, 이놈들아! 꿩 대신 닭이라는 말 들어
봤냐? 네놈들이 바로 그 닭 신세다!"

이위령이 누벽을 포기하고 다른 우구족의 전사들을 향해 뛰
어들며 소리쳤다.

"네놈은 누구냐?"

붉은색으로 번들거리는 불의 검을 들고 자신을 응시하고 있
는 구룡을 보면서 누벽이 물었다.

"아바르의 아들이자 십자성의 전사인 구룡이다."

구룡이 자부심을 드러내며 말했다.

"구룡… 들어보지 못한 이름이군."

"앞으로는 그 누구의 이름보다 먼저 기억하게 될 것이다. 아
니… 죽으면 기억도 사라질까?"

구룡이 비릿한 웃음을 흘리며 말했다.

"그 검… 불의 검이냐?"

누벽의 관심은 상대의 조롱이 아니라 구룡의 손에 들린 불
의 검에 있는 모양이었다.

"알아보는군."

"대체 그 검이 어떻게 네게 있는 것이냐? 그건 아바르 사황자
의 것이라던데……?"

"주군께서 잠시 내게 맡기셨지. 너 같은 자를 상대하는 것으
로는 아깝지만 말이야."

구룡이 손을 들어 사이온을 제거하고 조금 떨어진 곳에서
싸움을 지켜보고 있는 적풍을 가리켰다.

"불의 검을 줘? 수하에게?"

"그게 바로 주군과 네놈들의 대카르가 다른 점이다. 사실 주군께는 이런 신검조차 필요 없으시거든."

구룡이 한껏 적풍을 치켜세웠다.

구룡의 말에 누벽이 곤혹스러운 표정을 지었다.

"신검을… 칠왕의 신검을 수하에게 주다니. 그런 자도 존재하는가?"

누벽으로서는 도저히 이해할 수 없는 일이었다.

본래 원주족은 부자간에도 권력을 다투고, 보물에 대해선 혈육도 적으로 간주하는 자들이었다.

철저한 힘의 논리와 군림의 원칙, 그 방식이 원주족 각 종족을 살아가는 방식이었다.

"항복이라도 하는 게 어떠냐? 우리 주군께선 네 말대로 보통 분이 아니셔서 너희들의 목숨을 살려주실 수도 있는데……?"

구룡이 물었다.

물론 누벽과의 제대로 된 싸움을 원치 않는 것은 아니었다. 그러나 구룡은 다른 십자성의 무사들과 달리 이런 난전 중에도 침착한 면이 있었다. 그는 누벽을 사로잡을 경우 그를 통해 원주족 내부의 상황을 상세하게 알아낼 수도 있다고 판단한 것이다.

이런 침착함이야말로 적풍이 구룡을 아비르의 미래로 생각하게 만드는 주요한 요인이었다.

하지만 누벽은 구룡의 제안을 거절했다.

"흐흐흐, 우구족의 전사에게 항복을 권하다니. 아직 우리 우구족에 대해서 제대로 모르는군."

누벽의 말에 구룡이 즉시 그의 말을 인정했다.

"그렇군. 그대가 우구족 전사란 것을 잠시 잊었어. 우구족 전사는 결코 말로써 설득할 수 없지. 좋다. 그럼 힘으로 널 굴복시켜 보겠다."

구룡이 더 이상 말이 필요 없다는 듯 그대로 불의 검을 휘두르며 누벽을 향해 날아들었다.

화르르!

불의 검에서 일어난 뜨거운 열기가 그대로 누벽을 덮쳤다.

"와라! 난 우구족의 전사 누벽이다!"

누벽이 위기 속에서도 광포한 외침을 터뜨리며 커다란 검을 들어 구룡의 검에 맞서갔다.

콰앙!

불의 검과 누벽의 대검이 격돌하며 눈부신 불꽃이 터져 나왔다. 그리고 사람들은 눈부신 불꽃 속에서 불의 검이 누벽의 대검을 가르고 앞으로 전진하는 것을 볼 수 있었다.

쩌저정!

누벽의 대검이 불의 검의 힘을 이겨내지 못하고 결국 날카로운 소리와 함께 잘려 나갔다.

순간, 가로막는 방해물이 없어진 불의 검이 벼락같은 속도로 누벽을 스쳐 지나갔다.

"욱!"

누벽의 입에서 무거운 신음이 흘러나왔다.

그의 가슴에서 옆구리 쪽으로 길게 불에 탄 것 같은 검상이 나 있었고, 그 안에서 붉은 피가 터져 나왔다.

퍽!

한순간 누벽을 베고 지나간 구룡이 폭풍처럼 회전하더니 주먹을 들어 그대로 누벽의 뒷덜미를 내리쳤다.

쿵!

구룡의 공격에 장대한 체격의 누벽이 땅에 무릎을 박고 꿇어앉았다

픽!

다시 한 번 구룡의 주먹이 누벽의 정수리를 가격했다. 그러자 누벽이 그대로 정신을 잃고 몸을 대지에 눕혔다.

"모두 검을 버려라!"

누벽을 쓰러뜨린 구룡이 불의 검을 들어 올리며 원주족 습격자들에게 소리쳤다. 그러자 두 명의 우두머리를 잃은 원주족 습격자들이 잠시 망설이다가 갑자기 몸을 날려 숲으로 달아나기 시작했다.

"추격할까요?"

도주하는 원주족을 보며 이위령이 적풍에게 물었다.

그러자 적풍이 고개를 저었다.

"굳이 우리가 힘을 쓸 필요가 없을 것 같군."

적풍의 말처럼 어느새 사방에서 달려온 칠왕의 전사들이 도주하는 적을 추격하는 것은 물론, 숲 앞에서도 주변을 경계하고 있던 바람의 왕국 전사들이 적의 퇴로를 막아서고 있었다.

"전멸이군요."

소두괴가 씁쓸한 표정으로 말했다.

"음......"

"왜 항복을 하지 않을까요?"

어느새 다가왔는지 붉게 상기된 얼굴로 적사몽이 적풍과 소두괴를 보며 물었다.

그러자 적풍이 되물었다.

"다친 곳은 없느냐?"

"예, 멀쩡해요. 사실 아저씨들이 수시로 절 도와주셔서 위험할 것도 없었어요."

적사몽이 머리를 긁적이며 말했다.

그러자 옆에서 소두괴가 두 사람의 대화에 참견했다.

"그렇지가 않습니다. 사실 오늘 무척 놀랐습니다. 구룡의 신력과 무공이야 이미 알고 있었지만, 사몽의 무공은 정말 예상치 못했던 것이었습니다."

소두괴의 칭찬에 소두괴가 쑥스러운 듯 머리를 긁적였다.

"괜찮았나?"

적풍도 대견한 표정으로 적사몽을 보며 소두괴에게 재차 물었다.

"괜찮은 정도가 아니었습니다. 성주께서도 보셨어야 했는데……."

"얼핏 보긴 했지."

적풍이 고개를 끄덕였다.

사실 그도 사이온을 제압한 이후 가장 먼저 찾은 사람이 적사몽이었다. 그리고 그때부터 적사몽의 움직임을 자세히 살펴본 것도 사실이었다. 그러나 그 자신이 판단하는 적사몽과 다른 사람의 평가는 다른 문제였다.

적풍은 이미 자신이 적사몽에 대해 객관적인 평가를 할 수 없는 위치에 있다는 것을 인정하고 있었다.

적사몽은 그의 아들이고 아들에 대한 평가는 어떤 아비든 객관적이기 힘들었다. 좋은 쪽으로든 나쁜 쪽으로든.

그래서 적풍에게 소두괴의 평가는 반가운 일이었다.

"제가 더 놀란 것은 사몽의 심장입니다. 무공이야 주군의 가르침과 주모님의 의술을 통해 단시간에 끌어올릴 수 있다손 치더라도 사몽의 심장은 이런 치열한 생사전을 처음 치러보는 사람이고 믿을 수 없을 만큼 강하더군요."

본래 피가 튀고 살이 잘려 나가는 실전을 처음 경험한 자라면 아무리 뛰어난 사람도 심장이 얼어붙게 마련이었다.

그런데 적사몽에게서 그런 면을 발견할 수 없었다. 적사몽을 싸움이 시작되자마자 마치 수십 년을 전쟁터에서 살아온 사람처럼 냉정하고 강력하게 적을 공격했던 것이다.

그 점이 소두괴를 크게 놀라게 했다.

그러자 적풍이 적사몽에게 물었다.

"무섭거나, 혹은 사람을 베는 것이 두렵지 않더냐?"

"아뇨."

"아니라고?"

적풍이 놀란 표정으로 되물었다.

"예, 당황스럽지 않았어요. 그리고 전 그 이유도 알아요."

"이유가 뭐지?"

"이미 오래전에 겪은 일이니까요."

대답을 하는 적사몽의 얼굴이 그늘져 보인다. 그리고 그 순간 적풍과 소두괴는 자신들이 잠시 잊고 있던 사실을 깨달았다.

적사몽이 적풍의 아들이 되기 전 어떤 삶을 살았는지 알고 있다면 그 누구라도 오늘 적사몽이 보인 강한 심장의 모습을 인정할 수 있을 것이다.

흑상의 손에 부모과 가족들이 도륙당하고, 맨발로 뜨거운 사막을 횡단해 노예로 팔릴 운명이었으며, 결국에는 사막 한가운에 매달려 말라 죽을 위기를 겪은 적사몽이었다. 그런 경험이란 것은 늙은 노인조차도 겪기 어려운 것들이었다.

그 모든 고난을 겪어낸 적사몽의 심장이다. 강하지 않을 이유가 없었다.

"고난이 널 강하게 만들었구나."

적풍이 대견하다는 듯 적사몽의 어깨에 손을 올리며 말했다.

"모두 어머니 아버지 덕분이에요."

"후후, 아니다. 그 모든 것은 결국 너 스스로 이뤄낸 것들이다. 그러니 넌 자신감을 가질 자격이 있다. 자, 이제 다시 가서 동료들을 도와야지?"

적풍이 적사몽에게 말했다.

싸움을 끝낸 십자성의 무사들이 한바탕 싸움으로 난장판이 된 숙영지를 다시 꾸리고 있었다.

"예, 알았어요."

적사몽이 시원하게 대답하고는 십자성 무사들이 있는 곳으로 달려갔다.

그때 문득 이질적인 목소리가 적풍의 귀에 들렸다.

"이제 알 수 있을 것 같군요."

적풍이 고개를 돌려보니 어느새 타림성의 대상주 야르간이 다가와 있었다.

그는 오늘 싸움에서 한 걸음 물러나 있었다. 적을 상대하기 두려워서가 아니라, 오늘 싸움이 십자성 무사들의 싸움이라는 것을 알고 있기 때문이었다.

"뭘 말이오?"

"타림성을 떠날 때 이 무사께서 한 말씀의 의미 말입니다."

야르간이 바쁘게 십자성 무사들을 움직이고 있는 이위령을 바라보며 말했다.

"그가 무슨 말을 했소?"

"이런 말을 했지요. 함께 여행을 하면서 타림성주님의 짝을 한번 찾아보라고……."

"그랬소? 싱거운 사람 같으니라고. 그런데 그래서 그 상대를 찾은 것 같소?"

"적어도 이 무사께서 누굴 염두에 두고 한 말인지는 알겠습니다."

"그게 누구요?"

"두 사람이 보이는군요."

야르간이 어깨를 나란히 하고 서 있는 구룡과 적사몽을 보며 대답했다.

『십자성─칠왕의 땅』 16권에 계속…

2016년의 대미를 장식할 최고의 스포츠 소설!!

Career record : 984W 26L
Career titles : 95
Highest ranking : No.1(387weeks)
Grand Slam Singles results : 23W
Paralympic medal record : Singles Gold(2012, 2016)

약 십 년여를 세계 최고로 군림한 천재 테니스 선수.
경기 내내 그의 몸을 지탱하고 있는 것은…… 휠체어였다.

『그랜드슬램』

휠체어 테니스계의 신, 이영석(32).
그는 정상의 자리에서도 끝없는 갈망에 사로잡혀 있었다.

"걷고 싶다, 뛰고 싶다. …날고 싶다!!"

뛸 수 없던 천재 테니스 선수
그에게, 날개가 달렸다!!!

Book Publishing CHUNGEORAM

유행이 아닌 자유추구 –
WWW.chungeoram.com

GAME BALL

게임볼 설경구 장편소설
FUSION FANTASTIC STORY

무명의 야구인이었던 남자,
우진이 펼치는 야구 감독으로서의 화려한 일대기!

『게임볼』

"이 멤버로 우승을 시키라고?"

가상 야구 게임,
게임볼을 통해 인생 역전을 꿈꾸는

한 남자의 뜨거운 행보에 주목하라!

박선우 장편소설
FUSION FANTASTIC STORY

무림을 휩쓸던 '야차(夜叉)'가 돌아왔다.

『투신 강태산』

여행사 다니는 따뜻한 하숙생 오빠이자
국가위기 특수대응팀 '청룡'의 수장.
그리고 종합격투기계를 휩쓸어 버린 절대강자.
전 세계를 무대로 펼쳐지는 투신 강태산의 현대 종횡기!!

"나는, 나와 대한민국의 적을, 철저하게 부숴 버릴 것이다."

서러웠던 대한민국은 잊어라!
국민을 사랑하는 대통령과 절대강자 투신이 만들어 나가는
새로운 대한민국이 펼쳐진다!!

Book Publishing CHUNGEORAM

FUSION
FANTASTIC
STORY

Miracle Direction
서산화 장편소설
기적의 연출

천재 영화감독, 스크린 속 세상을 창조하다!

『기적의 연출』

대문호 신명일과 미모로 손꼽히던 여배우 김희수의 아들 신지호.
일가족은 불운한 사고로 인해 크나큰 비극을 겪는다.
이 사고로 섬광 기억(Flashbulb memory)이라는 능력을 얻게 된 그 순간!
그의 모든 게 달라졌다.

"배우의 혼을 이끌어내고, 관중의 영혼을 붙잡아야 합니다.
그게 제 목표입니다."

완전한 감독을 꿈꾸는 신지호.
이제 그의 영화가, 세상을 홀린다!

Book Publishing CHUNGEORAM

유행이 아닌 자유추구 -
WWW.chungeoram.com

이럴 때 보면 눈치가 아예 없는 건 아닌데.

지이잉— 지이잉—

음, 누구지?

『다시 한 번』 6권에 계속…